f2

HULK

PETER DAVID

HULK

Fleuve Noir

Titre original
The Hulk

*Traduit de l'anglais
par Geneviève Blattmann*

O âme, transforme-toi en gouttelettes d'eau
Et tombe au fond de l'océan, où nul, jamais, ne te trouvera.

Marlowe, *Docteur Faust*

PREMIÈRE PARTIE

IDENTITÉ

SUSPICION

David Banner venait de mettre son fils Bruce en rogne. Or il découvrit à cette occasion qu'il y prenait plaisir.

David était une sorte de génie placide quoique acharné, avec des yeux vifs et intelligents, d'épais cheveux bruns coiffés en arrière, et un visage de fouine suggérant une bonne dose de malice ainsi qu'une curiosité insatiable à propos de tout et n'importe quoi.

N'ayant pas pris le temps de se changer après le travail, il portait encore son costume marine. Il n'était pas rare qu'à son retour, le soir, il passe un peu de temps avec le petit Bruce en attendant que sa femme l'appelle pour dîner.

Assis par terre, il jeta un coup d'œil méfiant vers la cuisine. Edith y faisait son raffut habituel avec les plats et les casseroles. Quand on voyait le résultat, c'était à se demander ce qu'elle fabriquait. A côté de ce qu'elle lui servait, le fast-food au bout de la rue faisait figure de quatre étoiles. Mais, sur le moment, ce n'était pas la façon dont elle s'évertuait à massacrer le bœuf Stroganoff qui retenait son attention, mais les activités de son gamin.

Bruce, six mois, crapahutait par terre. Il grandissait sans problème, plutôt rapidement, avec des capacités motrices tout à fait normales, même si sa taille assez modeste à la naissance ne suggérait pas qu'il pût un jour faire de l'ombre à Rambo. Il était aussi complètement accro à la totote qu'il suçait à tout bout de champ avec la force d'un aspirateur industriel. Une dépendance dont David se félicitait puisqu'il pourrait éventuellement en tirer profit.

Bruce était donc en train de ramper sur la moquette élimée du salon. La pièce avait été équipée en prévision de toutes les bêtises d'un bambin de cet âge – pare-chocs de caoutchouc sur les bords de la table basse et protège-prises pour empêcher les petits doigts d'aller se fourrer là où il ne fallait pas. Pour l'instant, il fonçait droit sur le fauteuil, celui dont l'accoudoir était bandé de chatterton pour colmater la fuite du rembourrage, en poussant des petits cris essoufflés comme une locomotive miniature. Sa salopette rayée rouge et blanche lui laissait les bras nus mais lui évitait d'avoir les genoux écorchés. Edith était toujours sur ses gardes, pour ce genre de chose. Sans doute David aurait-il aimé ce trait de caractère, chez elle, mais encore eût-il fallu pour ça qu'il l'aime tout court. Or il la haïssait désormais avec une véhémence passionnée pour la bonne raison qu'elle l'avait forcé à produire ce… cette petite monstruosité rampante et vagissante pour la distraire.

Cependant…

Cependant, Bruce offrait des opportunités – non désirées, il est vrai, mais les opportunités se présentent quand ça leur chante, et en tant qu'homme de science, David Banner n'avait d'autre choix que de les accepter et de faire avec.

Il observa attentivement le petit Bruce alors qu'il se hissait en équilibre précaire sur ses jambes maigrichonnes. Le bruit de succion de la totote redoubla, à telle enseigne que Banner était prêt à parier que les sentinelles de la base militaire où il travaillait l'entendaient.

Une théorie intéressante qu'il n'aurait malheureusement pas la chance de vérifier.

En revanche…

S'assurant une nouvelle fois que sa femme était occupée, Banner bondit brusquement sur le bébé pour lui arracher sa tototte de la bouche. Le choc de la disparition brutale de la tétine prit Bruce totalement au dépourvu, si bien qu'il perdit l'équilibre et tomba à la renverse, atterrit durement sur le dos et se cogna la tête par terre par la même occasion. La moquette atténua quelque peu le coup, mais pas au point de lui éviter une bonne entaille sur le crâne.

Le petit visage enfantin de Bruce se plissa de colère et vira au cramoisi. Il s'apprêta à pousser un beuglement retentissant, et son père, sans cesser de lorgner la cuisine, s'efforça de l'apaiser par des « allez, c'est rien… chhht… » dans l'espoir de gagner du temps afin de pouvoir étudier à sa guise la réaction du mouflet.

Et puis il éclata – un cri à vous perforer les tympans qui jaillit de sa gorge comme un cyclone. Ce n'était que le premier… Les veines gonflées sur les tempes, les yeux hermétiquement fermés, le gamin prépara le deuxième en aspirant deux grosses goulées d'air. Et là, il y mit tout son petit cœur.

Banner se concentra intensément, guettant le moindre signe.

— Qu'est-ce qui se passe ? lança Edith de la cuisine.

— Rien ! Il est tombé ! C'est pas grave ! répondit David, prêt à tout pour que sa femme ne rapplique pas.

Il ne voulait surtout pas qu'elle voie ce que lui voyait. Les bras de Bruce commençaient à s'étirer aux coudes, à pousser, à s'allonger et à se tordre pour adopter des positions bizarres. Et il ne s'agissait pas seulement de ses bras. Tout son corps se métamorphosait à l'avenant. David s'en rendait compte aux bosses et aux vagues qui ondoyaient sous sa salopette. Et son visage… *Oh bon sang, son visage*… avec les sourcils glissant vers l'avant qui lui donnaient un faciès carrément néandertaloïde. David eut l'impression qu'il remontait à reculons des millions d'années d'évolution.

C'est à ce moment-là que retentit le cri perçant d'Edith. Il était si captivé par ce qui arrivait à Bruce qu'il ne l'avait pas entendue arriver. Rapidement, il enfourna la tototte dans la bouche de Bruce et se tourna vers sa femme pour tenter de la rassurer.

— Tout va bien, je t'ai dit !

— Bien ? répéta-t-elle en hurlant.

C'était une jeune et jolie femme, avec des cheveux bruns bouclés et dont il émanait une sorte de calme autorité. Mais pas à cet instant, toutefois. Il n'y avait rien de calme dans ses hurlements paniqués.

— Il a un bras cassé ! Sa tête enfle à vue d'œil et il a des bosses grosses comme des balles de golf !

— Edith, ma chérie, tu exagères. Tous les gosses tombent et…

— *David, est-ce que tu l'as bien regardé ?*

Il lança un nouveau coup d'œil nerveux vers son fils qui, bien que toujours étalé sur le dos, semblait visiblement détendu, et sourit.

— Mais oui, bien sûr. Et toi ?

Passant devant lui, elle s'immobilisa, les yeux ronds. Bruce, par terre, suçait sa tétine avec un bonheur évident – sa tétine qui, de l'avis de son père, donnait tout son sens à sa vie. Ses bras étaient normaux, sa tête aussi. Plus traces ni de plaies, ni de bosses. Rien.

Edith n'en croyait pas ses yeux.

— Mais je… j'aurais juré que…

David haussa les épaules en ouvrant les mains.

— Que veux-tu que je te dise ? Tu ne voulais pas m'écouter…

S'agenouillant, elle examina le bras du bambin. David l'observa sans un mot, de même que Bruce. Enfin elle secoua la tête.

— Je l'emmène chez le Dr Ungaro.

— Il n'a pas besoin de voir un médecin ! rétorqua David, agacé.

— Je crois que si. Je sais ce que j'ai vu, David, et je veux être sûre qu'il n'a rien. Quel genre de mère est-ce que je serais, autrement ?

David se retint de contester davantage et arbora au contraire un sourire crispé.

— Tu as sûrement raison, ma chérie, dit-il avec une amabilité forcée.

Mais l'idée de l'intervention du médecin à ce point vital de la croissance du gamin le contrariait sérieusement.

David comprit plus tard qu'il n'avait en fait pas lieu de s'inquiéter. Il dut même se mordre les lèvres pour ne pas pouffer quand le pédiatre, après avoir examiné le bébé des pieds à la tête, se tourna vers les parents pour annoncer de son ton pédant et doctoral :

— C'est difficile à dire. C'est comme si, sous le coup d'une grosse frustration, ses tissus cellulaires... Eh bien, comme s'il se produisait une sorte de durcissement. Je ne crois pas cependant qu'il faille s'en formaliser outre mesure. C'est un genre de tendinite. Enfin je crois.

Tout le long du trajet de retour, Edith tint Bruce serré contre elle en caquetant non stop sur la tendinite et les effets qu'elle pourrait avoir à long terme sur la santé du petit. Quoiqu'elle émît des réserves sur la justesse du diagnostic, elle n'avait rien d'autre à proposer. Quant à David, il s'ingénia à la rassurer en évoquant un article qu'il aurait soi-disant lu un jour à propos de la « tendinite infantile », un syndrome qui disparaissait générale-

ment après la première année – tout en riant *in petto*
devant la crétinerie du toubib et la naïveté de sa femme.

Cette nuit-là, après qu'Edith se fut couchée et eut
sombré dans un sommeil agité, il descendit dans son
bureau. Une pièce plutôt exiguë, mais ça lui était égal.
David n'entrait pas dans des considérations aussi vaines
que de juger quelqu'un sur ses biens ou sur la taille de sa
maison. Son seul souci était la recherche. Et il souhaitait
consigner dans ses journaux les résultats de son expérience sur Bruce pendant qu'ils étaient encore frais dans
son esprit.

Il sortit donc lesdits journaux d'un tiroir cadenassé et
commença de les feuilleter pour déterminer dans lequel il
allait écrire ses observations. Ce faisant, il tomba sur des
notes rédigées plusieurs années auparavant, à l'époque
où… *ça* avait commencé. Accoudé sur son bureau, il
relut sa prose et revécut le sentiment de frustration qu'il
avait éprouvé quand ses projets et ses théories s'étaient
heurtés à une fin brutale de non-recevoir.

A son arrivée à Desert Base, au Nevada, il nourrissait
de grands espoirs pour lui-même, pour ses recherches,
pour tout. Il avait été dévoré d'ambition et convaincu que
les militaires chanteraient ses louanges pour l'avancée
qu'il allait leur permettre de faire, à eux et au monde.

Et c'est là qu'il s'était pris un mur de brique de plein
fouet : un certain colonel, très suffisant, très pontifiant,
du nom de Thaddeus Ross, qui avait acquis le surnom de
Thunderbolt – « coup de tonnerre » – en raison de sa
tendance calamiteuse à foudroyer et à réduire en cendres
le pauvre bougre qui s'avisait de l'offenser – par son
ignorance, son incapacité, ou toute autre raison qu'il
jugeait appropriée.

Il trouva une inscription rédigée d'une écriture mal
assurée. Il se souvenait encore des circonstances. Il avait
été tellement en rage que sa main tremblait, ce qui ren-

dait la lecture difficile. Il parvint tout de même à décrypter le texte :

« Le rendez-vous s'est aussi mal passé que possible. Essayé de convaincre Ross qu'il n'y avait pratiquement aucun moyen de se protéger contre *tous* les agents armés. Au lieu de ça, je peux produire des systèmes super-immunisés en renforçant la réponse cellulaire humaine. Ross n'a rien compris. N'a même pas essayé. A dit qu'une manipulation du système immunitaire serait *dangereuse et stupide*. A dit que lui et le président du conseil scientifique avaient été très clairs sur le fait que je ne dois pas utiliser de sujets humains. Et comment est-ce que je suis censé procéder, alors ? Comment leur prouver que j'ai raison et l'efficacité de mon travail s'ils ne me fournissent pas les outils pour le faire ? »

Il considéra longuement le paragraphe en tentant de raviver l'état d'esprit dans lequel il était au moment où il l'avait écrit. Avait-il su alors ce qu'il s'apprêtait à faire ? Ou avait-il cherché à se donner le courage d'affronter l'inévitable ?

Le téléphone sonna, tranchant le silence si brusquement qu'il en sursauta sur son fauteuil.

— Banner, annonça-t-il en décrochant.

— Banner...

C'était la voix arrogante de Ross.

— Désolé de vous appeler chez vous. Je dérange ?

Rien que d'entendre ta voix, ça me dérange. Une distante migraine s'amorça derrière ses yeux qu'il frotta avec lassitude.

— Non, colonel, pas du tout. Que puis-je pour vous ?

— J'ai devant moi un rapport concernant les résultats de vos études sur les animaux. Il semble y avoir des contradictions...

La migraine s'accrut. La nuit s'annonçait longue. Très longue.

AMOUR

Il était difficile de distinguer Noël du reste de l'année, aux abords du désert, mais les Banner s'y efforçaient, comme tout le monde dans le voisinage. Ce qui n'avait rien de surprenant dans la mesure où la vie de tous les résidents était peu ou prou taillée sur le même modèle.

Il n'y avait que deux catégories : soit on travaillait à Desert Base, soit on avait un membre de sa famille qui y travaillait. La ville n'avait même pas de nom particulier. Elle avait poussé à proximité de la base par pure nécessité, c'est tout.

Le petit arbre de Noël en plastique, celui que les Banner sortaient tous les ans, clignotait dans un coin du salon. Bruce, qui avait maintenant trois ans, cavalait dans la pièce sur un manche à balai coiffé d'une tête de cheval tandis qu'Edith immortalisait sa joie enfantine à l'aide d'une caméra super 8.

David se sentait quant à lui plus détendu qu'il l'avait été depuis longtemps. Il y avait belle lurette que son travail ne suscitait plus la méfiance de Ross – non plus que son intérêt, d'ailleurs. Et la décontraction qui en avait résulté avait déteint sur son comportement en famille, ce dont Edith et Bruce n'auraient certainement pas eu l'idée de se plaindre.

Il observa encore quelques instants son fils en train de gambader, puis attrapa son attaché-case pour en sortir deux petits animaux en peluche bizarroïdes. On aurait eu du mal à les rapprocher de quoi que ce soit d'existant. Ils avaient bien des longues oreilles et des moustaches, mais les pattes étaient plus proches du chat que du lapin. Des bestioles hybrides, en quelque sorte, et c'est sans doute cette particularité qui avait attiré Banner quand il les avait repérées dans l'épicerie-bazar, oubliées sur une étagère et étiquetées à cinquante cents l'unité.

— Bruce, appela-t-il.

Le garçon se tourna vers lui. Sa bouille se fendit aussitôt d'un sourire radieux, et il lâcha son canasson comme s'il avait la lèpre pour se précipiter vers lui et sauter comme un cabri en tentant d'atteindre les jouets que David, histoire de le taquiner, tenait hors de sa portée. Il finit par les lui donner quand Edith, gentiment, l'accusa de « tourmenter le gamin ».

Et lui et son fils jouèrent avec les peluches.

C'est tout. Ils jouèrent.

Il ne se livra à aucune expérience à ses dépens. Il ne chercha pas à repérer ses propriétés mutagènes. Il ne chercha même pas de prétextes pour aller écrire ses notes dans son journal. Il joua. Rien de plus.

Pour un soir, David Banner toucha du doigt la vie ordinaire et tranquille qu'il aurait pu mener… et que, il le savait au plus profond de lui, il ne connaîtrait jamais. Et c'est pour cette raison, alors que le garçon riait avec cette joie cristalline et sans mélange que seuls les enfants savent exprimer, que David sentit des larmes rouler sur ses joues. Des larmes versées sur ce qu'il n'*aurait*, et sur ce qu'il ne *serait* jamais.

— C'est ma faute… murmura-t-il. Tout est ma faute.

David aimait son fils. Et cette découverte l'horrifia. C'était une donnée qu'il n'avait pas incluse dans son plan. Aussi, cette nuit-là, décida-t-il de rétablir le *statu quo*.

Edith avait été invitée chez des amis pour s'extasier sur leur dernier né. En fait, ils avaient été invités tous les deux, mais David avait invoqué une migraine soudaine et insisté pour qu'Edith y aille sans lui. Dès qu'il fut seul, avec Bruce prêt à se coucher, David sortit une seringue et un flacon d'un tiroir de son bureau.

— J'ai besoin d'un échantillon de sang, marmonna-t-il. C'est mon seul moyen d'étudier les propriétés mutagènes. Il n'y en a pas d'autre.

Sur la pointe des pieds, il monta à l'étage et ouvrit la porte de la chambre. Bruce, en pyjama, s'amusait à lancer ses peluches en l'air en riant. Il était l'image de l'insouciance incarnée.

David s'avança vers lui avec un sourire rassurant.

— Viens voir, Bruce. Il faut que je fasse quelque chose. Donne-moi ton bras.

Le gamin s'exécuta sans broncher. Il n'avait aucune raison de se méfier, bien entendu. Il ouvrit de grands yeux étonnés quand son père lui enserra fermement le poignet… et poussa un cri strident quand l'aiguille s'enfonça dans sa chair.

— *David ! Mais pour l'amour du ciel qu'est-ce que tu fais ?!*

Il retira vivement la seringue, éclaboussant au passage la moquette de quelques gouttes de sang. Bruce hurlait de douleur et de rage.

Et Edith se tenait sur le seuil de la pièce.

Peut-être avait-elle oublié quelque chose, peut-être s'était-elle ennuyée plus vite que prévu chez les voisins, peut-être avait-elle été terrassée par une brusque fatigue. Impossible à dire, et d'ailleurs, en définitive, ça n'avait strictement aucune importance.

Tel un cambrioleur pris la main dans le sac, David

était figé sur place, et, coincé entre les protestations d'Edith et les hululements perçants de Bruce, il ne savait plus où donner de la tête.

Et puis Edith devint blême, et tendit un doigt tremblant. David se tourna pour suivre son regard.

Plus de deux ans s'étaient écoulés depuis le fameux incident de la « tendinite » et Edith avait plus ou moins réussi à le reléguer dans un coin de sa mémoire, peut-être même l'avait-elle attribué à une fantaisie de son imagination. Mais ce qu'elle voyait à cet instant était pire, bien pire que lors du précédent épisode.

Alors que Bruce continuait à beugler son mécontentement, ses pieds se mirent à gonfler, ses bras à se tordre, et la moitié droite de sa tête à enfler. Le tout s'atténua quelque peu mais d'autres choses apparurent, telles des bulles ou des vagues sous sa peau qui ondulait comme si un essaim de frelons cherchait la sortie en voyageant à travers son corps. Bruce, absorbé par sa colère aux relents d'hystérie, ne semblait même pas s'en apercevoir.

Edith libéra enfin le cri épouvanté bloqué dans sa gorge et tomba sur-le-champ en syncope.

Devant le corps inerte de sa mère, le gamin, surpris, cessa illico de pleurer. Le bouillonnement de son corps s'arrêta aussi sec et à ses braillements succédèrent des gémissements apeurés.

David observa alternativement son fils et sa femme, et décida d'exploiter la situation à son avantage. Pointant son index sur son fils, il prit un air accusateur.

— C'est à cause de toi, Bruce ! *Tu as fait mal à maman !*

— N-non, balbutia le bambin, la lèvre tremblante, les yeux comme des frisbees et le teint couleur de lait caillé.

— Si ! insista David en enjambant le corps de sa femme pour avancer sur lui. Parce que tu as crié, et que tu as pleuré ! Parce que tu n'es pas un grand garçon !

Il se planta devant lui, les poings sur les hanches.

— Tu vois ce qui se passe quand tu te mets en colère ? *De très vilaines choses ! Des choses graves arrivent à maman, et à toi ! Et si tu continues à te mettre en colère, d'autres choses encore pires se produiront ! Tu comprends ? Encore pires !*

— Moi ferai plus… ferai plus !

La poitrine de Bruce se soulevait comme un soufflet de forge ; il semblait une fois encore au bord de l'apoplexie.

David lui enfonça son doigt dans la joue.

— Tu recommences ! Tu vas te remettre à pleurer et à hurler ! Ne le fais pas, sinon il va encore arriver un malheur. Peut-être que maman en mourra, et ce sera uniquement à cause de toi ! *C'est ça que tu veux, dis ? C'est ça ?*

Bruce secoua vigoureusement la tête tandis que son père poursuivait.

— Quand tu sens que tu te mets en rogne, il faut que tu t'en empêches, tu m'entends ? Il faut que tu écrases ta colère, que tu la réduises en bouillie ! *Ne la laisse pas te dominer.* Tu comprends ? Alors… Est-ce que tu te laisseras encore emporter comme ça ? *Hein ?*

Bruce secoua de nouveau la tête, avec tant de véhémence qu'elle donnait l'impression de vouloir se décrocher. De ses petites mains tremblantes, il essuya ses joues mouillées.

Très doucement, David s'accroupit devant lui et prit son visage entre ses paumes.

— Bien. Tu es un gentil, un très gentil garçon. Maintenant va dans ton lit, il faut dormir.

— Mais maman…

— Je m'occupe d'elle. Je vais bien la soigner, ne t'inquiète pas.

Il redressa Edith en position assise puis la souleva dans ses bras.

— Papa s'occupe de tout, répéta-t-il. Va dormir, Bruce… Et n'oublie pas ce que nous avons dit.

Docilement, Bruce grimpa dans son lit. David, qui avait déjà empoché l'échantillon de sang, pressa l'interrupteur. L'obscurité s'empara de la pièce, à l'exception du petit halo de la veilleuse allumée sur le mur.

David sortit avec Edith, laissant Bruce fixer intensément la lueur verdâtre tout en gravant les paroles de son père dans les profondeurs de son esprit.

Quand Edith reprit connaissance, elle était allongée sur son lit, David penché au-dessus d'elle.

— Que s'est-il passé ? murmura-t-elle. Au nom du ciel qu'est-il arrivé ? Est-ce que… tu as vu Bruce… ? Et tu… tu lui prélevais du sang…

Elle tenta de s'asseoir, mais la main de David l'en empêcha.

— David… dit-elle en s'efforçant de repousser son bras. *David !* Dis-moi immédiatement ! Dis-le-moi, ou je l'emmène loin d'ici. Je te jure que je…

— Si tu fais ça, tu le condamnes.

Elle fronça les sourcils sans comprendre.

— Qu'est-ce que…

— Je suis la seule chance qu'il ait d'être normal, dit-il en passant la langue sur ses lèvres sèches. Mais il faut que je continue mes recherches. Et toi, ajouta-t-il en pointant un doigt rigide sur elle, il faut que tu te taises. Tu dois garder tout ce que tu as vu pour toi, sinon ils nous le prendront pour l'enfermer et le disséquer. Et moi aussi, par la même occasion. Si tu l'aimes…

— Evidemment que je l'aime ! C'est mon fils !

— Il est plus le mien que le tien. Ça, c'est sûr.

Il prit une longue inspiration qu'il relâcha lentement,

puis se leva en essuyant la transpiration apparue sur son front.

— Edith… J'avais certaines… théories. Des choses que je voulais étudier en rapport avec les mutations… les agents mutagènes. En bricolant à un niveau génétique, on pourrait donner au corps la possibilité de se guérir lui-même…

— Je ne comprends pas. Quel rapport tout ça a-t-il avec… ?

Il se tourna pour lui faire face. Quand il trouva le courage de répondre, ce fut d'une voix alourdie par le fardeau de sa confession.

— Ils ont refusé de me laisser expérimenter sur des sujets humains.

Elle le fixa, comme paralysée, avec une incrédulité croissante.

— Et tu… tu as pris Bruce comme cobaye ? chuchota-t-elle.

Il leva les yeux au ciel.

— Non… bien sûr que non !

— Eh bien alors… ?

Brusquement, elle bondit du lit et porta la main à sa bouche.

— Sur toi ! Oh mon Dieu, David ! Tu… tu as fait quelque chose sur toi-même.

— Oui.

— Avant de concevoir Bruce. Tu as été ton propre cobaye.

— Oui.

— Oh non…

Elle pivota en direction de la chambre de Bruce.

— Et tu… tu lui as transmis.

— Oui, acquiesça-t-il une fois de plus.

Edith se rua sur lui pour l'agripper par les bras.

— Débarrasse-le de cette saleté ! Quoi que tu lui aies fait, guéris-le !

— J'en ai bien l'intention, mentit-il.

— C'est possible ?

— Oui, re-mentit-il.

Ce fut à son tour de la prendre par les bras et de l'attirer à lui.

— Mais ça reste entre nous. Sinon…

— Sinon ils l'emmènent. D'accord. Et j'ai confiance en toi, David… Tu feras ce qu'il faut pour lui, parce que tu l'aimes. Ça explique tant de choses…

Elle riva brusquement son regard flamboyant dans le sien.

— Mais si tu échoues, David… ou si tu lui fais du mal, d'une manière ou d'une autre, je jure devant Dieu que je te tuerai.

— Je comprends.

Et c'était vrai. Le problème… c'est que *elle* ne comprenait pas. Mais en temps voulu, elle y viendrait aussi.

Même si c'était la dernière chose qu'elle ferait jamais.

INSTINCT

David Banner vérifiait les données techniques de la dernière expérience du cyclotron quand il vit le général Thunderbolt Ross fondre sur lui. Inspirant fortement pour se calmer, il plaqua un sourire sur ses lèvres en réfrénant une furieuse envie de déguerpir. A quoi bon… ?

— Bonjour, général, lança-t-il avec une jovialité presque convaincante. Ce nouveau grade vous va à ravir.

— Dans mon bureau, Banner, dit Ross sans préambule.

David se leva derrière sa table de travail en montrant le cyclotron.

— Ce n'est peut-être pas le moment idéal, général. Nous sommes en pleine accélération des particules gamma et…

— Ai-je l'air de m'en soucier, Banner ?

La moustache frémissante, Ross s'avança d'un pas vers lui. C'était un homme au poitrail de gorille avec une brosse argentée sur la tête et un mépris souverain pour les civils – des incapables même pas fichus d'accepter les ordres de bonne grâce.

— Ça attendra. Maintenant allez dans mon bureau, et au pas redoublé !

— Très bien, concéda fraîchement David après un instant d'hésitation. Je vous suis.

— Pousse-toi de là.

Bruce Banner jouait dans la rue avec son copain Davy quand un plus costaud qu'eux, un petit dur que Bruce avait déjà vu traîner dans le coin, vint leur bloquer le passage. Il s'appelait Jack, et si, aux yeux des adultes, c'était encore un gosse, pour un gosse il passait pour un géant.

Bruce savait ne pas faire le poids, avec lui. Jack était bien plus grand et plus fort que lui qui, même au mieux de sa forme, restait un gamin de quatre ans maigrichon et totalement inoffensif.

Jack arbora un sourire en coin.

— Merci, les avortons…

Et soudain Bruce comprit qu'il allait y avoir un pépin. C'est le genre de chose qu'il ressentait, bien souvent. Une sorte de sixième sens, si on veut. Effectivement, Jack avait un grand bâton dans la main, une branche tordue qu'il avait arrachée quelque part. Il en cingla le visage de Bruce où apparut aussitôt une estafilade sanglante.

Davy poussa un cri rageur pour son copain, mais Jack l'ignora en l'écartant sans ménagement de son chemin pour frapper de nouveau Bruce, exactement au même endroit. Bruce vacilla sous le coup, mais ne tomba pas.

Il ne pleura pas non plus. Son visage demeura totalement impassible alors même que le sang coulait de sa tempe.

— Allez, le provoqua l'autre. Tu veux pas essayer de me cogner aussi ?

Bruce ne bougea pas.

Jack jeta le bâton par terre et, la tête inclinée, le défia de ses poings.

— Tu vois ? J'ai plus rien dans les mains. Allez, quoi… ! *Allez !*

Bruce commença à trembler, et Davy crut tout d'abord

qu'il s'empêchait de pleurer, mais non, ce n'était pas ça. Il s'évertuait à contrôler sa colère. Aucun son ne s'échappa de ses lèvres. Il se contenta de fixer Jack, de le fixer, simplement, jusqu'à ce que Jack, écœuré, hausse les épaules avec mépris.

— Pff… T'es qu'un bébé ! l'insulta-t-il avant de s'éloigner. Un bébé trouillard !

Bruce resta là où il était, sans bouger… sans répondre.

David, planté devant Ross, était animé d'une telle fureur que les mots restaient coincés dans sa gorge. Ross, appuyé contre son bureau, tenait un rapport entre ses mains.

— Les échantillons que nous avons trouvés dans votre labo sont du sang humain, annonça-t-il avec la satisfaction de quelqu'un dont la suspicion, longtemps bafouée, a enfin trouvé confirmation. Vous avez ignoré le protocole.

— Vous n'aviez aucun droit de fouiner, rétorqua Dave. Ce sont *mes* affaires !

— Faux, Banner. Ce sont les affaires du gouvernement, et vous êtes viré de ce projet.

Blême de rage, David l'injuria, vociférant contre l'armée, son ingratitude et sa myopie. Contre les géniteurs de Ross aussi, pour faire bonne mesure. Il faillit même lui coller un direct en pleine tronche mais s'en abstint *in extremis* en prenant conscience que Ross serait capable de le tuer.

— Bouclez immédiatement tout ce que vous avez en cours, Banner, rétorqua Ross d'un ton polaire.

Totalement imperméable à la violence de David, il n'avait pas une seconde été proche de perdre son sang-froid.

— Vous êtes non seulement viré du projet, mais de la base.

Conscient qu'il n'avait rien à répondre, David quitta le bureau pour exécuter le dernier ordre du général Ross.

— Tu veux que je boucle tout, fulmina-t-il entre ses dents, eh bien tu vas être servi. Je vais *tout* boucler.

Et alors qu'il remontait le couloir, une pensée insensée s'imposa à son esprit.

Tout était la faute de Bruce.

Si Bruce n'était pas né, il n'aurait pas eu besoin d'utiliser son sang dans les expériences et, en conséquence, il n'aurait pas été pris en défaut. S'il n'était pas né, Edith ne l'aurait pas obligé à trouver une solution pour le guérir. S'il n'était pas né, David aurait pu poursuivre ses recherches à son rythme, selon ses conditions, et à sa manière. Mais l'arrivée de Bruce et la façon démente dont les agents mutagènes avaient réagi dans son sang avait tout foutu en l'air.

David avait travaillé d'arrache-pied pendant des semaines et des semaines, et ce surmenage inhumain avait fini par avoir raison de son psychisme fragilisé.

Il retourna au cyclotron pour faire ce qu'on attendait de lui. Ensuite, il rentrerait directement à la maison pour s'occuper de ce monstre qui lui avait pourri la vie.

— Bruce ! Tu es blessé ! s'écria Edith, affolée.

Elle passait tranquillement l'après-midi devant un thé avec son amie Kathleen, sa voisine, quand Bruce avait été ramené dans la cuisine par son fils Davy.

— C'est Jack qui l'a battu avec un bâton ! expliqua-t-il d'un débit accéléré. Mais Bruce il a même pas voulu se battre, il est juste resté là à trembler, et…

Et alors elle put s'en rendre compte elle-même. Bruce, rien qu'au récit de l'événement, recommença à trembler, et une bosse révélatrice apparut sous sa peau.

Kathleen et Davy étaient trop absorbés par le sang coulant de sa tempe pour remarquer les bizarres distorsions de son bras qui disparurent aussi vite qu'elles étaient apparues. Telle une locomotive surchauffée relâchant sa vapeur, Bruce libéra l'air coincé dans ses poumons par ses dents de devant, et sa mère soupira intérieurement de soulagement.

— C'est pas grave, dit Bruce, autant pour lui-même que pour elle.

Quelques minutes plus tard, le visage de Bruce était débarbouillé et un pansement recouvrait l'entaille qui, par chance, n'était pas profonde et ne nécessiterait donc pas de points de suture. Bientôt, Bruce et Davy repartirent jouer dehors. Kathleen vint se rasseoir en face d'une Edith un peu pâle mais souriante.

— C'est curieux, tout de même, remarqua-t-elle en secouant la tête, il a à peine bronché. N'importe quel autre gosse, à sa place, aurait braillé comme si on l'étripait.

Edith haussa les épaules d'un air fataliste.

— C'est tout Bruce, ça... Il garde toujours tout à l'intérieur...

Le professeur O.T. Wren, un homme mince doté d'un esprit incisif quoique sujet à des instants de distraction, avait depuis un an occasionnellement travaillé avec David qu'il considérait comme un chercheur agressif mais quelque peu imprévisible. Or, par le bouche à oreille, il venait d'entendre parler de l'altercation entre Ross et Banner et, connaissant les deux lascars, avait tout lieu de penser qu'elle ne s'était pas conclue en faveur de ce dernier. Le mieux étant d'aller chercher ses informations à la source, il décida de rendre une visite à l'intéressé dans son laboratoire voisin du cyclotron.

A son arrivée, tout le matériel de Banner était déjà parti. Tous les papiers, les instruments... Tout. Il resta là un instant à se gratter le crâne, jusqu'à ce qu'autre chose lui saute aux yeux.

Le cyclotron était éteint.

Complètement arrêté.

Alors même que, horrifié, il prenait conscience du fait, une sonnerie puissante se mit à retentir au-dessus de l'énorme accélérateur de particules.

— Oh mon Dieu, souffla le professeur Wren en sortant pour donner l'alarme dans la base.

Pendant ce temps, David Banner fonçait sur la route du désert, bien déterminé à régler ses comptes une fois pour toutes avec le petit monstre qu'il avait engendré.

SABOTAGE

La seule chose qui donnât un sens à la vie de Thunderbolt Ross était en train de courir vers lui.

— Papa ! s'écria Betty.

Les bras tendus dans sa robe jaune soleil, ses couettes dansant à chacun de ses pas, Betty, deux ans et demi, se précipita vers son père. Ross descendit de la jeep qu'il avait garée devant sa modeste maison à la façade blanche et entourée d'un gazon tondu avec la même rigueur que la brosse qui lui couvrait le crâne. Posant un genou à terre, il souleva Betty à bout de bras et la tint très haut en la faisant tourner.

— Encore ! cria la fillette, ravie.

— Non, pas de « encore », cette fois, dit-il. C'est tout. La dernière fois que je t'ai écoutée, je me suis retrouvé avec ton déjeuner sur ma veste.

— C'était de la glace, rectifia-t-elle. On avait mangé une glace, et j'ai vomi sur toi.

— Tu as un souci du détail remarquable, ma puce, ironisa-t-il en la reposant par terre.

Betty s'agrippa aussitôt à sa jambe.

— Alors, qu'est-ce que tu as fait de beau, aujourd'hui ? s'enquit-il.

— J'ai joué. Maman a mal à sa tête. Elle est dans sa chambre.

— Ah.

Ross se tourna vers la maison d'un air soucieux. Betty savait que, régulièrement, sa mère avait besoin de se reposer. Elle ignorait toutefois ce qu'était un cancer du cerveau, et il n'était certes pas utile de le lui expliquer dans l'immédiat. Elle le saurait bien assez tôt.

Le téléphone sonna à l'intérieur et Ross s'apprêtait à aller répondre quand un coup de klaxon insistant, derrière lui, le fit sursauter. Se retournant, il découvrit un petit convoi de voitures et de jeeps avec, dans celle de tête, un de ses propres officiers d'ordonnance. Le professeur Wren, un des scientifiques de la base, était à l'arrière et le colonel Billings, le bras droit de Ross, assis à l'avant.

— Billings ? Que se passe-t-il ? demanda Ross.

— J'ai dû faire évacuer la base, monsieur, annonça Billings.

— *Quoi ?!* Et pourquoi ?

— Le cyclotron, monsieur, répondit Wren en s'avançant, l'air extrêmement perturbé. Il a été arrêté.

Ross fronça les sourcils.

— Arrêté ?

— Oui, monsieur.

— Et alors ? Où est le problème ?

— Je n'ai pas compris, au début, monsieur, intervint de nouveau Billings. Mais…

Ross ne perdit pas de temps à l'écouter.

— Professeur, dit-il à Wren, je suis chargé des aspects militaires de cette base. Je ne connais strictement rien à la partie scientifique. Alors expliquez-moi pourquoi le fait d'éteindre une machine devrait entraîner l'évacuation de la base.

— Général, commença Wren en ne gardant son calme qu'au prix d'un effort visible, le cyclotron fonctionne sans discontinuer depuis plus d'une décennie. Ce n'est pas comme… comme un moulin à café, ou une Buick qu'on arrête et qu'on remet en marche quand on en a besoin. Il s'agit en l'occurrence d'un cyclotron Tandem Accélérateur Superconducteur de soixante-dix millions de dollars. C'est…

— Il est très gros, oui. Je l'ai vu. Gros, cylindrique, bleu…

— En effet, et arrêter ce genre d'engin correctement est un processus très minutieux qui exige beaucoup de temps. Un cyclotron ne s'éteint jamais comme ça. Jamais. Comprenez-moi bien, général : cet appareil contient environ deux mille litres d'hélium liquide maintenus à une température de −270 degrés Celcius. Le couper net, comme cela vient d'être fait, signifie que la température finira par atteindre celle de la pièce. Nous nous retrouverons alors avec deux mille litres d'helium gazeux, assez pour remplir au bas mot un million de ballons. C'est comme… comme de verser de l'eau dans une casserole, de visser hermétiquement un couvercle dessus et la mettre sur le feu. Tôt ou tard, et sûrement plus tôt que plus tard, ça explosera.

— Dieu du ciel, dit Ross en commençant à saisir l'étendue du désastre. Et cette explosion… De quel genre sera-t-elle ? Nucléaire ?

— Du cycloton lui-même ? Probablement pas.

— *Probablement !*

— Je ne suis pas un expert en matière d'explosions de cyclotron, général, repartit Wren à qui la moutarde montait manifestement au nez. Et je n'ai aucune certitude quant à ce qui nous pend au nez. Mais dois-je vous rappeler qu'il y a également d'autres matériaux potentiellement explosifs dans le laboratoire ? Lorsque le cyclotron…

— J'ai compris, professeur, dit Ross en se tournant vers son subalterne. Billings, la base est-elle totalement évacuée ? Sommes-nous assez loin si l'explosion se produit ? Combien de temps avons-nous ?

— La base était presque vide quand j'en suis parti, général. D'après le professeur, plus nous serons éloignés, mieux ce sera… et nous ignorons de combien de temps nous disposons.

— Je dirais de douze à quinze minutes à partir de maintenant, avança Wren.

— Fantastique. Et à quel fou furieux devons-nous ce…

La réponse lui parvint avant même que quiconque n'ait pu l'en informer.

— Banner. David Banner.

— C'est le dernier à être enregistré dans le livre, monsieur, acquiesça Wren.

— Billings ! Allez chercher ma femme et mettez-les en sécurité, elle et Betty. Je prends une des jeeps pour me rendre chez Banner.

Betty se précipita vers son père.

— Veux aller avec toi, papa !

— Ce n'est pas possible, ma puce.

— Si ! S'il te plaît…

La fillette menaçait de faire une véritable crise, et Ross n'avait pas le temps de discuter.

— D'accord, concéda-t-il en la jetant pratiquement à l'arrière du véhicule.

Il se tourna vers une autre jeep remplie jusqu'à la gueule de policiers militaires.

— Vous ! cria-t-il. Avec moi ! Billings, avec Wren, réquisitionnez une autre jeep pour emmener ma femme…

— Bien, monsieur.

Ross démarra sur les chapeaux de roues. Betty, agrippée à l'arrière, s'amusait comme une folle.

— C'est drôle, papa !

Il s'en voulait. Pourquoi n'avait-il pas anticipé tout ça ? Il aurait dû demander à la police militaire d'escorter ce crétin jusqu'à son labo pour prévenir toute tentative insensée de ce genre. Les regrets et les remords n'avaient jamais servi à rien, il le savait, n'empêche… Il était furieux contre lui-même, parce que, du haut de son arrogance et de sa trop grande confiance en lui, il avait permis à cette catastrophe de se produire.

Il jeta un coup d'œil dans le rétro. La jeep des PM lui collait au train. La maison de Banner arriva bientôt en vue. Sa voiture était garée devant, à un angle bizarre, et ça gueulait à l'intérieur. Un hurlement fusa alors que Ross s'arrêtait le long du trottoir.

De l'arrière de la jeep, Betty observa ce qui se passait sans rien comprendre. Puis, levant les yeux vers la fenêtre de l'étage, elle aperçut un petit garçon. Alors, en hésitant, elle tendit la main pour l'agiter vers lui.

C'est à ce moment précis que, loin, très loin de là, retentit une énorme déflagration, et que le ciel s'illumina, et que les clameurs s'élevèrent d'un peu partout.

RÉVEIL

Les hurlements déchirèrent la nuit, comme bien d'autres nuits auparavant. La femme aux cheveux gris se hâta dans le couloir d'une démarche essoufflée qui trahissait ses années et ouvrit la porte à la volée. La lumière du couloir jaillit dans la pièce, éclairant Bruce Krenzler qui se redressa dans son lit, les yeux hagards, la veste de pyjama trempée et les cheveux en désordre. L'adolescent ignorait manifestement pourquoi la femme qu'il appelait « maman » venait brusquement de faire irruption dans sa chambre.

La pièce était celle, typique, d'un garçon de son âge, avec les murs couverts de posters. A la différence que ce n'étaient pas des posters de rock stars. L'un d'eux était le texte intégral de *Hamlet* en caractères minuscules, un autre la photo d'Einstein tirant la langue. Le mobilier était simple et plutôt austère, et le lit, d'ordinaire, était méticuleusement fait... sauf à cet instant, où les draps étaient complètement tirebouchonnés.

— Encore un cauchemar, Bruce, dit Mme Krenzler.

C'était une explication en même temps qu'une invitation à se confier.

Bruce acquiesça d'un lent hochement de tête, mais, de toute évidence, il ne faudrait pas compter sur lui pour les détails.

— Je ne sais pas... Je me rappelle pas.

Sa mère adoptive eut un sourire patient.

— C'est peut-être mieux comme ça, hein ? dit-elle avec un entrain forcé.

Bruce, dont les yeux se plissaient sous la lumière, eut un haussement d'épaules désinvolte.

— Sûrement, oui, soupira-t-il en s'allongeant de nouveau pour sombrer dans un sommeil miséricordieusement dépourvu de rêves, cette fois-ci.

Betty Ross se réveilla en criant.

Elle s'assit dans son lit en suffoquant et aspira l'air comme un baigneur qui vient de boire une tasse. Ses longs cheveux bruns tombaient sur son visage et, d'un geste machinal, elle les rejeta en arrière. Elle avait fait ce rêve si souvent qu'il était devenu comme une seconde nature, pour elle.

Un jour, elle avait tenté d'en parler à son père, mais il n'y avait accordé qu'une importance très mitigée.

— Les rêves n'ont aucune signification, Betty. Il y a bien trop de choses réelles qui se passent dans le monde pour s'occuper de ce qui n'existe pas.

Et, comme c'était bien souvent le cas avec lui, le sujet fut clos.

Il n'avait pas toujours été comme ça. Quand maman était encore là…

Elle coupa court à ses réflexions. Qu'avait-elle à gagner à ressasser le passé ? Rien. Rien qu'une crise de nostalgie démoralisante. Et si son père n'était pas très loquace en ce qui concernait les rêves, il l'était encore moins sur le sujet de sa femme.

Elle fronça le nez. Une odeur de poêle chaude montait du rez-de-chaussée. Curieux… Ce n'était pas l'habitude de son père de faire le petit déjeuner. En principe, il partait travailler tôt, laissant Betty se préparer seule pour le lycée. Au mieux, elle le croisait alors qu'il sortait et avait tout juste le temps de le saluer d'un signe de la main.

Elle se tourna vers la fenêtre ; le soleil brillait dans le ciel du Maryland. Ce serait une belle journée. Repoussant les couvertures, elle attrapa son peignoir et descendit l'escalier.

— Papa ?

— Je suis en bas, répondit-il inutilement.

Elle s'arrêta net sur le seuil de la cuisine. Ce n'était pas son père, mais un jeune homme en uniforme militaire du ROTC – *Reserve Officers' Training Corps* – qui cuisinait. Thunderbolt Ross était assis à la table, en train de boire son café, et il l'invita d'un geste à entrer. Le garçon se tourna pour lui sourire. Il avait des cheveux noirs brillantinés et lissés en arrière, et une fine moustache à la Clark Gable avec laquelle il espérait sans doute paraître un peu plus vieux.

Prise au dépourvu, Betty referma rapidement son peignoir sur sa mini-chemise de nuit et, de sa main libre, essaya futilement de mettre un peu d'ordre dans ses cheveux emmêlés.

— Je, euh… bonjour. Me serais-je par hasard réveillée dans un monde parallèle où tu as un fils ?

Le garçon se mit à rire.

— Elle est drôle. Vous ne m'aviez pas prévenu. Comment les aimez-vous ? demanda-t-il à Betty.

Elle ouvrit des yeux ronds comme la poêle.

— Qui ?

— Les œufs.

— Oh… Eh bien… brouillés, je suppose… Papa ?

Ross, concentré sur son journal, acquiesça distraitement.

— Oui, ma chérie, tu les aimes brouillés.

— Non, ce n'est pas ce que je voulais dire…

D'un mouvement du menton, elle désigna leur hôte inattendu qui vola à son secours.

— Je crois qu'elle veut savoir qui est ce type fabuleux en train de s'activer devant les fourneaux…

En dépit de la situation un peu embarrassante, Betty se mit à rire aussi.

— Le « fabuleux » est peut-être un peu prématuré, mais le reste est assez bien vu.

— C'est Glen Talbot, dit Ross. Il est venu rendre visite à son oncle, le colonel Talbot.

— Ah. D'accord. Dans ce cas, bienvenu à Fort Meade, dit Betty, aussi aimable que possible compte tenu de l'heure matinale. Ce n'est pas très pittoresque, mais…

— Ce n'est pas grave. J'ai cru comprendre que vous n'y serez plus pour très longtemps, dit Glen en jetant souplement les œufs dans la poêle chaude.

Elle inclina la tête, intriguée.

— Pardon ?

Ross reposa son journal.

— Oui… J'allais t'en parler, Betty.

— Oh…

Glen eut l'air catastrophé.

— Désolé. J'ai gâché la surprise ?

— Surprise ? répéta Betty, embrouillée. Quelle surprise ?

Ross s'éclaircit la gorge.

— Nous avons été réaffectés.

— Ooohhhh nooon…

Betty se laissa tomber sur une chaise.

— Encore ? Juste au moment où je commençais à m'habituer à cette ville.

— Je sais que c'est difficile, intervint Glen en faisant glisser les œufs dans son assiette.

Bien que son esprit fût ailleurs, elle dut reconnaître que ça sentait sacrément bon. Du bout de sa fourchette, elle coupa un bout qu'elle porta à sa bouche. Et en plus, ce n'était pas mauvais du tout.

— En fait, ça ne devrait pas être si désagréable, cette fois, Betty, dit Ross. Ça nous rappellera peut-être même le bon vieux temps.

Un sourire pétilla dans les yeux de Betty.

— On retourne en Italie ?

Elle avait adoré ce pays où ils avaient été envoyés, il y avait deux ans de cela, et avait été affreusement déçue quand ils avaient dû en repartir à peine deux mois après leur arrivée.

— Non. Pas l'Italie. Desert Base.

La fourchette retomba lentement dans l'assiette.

— Tu te fiches de moi.

— Je suis on ne peut plus sérieux.

— Et on y est obligés ?

Glen, avec curiosité, regardait alternativement le père et la fille.

— Il y a un problème avec Desert Base ? J'ai entendu dire que le Nevada est un très beau pays aussi.

— Nous en avons des souvenirs… déplaisants, c'est tout, expliqua sommairement Ross.

— Oui… Pour tout dire, on a failli y rester quand tout a explosé, et maman est morte une semaine après. Oui, déplaisants, en effet.

C'était plus fort qu'elle, il avait fallu qu'elle se montre sarcastique. Ce qui était regrettable car son père, elle le savait, avait horreur de ça. Il demeura toutefois imperturbable. Rien d'étonnant : ils avaient un invité.

— Désolé, marmonna Glen. Je l'ignorais.

— Ce n'est pas grave, dit-elle, s'adoucissant. Vous ne

pouviez pas savoir, bien sûr. Enfin… connaissant l'armée, ce sera temporaire, comme toujours.

— Non, permanent, dit Ross. Du moins aussi permanent qu'on peut l'être dans ce genre de chose.

Betty avait du mal à le croire. De tous les endroits super qu'ils avaient connus, il fallait que ce soit dans cette saleté de désert qu'ils se fixeraient pour de bon ?

— Je croyais que tout avait été rasé ?

— La base a été entièrement reconstruite. Et c'est moi qui la commanderai.

— Oh flûte… gémit-elle, convaincue qu'aucun adolescent au monde ne pouvait commencer plus mal sa journée qu'elle…

Bruce Krenzler, en train de travailler dans le laboratoire de l'école, vit son attention déviée des lamelles qu'il étudiait sous le microscope par un specimen d'une tout autre nature : une ravissante jeune fille qui venait d'entrer dans la pièce et qui regardait timidement dans sa direction. Bruce en perdit tellement ses moyens qu'il faillit renverser les éprouvettes.

Elle s'appelait Alice, et il l'avait déjà remarquée à plusieurs reprises. Une ou deux fois, elle lui avait demandé l'heure entre deux cours avant de filer sans même prendre la peine de le remercier. Mais aujourd'hui, elle se dirigeait droit sur lui d'un pas assuré comme s'ils se connaissaient depuis toujours.

— Salut, Bruce. Qu'est-ce que tu fais ?

— Un truc super. Tu peux, euh… étudier l'ADN, et le… les protéines.

— Je peux voir ? demanda-t-elle, l'air sincèrement intéressé.

— Bien sûr, vas-y.

Alors qu'il se levait pour lui permettre de se pencher sur l'oculaire, Bruce respira une bouffée de son parfum.

— Tu sais, dit-elle, les types calés m'ont toujours branchée.

Bruce s'écarta légèrement, estomaqué par le cours que prenait la conversation. Depuis des années, il traînait sa gaucherie et son mal-être avec les filles devant qui il n'arrivait jamais à aligner deux mots d'affilée. Et tout à coup cette superbe blonde le remarquait et se montrait gentille avec lui, et peut-être même qu'ils pourraient sortir ensemble un jour, et qui sait quoi d'autre encore, et c'était vraiment la chose la plus incroyable qui lui était jamais arrivée…

En reculant, toutefois, il trébucha sur un tabouret et tomba à la renverse. Et alors qu'il était là, étalé par terre, des rires éclatèrent derrière lui. Se retournant, il découvrit un groupe d'autres étudiants en train de se tenir les côtes, et se rendit compte, avec une colère croissante, qu'on lui avait tendu un piège. Alice, en fait, n'était venue à lui que pour distraire ses copains.

— Mon pauvre Bruce, dit-elle en riant encore plus fort que les autres. Quel crétin tu fais…

Le visage de Bruce se crispa de rage, et tout son corps fut saisi de tremblements convulsifs. Agrippant le bord d'une table, il se releva tant bien que mal, mais renversa tout ce qui s'y trouvait, dont un bec Bunsen allumé. La flamme entra en contact avec le liquide répandu, en l'occurrence de l'alcool qui flamba immédiatement. En une seconde, la table s'embrasa et le groupe s'éparpilla en criant.

La lueur du feu se reflétait dans les yeux de Bruce dont le corps commença de se déformer. Il lutta pour se maîtriser – *écrase ta colère, réduis-la en bouillie, sinon il arrivera un malheur* – comme il le faisait toujours pour des raisons depuis longtemps oubliées mais profondément gravées en lui. Cependant les rires des autres résonnaient encore dans sa tête et pour une fois, rien qu'une fois, il avait envie de lâcher la bride à sa fureur…

… et soudain une sonnerie d'alarme retentit. Le système d'arrosage automatique se déclencha et la douche qui se déversa sur lui rafraîchit ses ardeurs. L'eau froide avait éteint le feu – sur la table, et en lui…

Du moins provisoirement.

DÉSIR

Betty traversa la route principale de Desert Base. La chaleur suffocante se plaqua comme un masque brûlant sur son visage, mais elle s'y était déjà réadaptée. Son père, sur ses talons, la rattrapa en criant.

— Une minute, jeune fille ! Nous n'avons pas terminé notre conversation !

Betty s'éloignait avec la grâce naturelle qu'elle avait acquis en entrant dans l'adolescence. Elle portait un jean moulant et le T-shirt Metallica que son père avait en horreur. Une excellente raison pour qu'elle le mette au moins deux fois par semaine. Quelques militaires leur jetèrent un coup d'œil en passant.

— Rompez, soldats ! leur lança-t-elle sèchement.

Les types trouvèrent rapidement un autre sujet d'intérêt en apercevant Thunderbolt Ross derrière elle.

— J'ai dit que nous n'avions pas fini de parler ! aboya-t-il.

Se retournant vers lui, elle le dévisagea d'un air furibard. Un privilège qu'elle ne partageait avec personne. Elle seule, à des kilomètres à la ronde, était capable de lui tenir tête.

— Ah non ? Mais quand avons-nous *commencé*, au juste ? Avons-nous jamais entamé une seule discussion ? *Tu* parles, et j'écoute. Un échange, pour moi, ça n'a jamais été un monologue !

— C'est pourtant bien suffisant, rétorqua Ross. Alors ? Est-ce que Glen a dit vrai ? Tu as rompu avec lui ?

Elle redressa les épaules.

— Oui, tout à fait vrai.

— Mais pourquoi ferais-tu une chose pareille, bon sang ?

— Parce que, que tu le croies ou non, je ne suis sortie avec lui que pour te faire plaisir, papa. Or lui parlait de mariage, envisageait de construire une vie avec moi…

Ross écarquilla les yeux.

— Et alors ? Qu'y a-t-il de mal à ça ? C'est un lieutenant qui a un bel avenir devant lui. Je l'ai fait venir ici parce qu'il a des qualités et que…

— … et que tu voulais me le coller dans les pattes. Je ne suis pas idiote, papa. Tu avais des vues sur lui depuis le Maryland.

— Et pourquoi pas ? Je cherche seulement à ménager tes intérêts.

— Ce dont je te serais sûrement reconnaissante si on était encore dans les années soixante ! Tu voudrais que je me marie et que je devienne une bonne petite épouse de militaire capable d'organiser de gentilles réceptions pour les officiers que mon mari ramènera à la maison, que j'élève tous les enfants que mon cher et tendre choisira de produire, et que, le reste du temps, je sache la boucler !

— Ta mère ne s'en est jamais plainte.

Le teint de Betty vira au gris, et elle eut conscience que son père regrettait déjà d'avoir prononcé ces mots. Avant qu'il ait pu se reprendre, toutefois, elle objecta d'une voix glaciale :

— Je ne suis pas maman. Désolée de ne pas avoir su suivre son exemple. Peut-être que j'aurais dû avoir la décence de mourir moi aussi pour te rendre heureux.

— *Betty !* s'exclama-t-il, atterré. Arrête ! Tu dis des horreurs rien que pour me blesser, n'est-ce pas ?

C'était vrai, et elle s'en voulait, comme lui quelques secondes plus tôt. Mais, sur le moment, elle refusa de désarmer.

— Tu ne comprends pas, c'est tout, dit-elle, les yeux fixés sur ses baskets.

— Alors explique-moi. Nous sommes tous les deux doués d'intelligence. Je devrais pouvoir comprendre pourquoi tu as rejeté un homme comme Glen Talbot, pourquoi tu…

— Oh, papa… soupira-t-elle, exaspérée. Glen n'est pas ce que tu imagines.

— Ah non ? Et qu'est-ce que j'imagine, au juste ?

— Qu'il est une jeune version de toi-même. Mais tu te trompes, je peux te l'assurer. J'ai eu l'occasion de le connaître… de *bien* le connaître. Il a toujours un tas d'idées dans la tête…

— Et qu'y a-t-il de mal à ça ? Nous avons besoin de stratèges et…

Betty secoua la tête.

— Non. Ce n'est pas ça. Ses idées n'ont rien de noble, je t'assure. En fait, il donne plutôt l'impression de comploter. Papa… je sais que nous ne sommes pas toujours d'accord, mais il y a une chose dont je n'ai jamais douté en ce qui te concerne, et c'est ton amour pour ce pays. Tu les as placés, lui, ses habitants, et la protection que tu as juré de leur assurer, au-dessus de tout le reste. Même au-dessus de moi.

— Ce n'est pas vrai, Betty.

— Si, ça l'est, insista-t-elle avec un sourire un peu forcé. Et ce n'est pas nécessairement critiquable. Peut-être qu'un jour, avec les années, je ne le prendrai plus autant à cœur. Mais pour revenir à Glen, c'est un opportuniste avide de pouvoir et avec des dents qui rayent le parquet.

Je le sais. Alors surveille bien tes arrières quand je ne serai plus là.

— Oh, vraiment ? Et où pourrais-tu bien aller ?

Elle inspira profondément, se préparant à se jeter à l'eau.

— J'ai été acceptée à Berkeley.

— *Quoi ?!*

Il la considéra un instant sans voix, bouche bée.

— Mais c'est absurde ! Que ferais-tu à l'université ? Tu n'as même pas fini le lycée !

— Papa, as-tu fait l'effort, ne serait-ce qu'une fois, de lire mon dossier de scolarité ? J'ai suivi des cours accélérés en plus du reste, et avec d'excellents résultats. Pendant que tu organisais la base, moi j'expédiais mes années de lycée, mais tu étais bien trop occupé pour t'en apercevoir. J'ai réussi mon examen d'entrée à Berkeley et, compte tenu de mon âge, j'ai été acceptée avec une dispense.

— Tu n'as pas pu envoyer ta candidature, objecta Ross. Il faut qu'un parent signe le formulaire…

— Tu l'as fait. Je te l'ai glissé pendant que tu remplissais de la paperasse, à la maison. Tu es tellement conditionné pour signer presque n'importe quoi que ça n'a posé aucun problème.

— Oh… fit-il, dépité, avant de se ressaisir. Et l'argent ? Ce n'est pas gratuit, tout ça. Où as-tu été chercher l'argent ?

— Sur le compte de Glen, en échange de quelques heures dans son lit.

— *Betty !*

Elle ne put s'empêcher de rire devant son teint brusquement pivoine.

— Je l'ai emprunté à mon amie Kelly, papa. Je lui ai promis qu'elle serait remboursée dès que tu aurais cessé de trépigner.

— Je suis un général de l'armée américaine, Elizabeth, dit-il avec raideur. Et en tant que tel, je ne *trépigne* pas.

— Papa…

Elle s'avança vers lui, mais sans le toucher. Il était si rigide qu'elle pouvait presque recevoir physiquement les vibrations de sa colère.

— … Je voudrais travailler dans la recherche. Je ne veux pas être une épouse de militaire, même pas d'un officier. Je veux être engagée dans un laboratoire privé et me consacrer à la science, et vivre ma propre vie. Pas la tienne, ni celle du fils que tu aurais aimé avoir… Au vu de mes résultats, ils m'ont offert une bourse.

Elle marqua une courte pause avant d'ajouter, d'une petite voix :

— S'ils ont été aussi impressionnés, pourquoi ne l'es-tu pas, toi ?

Une longue minute s'écoula, et elle put le sentir de façon presque palpable s'éloigner d'elle.

— Fais ce que tu veux, lâcha-t-il finalement avant de tourner les talons sans un mot de plus.

Ce furent ses dernières paroles. Betty devrait attendre plus de cinq ans pour entendre de nouveau le son de sa voix.

Allongé sur la moquette de sa chambre, Bruce Krenzler, entouré de piles de livres, était en train de bouquiner. Comme sa mère adoptive venait s'installer à côté de lui, il releva la tête.

— Ça va, m'man ?

Monica Krenzler observa le désordre apparent de la pièce qui jurait avec la méticulosité habituelle de l'adolescent.

— Bruce, soupira-t-elle. Tu es déjà parti à l'université. Tu vas terriblement me manquer, tu sais, ajouta-t-elle en lui ébouriffant les cheveux. Mais un jour, tu deviendras un chercheur remarquable.

— Comme mon père ?

Lentement, elle ôta la main de sa tignasse, et Bruce eut la sensation que la température ambiante baissait brusquement de plusieurs degrés.

— Tu te souviens de lui ? demanda-t-elle prudemment.

— Non, mais tu m'as dit un jour que c'était un scientifique.

— C'est vrai ?

Apparemment surprise d'avoir pu laisser échapper cette information, elle essaya visiblement de se rappeler en quelles circonstances elle avait pu le faire.

— J'avais dû le déduire de ta propre intelligence, dit-elle enfin d'un ton détaché.

Elle le considéra un instant en silence, puis se pencha vers lui.

— Un jour, tu découvriras qu'il y a quelque chose de très spécial, en toi… Quelque chose de grand, de noble, j'en suis convaincue. Et alors tu le partageras avec le monde entier.

Il la serra fort contre elle, et ne la vit donc pas plisser les yeux, ne vit pas l'étrange mélange de tristesse et de contemplation distante, comme si elle le percevait non pas comme un fils aimé quittant la maison… mais comme un projet amorçant une nouvelle étape.

DEUXIÈME PARTIE

EGO

RÉPRESSION

Le chalet lui avait paru idéal pour une évasion.

Son père l'avait construit de ses propres mains, et elle gardait quelques souvenirs diffus de l'époque où elle jouait à cache-cache sur la terrasse. La famille Ross avait connu ses plus heureux moments, là-bas.

Mais après la mort de sa femme, Thunderbolt avait perdu toute envie d'y retourner, et Betty en avait déduit que les moments de bonheur qu'ils y avaient vécus étaient pour lui trop liés à sa femme disparue. C'était compréhensible. Elle avait décoré l'endroit de A à Z, et si Betty trouvait l'omniprésence maternelle réconfortante, son père, en revanche, n'éprouvait manifestement que de la tristesse à être ainsi constamment confronté à des temps révolus. A telle enseigne qu'il avait dit un jour à Betty qu'elle pouvait désormais considérer ce chalet comme sien.

— Etant donné que je n'en aurai plus l'utilité, ce serait dommage de le laisser se dégrader.

Le prenant au mot, elle y avait amené Bruce pour le week-end.

A l'approche de la trentaine, Betty était maintenant une très belle jeune femme qui – et son père, quoique douloureusement, était bien obligé de le reconnaître – ressemblait de façon frappante à sa mère. Elle s'exprimait avec une assurance tranquille, et bougeait avec la grâce d'une danseuse, encore qu'elle n'eût jamais pris de leçons. Et le plus charmant était peut-être qu'elle n'avait aucune idée de sa beauté.

Tout ce qu'elle savait, c'est qu'elle souhaitait que ces deux jours soient parfaits. Elle avait pour cela dû mettre les bouchées doubles au labo pour se ménager le temps nécessaire à cette escapade. Pour la plupart des gens, ça ne posait aucun problème, mais pour elle, qui avait tendance à travailler vingt-deux heures sur vingt-quatre et sept jours sur sept, c'était une tâche presque insurmontable. Résultat : elle était sur les genoux. Ses cheveux – selon elle – était ternes et plats, et son maquillage habituel largement insuffisant pour escamoter ses cernes et ses traits tirés.

Chaudement équipés de chemises de lainage et de pantalons multi-poches, tous deux posaient à cet instant devant un appareil photo fixé sur un trépied et Betty – qui se trouvait très peu photogénique – s'amusa à arborer le sourire crispé d'un condamné à mort posant pour la postérité du fond de sa chaise électrique. Quand le flash la fit cligner des yeux, elle imagina avec embarras l'horrible expression qu'elle devait avoir.

Bruce, comme à son ordinaire imperméable à tout ce qui ne lui était pas pratiquement hurlé en pleine figure, ne s'était pas aperçu de la gêne de Betty. Leurs rétines n'avaient pas encore repris leur taille normale qu'il était déjà debout.

— On va en prendre une autre.

— Non ! protesta-t-elle. J'ai l'air trop fatiguée.

D'un geste las, elle passa la main dans ses cheveux comme s'il lui était possible de leur redonner éclat et brillant par le seul fait de sa volonté.

Bruce ne le remarqua pas davantage. Il était bien trop absorbé par le mystère du déclenchement automatique pour se soucier de quelque chose d'aussi dérisoire que les états d'âme de sa petite amie. Rien d'étonnant, d'ailleurs, songea-t-elle, compte tenu du peu d'intérêt qu'il portait aux siens. Au moins était-il cohérent avec lui-même, sur ce plan-là, en tout cas.

Puis, comme s'il lui avait fallu de longues secondes pour assimiler ce qu'elle venait de dire, Bruce se tourna vers elle.

— Tu es fatiguée, mais ça ne t'empêche pas d'être resplendissante.

Elle eut un sourire un peu triste. Il était sincère, de cela elle ne doutait pas. Cependant, dans les compliments d'un homme, on peut en principe déceler une gamme d'émotions – du désir filtrant à travers les mots, par exemple. Mais pas chez Bruce. Une fois de plus, elle se demanda s'il n'était pas gay.

Après avoir de nouveau réglé l'appareil, il revint s'asseoir près d'elle et la prit par les épaules jusqu'au déclenchement du flash. Puis il repoussa les cheveux de son visage.

— Hé… qu'y a-t-il ?

Betty n'avait aucune intention de le lui dire, mais les mots franchirent ses lèvres avant qu'elle ait pu les retenir.

— Ce sont mes rêves. Ils sont épouvantables, et ils reviennent régulièrement.

— Alors fais comme moi : ne dors pas.

Betty ne fut pas dupe une seconde de sa jovialité forcée. Doucement, elle posa une main sur la sienne.

— Ce n'est pas une solution… pas plus pour moi que pour toi, répondit-elle avec sérieux.

Bruce laissa tomber le masque et reprit son expression morose habituelle. Son enjouement n'était qu'une simulation à laquelle il se contraignait pour le bénéfice de Betty.

Son visage s'assombrit donc et il l'attira contre lui d'un geste protecteur.

— Parle-moi de tes rêves…

Rassurée par la sensation de son bras sur ses épaules, elle se blottit plus étroitement contre lui. C'était exactement là qu'elle devait être, comme une pièce de puzzle qui s'accroche naturellement à celle qui lui est associée. Et le réconfort qu'elle en ressentit lui donna la force de parler de ses cauchemars pour la première fois depuis des lustres.

— Ça commence comme un souvenir. Je crois même que ce doit être celui qui remonte le plus loin. Je devais avoir deux ans, à l'époque. Il y a une… une petite fille…

— Toi ?

Elle confirma d'un hochement de tête.

— Oui, c'est moi. Je suis chez un marchand de glaces. Et on me jette en l'air, on me rattrape, on me lance de nouveau…

— Qui fait ça ?

— Mon père. Il est en uniforme. Il a l'air si…

Elle s'interrompit, cherchant la meilleure façon de formuler son ressentir.

— Il est tel que je le voyais quand j'étais enfant – grand, fier, invincible. Plus qu'humain.

— A ta place, je me méfierais de ce qui est plus qu'humain, remarqua-t-il avant de réfléchir une seconde. Donc, ton père est en train de t'envoyer en l'air. Ce ne serait pas un peu freudien, cette histoire ?

— Bruce ! s'exclama-t-elle en lui donnant un coup de coude.

Elle fut récompensée par son grognement étonné.

— Encore une réflexion de ce genre et…

— Désolé, dit-il en se frottant les côtes.O.K. Donc, ton père, invincible, etc. Et ensuite ?

— Eh bien, une jeep s'arrête, et des soldats l'appellent.

Et là, tout s'embrouille – tu sais, comme ça le fait souvent dans les rêves. J'étais chez le marchand de glaces, et soudain je me retrouve dans le désert, et il y a une maison avec un petit garçon qui regarde par la fenêtre. Et c'est là que tout commence…

Elle pouvait voir clairement les images, à présent, comme un film se déroulant sur un écran.

— Mon père me repose, et je pleure. Et brusquement, on entend un bruit… comme un orage qui arrive, mais ce n'en est pas un. C'est un nuage… un énorme nuage vert. On dirait presque qu'il est vivant.

— Tu crois vraiment que c'est un rêve ? s'enquit Bruce. Ce n'est pas plutôt un souvenir ?

Elle hocha la tête.

— A mon avis, c'est quelque chose qui s'est produit à Desert Base avec mon père.

— Desert Base… ? Ce n'est pas là qu'on trouve pleins d'E.T. et d'OVNI ?

Elle savait pertinemment qu'il connaissait la différence, mais rit tout de même. Ses efforts pour alléger l'atmosphère la touchaient.

— Ça, c'est le secteur 51, idiot, dit-elle. La Desert Base est encore plus secrète. Donc…

Ses pensées revinrent à son récit, et à présent qu'elle les évoquait à voix haute, elle revoyait les événements de façon d'autant plus vivante.

— … le rêve continue. Et tout à coup je suis seule. Je pleure, et je pleure, jusqu'à ce qu'une main me couvre le visage.

— Celle de ton père ?

Elle secoua la tête, incapable de soutenir son regard alors qu'elle répondait dans un souffle :

— La tienne.

Ainsi qu'elle l'avait anticipé, il s'écarta d'elle. Toujours assise, elle se tourna vers lui, s'attendant à le voir intrigué, ou horrifié, ou blessé, enfin tout sauf cette attitude comme toujours totalement, insupportablement impassible.

— Mais c'est abominable, dit-il.

Sa voix trahissait au plus une légère contrariété, comme si cette idée était grotesque.

— Tu sais bien que je ne te ferais jamais aucun mal.

— C'est déjà fait, dit Betty, avec une affection chagrine.

— Comment ?

— Tu me brises le cœur.

Elle avait attentivement observé ses yeux en disant cela. En quête, une fois de plus de… d'étonnement ? De douleur ? De colère ?

Mais rien. Toujours ce calme imperturbable, comme si la seule notion d'émotion, quelle qu'elle fût, lui était complètement étrangère.

— Je ne comprends pas pourquoi tu dis une chose pareille.

Il s'était exprimé avec la perplexité qu'il affichait devant l'échec d'une de ses expériences de labo.

— Est-ce que tu m'aimes, Bruce ?

— Evidemment. Tu le sais bien.

— Tu vois ! C'est exactement ce que je veux dire !

Enfin une réaction – l'incompréhension.

— Quoi ?

— La manière dont tu as dit « tu le sais bien ». Bruce, la femme que tu aimes doute de tes sentiments à son égard, et tu lui réponds avec une telle désinvolture que tu pourrais aussi bien être en train de parler de l'averse qui se prépare.

— Je ne suis pas désinvolte, contesta-t-il.

— Ah non ? Bruce… insista-t-elle en serrant sa main dans la sienne. Nous avons discuté d'un tas de choses, échaufaudé des plans… mais jamais je n'ai eu la moindre preuve de ta part que tu t'investissais émotionnellement dans notre relation.

— Je croyais que tu me connaissais mieux que ça…

— Oh, je te connais… mieux, je crois, que tu ne te connais toi-même.

— *Non*.

Betty fut étonnée par la fermeté du ton. Une fermeté qui confinait presque à la férocité, comme si une petite part de lui-même avait été ébranlée. Comme si un rideau avait été écarté pour révéler, par une mince fente, quelque chose d'inattendu et de surprenant… pour elle, en tout cas, sinon pour lui.

Ce fut toutefois éphémère. Le rideau retomba aussitôt sur les yeux de Bruce qui poursuivit avec sa retenue coutumière.

— Non. Tu te trompes, Betty. Il faut que tu me croies : tu te trompes lourdement. Je me connais mieux que personne ne le pourra jamais.

— Mais pourtant, il est essentiel, dans une relation, de s'ouvrir à l'autre, de lui donner accès à tous les recoins de son être secret.

— Dans ce cas, je suppose que nous n'avons pas de relation.

Betty, profondément choquée, eut un mouvement de recul. Lui-même parut surpris de sa propre déclaration, sans pour autant tenter de la reprendre ou de l'expliquer. En revanche, il déglutit péniblement, comme si quelque chose lui restait coincé dans la gorge.

— Est-ce… ce que tu veux, Bruce ?

— Non, répondit-il très doucement. Mais apparemment… c'est ce qui *est*.

— Mais pourquoi ? Pourquoi t'enfermes-tu à double tour ? Pourquoi ne veux-tu pas me laisser entrer ? demanda-t-elle d'un ton pressant, anxieuse de comprendre ce qui faisait que cette relation, la meilleure chose qui lui fût jamais arrivée, lui glissait entre les doigts.

— Le problème se pose différemment, objecta-t-il en se relevant, les mains enfoncées dans ses poches. Pas du tout.

— Comment ? Dis-moi, Bruce… Tu me dois bien ça, au moins…

— Le question n'est pas tant que tu puisses entrer, Betty. Il s'agirait plutôt que *moi* je puisse sortir.

Son ton avait été celui d'un médecin diagnostiquant une maladie terminale.

Betty secoua la tête.

— Je ne saisis pas.

Bruce s'était approché de la porte sur la poignée de laquelle il avait posé la main.

— Moi non plus, dit-il, autant à elle qu'à lui-même, avant de sortir du chalet en refermant doucement derrière lui.

Lorsqu'il revint quelques heures plus tard, Betty s'était remaquillée pour effacer les traces de ses larmes. Ils passèrent la nuit sur place, elle dans la chambre, lui sur le canapé. Ce n'était pas ainsi qu'elle avait envisagé ce week-end, et elle mouilla encore son oreiller au cours de la nuit. Elle ignorait s'il pouvait l'entendre pleurer ou non, et de toute façon, ça lui était égal. Peut-être, à cet égard, l'apparente équanimité de Bruce déteignait-elle sur elle.

UN AN PLUS TARD

Benny Goodman était un type plutôt inoffensif…

La petite soixantaine, avec un perpétuel sourire aux lèvres, une barbe fournie et un solide sens de l'humour (indispensable à quelqu'un qui essuyait depuis six décennies toutes les plaisanteries imaginables sur l'orchestre de son homonyme.) Benny était fier de pouvoir proclamer qu'il n'avait pas un seul ennemi au monde.

Aussi, quand, un soir, tard, un coup retentit à sa porte, ouvrit-il sans la moindre hésitation.

Un homme se tenait sur le seuil, d'une allure similaire à la sienne, même poids, même taille, et presque même barbe. Trois chiens étaient assis à ses pieds, l'air pas commode mais manifestement bien dressés.

— Benny Goodman ? demanda l'homme d'une voix grave et rocailleuse.

— Oui… ?

— Benny Goodman, qui travaille comme agent d'entretien aux laboratoires Lawrence Berkeley ?

Benny commença à entendre une distante sonnette d'alarme dans son esprit.

— Y aurait-il un problème au labo ? s'enquit-il prudemment.

— Non, pas du tout. C'est seulement que… mes chiens ont faim.

Benny baissa les yeux sur les trois molosses qui se mirent à gronder.

— Je… je n'ai rien pour eux, balbutia-t-il.

— Aucune importance. Nous allons improviser, répondit l'homme qui claqua des doigts.

Aussitôt, l'un des clébards – un pitbull – sauta à la gorge de Benny dans laquelle il planta ses crocs puissants. Ses deux congénères s'empressèrent de participer à la fête et Benny tomba sous l'assaut des trois fauves sans même pouvoir pousser le moindre cri. L'homme entra dans le vestibule et, comme il refermait la porte sur lui, considéra son hôte agonisant avec un petit sourire.

— Au fait… j'adore votre orchestre…

Ce n'était pas la première fois que Bruce Krenzler observait son reflet dans le miroir avec l'impression d'être face à un individu distinct de lui-même. A moins que ce soit autre chose. Oui. Oui, sans doute. En fait, c'était comme s'il étudiait son propre visage… et que les yeux dans le miroir lui retournaient son regard avec intensité, avec curiosité et… haine.

Pourquoi de la haine ?

Pourquoi pas ?

La question et la réponse fusèrent comme deux éclairs qui se télescopèrent, et l'impact de la collision fut tel que son esprit parut se fissurer, et il se vit soudain d'au-delà du carcan de son enveloppe charnelle, comme s'il était sujet à une expérience hors du corps. Heureusement que le ridicule ne tuait pas… Il était là, torse nu, une serviette nouée autour des hanches, en train de contempler son reflet comme s'il s'agissait de la chose la plus irrésistible qu'il eût jamais vue. Pour un œil non avisé, il passerait sans doute pour un nombriliste de première classe. Ou un narcissique. *Ou un acteur*, ajouta-t-il mentalement en essayant de rire de lui-même. Curieusement, il n'y parvenait pas.

Ses cheveux noirs et raides étaient encore aplatis par la douche, mais sa peau avait séché. Il examina son visage de plus près. Ses oreilles étaient légèrement décollées. Pour lui, il avait l'air un individu raisonnablement intelligent. Toutefois, il se demanda une fois de plus si cette opinion n'était pas celle de quelqu'un bien trop obsédé par son petit moi.

Il avait aussi l'impression d'un décalage entre son âge physique et son âge mental. Autrement dit, il se sentait plus jeune que son corps. Il était plutôt bien musclé, mais pas trop. Accaparé par son travail, il n'avait pas souvent l'occasion de faire du sport et son léger hâle naturel avait pâli sous les néons du labo dans lequel il mangeait et dormait. S'il rentrait de temps à autre chez lui, c'est uniquement parce que Betty l'y forçait.

Quelque chose s'alluma dans ses yeux à l'évocation de Betty. Il ignorait ce dont il s'agissait, et ça le tracassait. Il songea à ce jour où, alors qu'ils grimpaient vers le chalet, Betty l'avait regardé avec amour en parlant des yeux, fenêtres de l'âme. Bruce avait ri avant de rétorquer avec insouciance : « Oui, mais l'âme de qui ? » Et quand Betty l'avait interrogé sur le sens de cette repartie, il n'avait eu aucune explication à lui fournir.

Il n'en avait pas davantage aujourd'hui.

— Mon Dieu, Bruce, dit-il à voix haute.

La lumière de l'aube filtrait à travers le rideau fermé de la salle de bains.

— Tu comptes passer la journée à te vautrer dans la contemplation de toi-même ?

Bizarrement, il guetta une éventuelle réponse. *On dit toujours que se parler à soi-même n'est pas dramatique ; c'est quand on commence à se répondre que ça devient grave.*

Le silence qui succéda à sa question lui procura un soulagement certain.

Décidant qu'il avait assez perdu de temps comme ça, Bruce se tartina le visage de crème et entreprit de se raser. Il le fit avec le même soin, les mêmes gestes méthodiques qu'il avait pour... pour pratiquement tout, à vrai dire. Betty l'avait averti un jour qu'il suffirait d'un tout petit pas de côté pour qu'il bascule dans le monde de la psychonévrose obsessionnelle.

— Impossible, avait-il répondu. Je fais déjà une fixation au stade anal...

Betty avait ri, et la question avait été abandonnée. Bruce n'avait pas oublié, cependant (ni Betty, d'ailleurs), mais ni l'un ni l'autre ne l'avait plus jamais soulevée.

Le rasoir glissait sur ses joues. Il l'observa attentivement. Peu à peu, il prit conscience que quelque chose clochait, dans son reflet, sans toutefois pouvoir saisir quoi. Finalement il mit le doigt dessus : il ne clignait plus des yeux. Il était si concentré sur sa tâche que ses yeux demeuraient totalement fixes, comme ceux d'un serpent. Ou d'un fou.

Il les ferma, ce qui exigea un effort. Une fois, lentement. Puis il les rouvrit, et rencontra de nouveau ces yeux sertis dans son visage relativement banal, mais *bon sang* il avait toujours l'impression que quelqu'un d'autre l'observait.

Tu perds les pédales, Bruce.

Oui. Absolument.

Il faillit sursauter alors que, encore une fois, il se répondait à lui-même d'une voix passablement satanique. Du coup, il se coupa.

Et il y avait du sang, du sang bouillonnant partout, et c'était horrible, terrifiant, et au plus profond quelque chose s'ancrait, replié sur soi par la terreur et la rage

inextricablement mêlées, et qui le regardait, à travers ses
yeux, avec une haine ardente…

C'était une égratignure, rien de plus. Pas de sang
bouillonnant. Pas de traumatisme. Rien qu'une malheureuse griffure. Il pressa une serviette en papier dessus
pendant quelques secondes et elle s'arrêta de saigner.

Il ricana en découvrant l'insignifiance des dégâts.

— Les dangers du dérapage mental, dit-il à haute
voix bien qu'il n'y eût personne pour l'entendre.

Et puis, presque contre sa volonté, il les vit, *ces yeux*,
et eut le brusque sentiment qu'il y avait bien quelqu'un
pour l'écouter. Quelqu'un d'autre que lui-même.

Après avoir expédié le rasage en battant des records
de vitesse, il attrapa une serviette mouillée pour ôter les
restes de crème. Quand il se regarda de nouveau, ses
yeux étaient les siens, à lui et à personne d'autre, et il se
retrouva devant une évidence : il souffrait d'une hyper-
activité de l'imagination, et d'un manque patent de café
matinal.

Le laboratoire des établissements Berkeley, où Bruce
passait le plus clair de son temps, était un endroit plutôt
divertissant. Enfin… pour quelqu'un comme Bruce, en
tout cas. Les labos qu'il voyait dans les films étaient toujours d'une propreté scrupuleuse et méticuleusement
rangés. Ceux qu'il avait fréquentés pendant ses études
avaient été de véritables foutoirs et, d'une certaine façon,
il avait toujours eu hâte d'être adulte pour travailler dans
un de ces labos de rêve où on peut se déplacer sans renverser, casser ou trébucher sur quoi que ce soit.

Or, alors qu'il était aujourd'hui chercheur en chef sur
l'un des projets les plus prometteurs de la compagnie,
non seulement ses talents d'organisation ne s'étaient pas
améliorés, mais ils s'étaient manifestement dégradés.

Son assistant, Jake Harper, était théoriquement censé

veiller à ce que la pagaille ne menace pas de les engloutir. Théoriquement… Pratiquement, c'était une autre histoire. Harper était en réalité un cas aussi désespéré que
Bruce.

Evidemment, Betty aurait pu tout organiser. Elle avait
l'esprit façonné pour ça. Mais elle avait déclaré un jour à
Bruce que s'il souhaitait la voir prendre les choses en
main pour eux deux, il risquerait d'attendre jusqu'à la
saint-glinglin, parce qu'elle n'avait ni le temps, ni l'envie de jouer les femmes de ménage.

Bruce et Harper en étaient donc réduits à s'évertuer,
de temps à autre, à mettre un semblant d'ordre dans les
lieux, avec Betty entre les deux dans le rôle de supervi-
seur qui émaillait leurs efforts de soupirs affligés et de
claquements de langue réprobateurs. En définitive, le
labo n'était jamais nettoyé, mais au moins chacun y
retrouvait-il ses petits. Et Bruce puisait dans cet état de
fait un certain réconfort, aussi tiède fût-il.

Harper – cheveux perpétuellement en bataille, lunettes
perchées sur le bout du nez et teint blême – avait quelques années de moins que Bruce et un système nerveux
branché en permanence sur un courant de deux mille
volts. Cette nervosité venait certainement de son manque
de confiance en lui-même, ce que Bruce avait vraiment
du mal à comprendre. Les qualités de Harper étaient bien
supérieures à celles du commun des mortels, et il avait
reçu son diplôme du MIT – l'institut technologique du
Massachussetts – avec les honneurs. Son doctorat sur la
régénération des cellules avait été si brillant que le
Dr Henry Pym, qui faisait autorité en la matière, l'avait
en personne félicité pour l'excellence de son travail.

Et pourtant, pendant les expériences, Harper était toujours sur des charbons ardents comme s'il remettait systématiquement ses compétences en question. A moins
qu'il n'ait tout simplement peur que quelque chose lui

explose à la figure. Néanmoins, comme il travaillait beaucoup mieux que la dizaine d'assistants qui l'avaient précédé à ce poste, Bruce était enclin à fermer les yeux sur ses petits travers. Son tempérament naturellement calme le portait à tolérer beaucoup de choses qui auraient mis n'importe qui en boule.

Sauf ton propre reflet…

Agacé d'avoir involontairement évoqué sa rencontre dans le miroir – laquelle, dans son esprit, et à son grand dam, avait été élevée de simple séance de rasage au rang d'analyse de sa psyché –, Bruce s'empressa de repousser ces pensées importunes pour se concentrer sur la gammasphère.

La chambre circulaire, fruit de deux années de travail et de programmation méticuleux, étincelait devant lui. Protégée par un bouclier de verre de trente centimètres d'épaisseur, la partie inférieure était garnie de panneaux réfléchissants destinés à traiter et à concentrer le rayon qui serait minutieusement manipulé de l'extérieur par les scientifiques.

Au centre de l'appareil, perchée sur un piédestal miniature, une grenouille fixait tranquillement le mur d'en face. Le dôme qui l'abritait était perforé de trous microscopiques afin qu'elle ne meure pas asphyxiée et pour permettre aux gaz de l'atteindre. Un miroir convergent surplombait le socle.

Bruce avait prosaïquement appelé la grenouille « numéro onze ». Harper n'était pas d'accord ; il insistait pour baptiser correctement chaque sujet condamné, et ce malgré les protestations de Bruce. Cette grenouille-là avait hérité du nom de Freddie. Bruce jugeait cette attitude anti-professionnelle. Ça ne se faisait pas, d'humaniser les cobayes, c'est tout. Il avait proclamé avec véhémence à un déjeuner que s'attacher aux créatures expérimentales représentait un gâchis d'énergie émotionnelle. Ce à quoi Betty, les yeux baissés sur son sandwich au thon, avait rétorqué non sans une certaine pertinence que si on ne devait s'attacher ni aux cobayes, ni à d'autres êtres humains, avec *quoi* était-il permis de le faire ? Harper avait eu l'air perplexe, et Betty s'était contentée de lui adresser un petit sourire sucré, mais Bruce n'avait pas eu besoin de dessin pour comprendre que sa question lui était directement adressée.

Qu'attendait-elle de lui ? Pourquoi ne pouvait-elle tout simplement accepter qu'il était différent d'elle ? Qu'est-ce que les femmes avaient donc dans la tête qui les poussait à vouloir à tout prix changer l'homme qu'elles aimaient ?

Il faut croire qu'elle le connaissait encore mal, songea-t-il, parce que, autrement, elle saurait que s'il y avait une chose pour laquelle Bruce Krenzler n'était vraiment pas doué, c'était justement le changement. Il était trop ancré dans ses habitudes, trop enfermé dans sa personnalité pour envisager d'autres possibilités. La transformation personnelle n'était pas son fort. Vraiment pas.

Bruce procéda aux contrôles de dernière minute avant de croiser le regard de Harper. Celui-ci, qui venait de terminer ses propres vérifications, annonça d'un signe de tête que tout était fin prêt pour lancer l'expérience.

— Harper, dit Bruce, lâche les nanomeds.

Les cheveux de Harper s'agitèrent comme des algues quand il opina du chef, puis il pressa une soupape de sûreté. Le gaz se répandit dans la chambre.

Freddie la grenouille regarda autour d'elle avec un étonnement passif. Elle ne voyait pas les nanomeds, cela va de soi. Il lui aurait fallu pour ça des yeux sensibles au krypton pour les discerner. Cependant, elle perçut le faible sifflement du gaz. Elle sortit la langue, misant sans doute sur l'espoir d'y trouver une certaine forme de nourriture.

— O.K., dit Bruce en inspirant lentement avant d'expulser l'air tout aussi calmement. Maintenant, on bombarde Freddie avec le rayon gamma.

Harper entra des instructions sur le clavier en marmonnant entre ses lèvres quelque chose que Bruce, au début, ne parvint pas à saisir. Puis il distingua enfin les mots que Harper répétait comme un mantra :

— Faut que ça marche, faut que ça marche, faut que ça marche…

Bruce ne put contenir un discret sourire. La prière désespérée de Harper provenait-elle du désir impérieux de voir l'expérience réussir, ou de l'angoisse due au sort qui serait réservé à Freddie en cas d'échec ?

Un rayon gros comme une tête d'épingle frappa la lentille focale au-dessus du socle et fut aussitôt répercuté sur le thorax de la pauvre bête qui s'étala sur le dos. Ses pattes griffèrent l'air un instant avant qu'elle ne puisse se ressaisir et trouver la force de se redresser. S'il y avait eu la moindre faille dans la chambre, les deux chercheurs auraient pu respirer une faible odeur de chair brûlée, et le cri aurait sans doute désagréablement agressé leurs oreilles. Mais Bruce et Harper étaient commodément isolés et la seule chose qu'il leur fut donné d'observer était l'affreuse blessure sur le thorax de l'animal.

Freddie, l'air ahuri, avait du mal à se tenir debout. Elle clignait furieusement des yeux, redoutant peut-être de perdre ses pattes et de finir en fricassée.

Pendant un temps, il ne se passa rien. Les yeux de Bruce étaient rivés sur l'animal. Enfin, lentement, miraculeusement, l'entaille commença de se refermer, en laissant dans son sillage une zone de vert fluorescent pulsant. Les tissus neufs étaient saturés de couleur.

Bruce n'en croyait pas ses yeux. A côté de lui, Harper gloussa de plaisir et de triomphe, et une voix féminine, si proche de lui qu'elle lui soufflait pratiquement dans l'oreille, murmura :

— *Oui !*

Il se retourna, surpris. Betty était derrière lui. Il ignorait depuis combien de temps, mais de toute évidence assez longtemps pour constater le résultat de l'expérience. Il ne savait même pas qu'elle était dans le laboratoire ; elle était censée assister à une conférence, et pourtant elle était là. Sans doute n'aurait-il pas dû en être étonné. Betty avait horreur des réunions et elle s'arrangeait toujours pour filer à l'anglaise. Elle clamait que leur travail, le sien et celui de Bruce, dépassait de si loin celui des autres scientifiques que rester en leur compagnie à quémander tuyaux et conseils était une perte de temps à l'état pur.

Elle était si près de lui qu'il pouvait respirer son parfum. Il n'avait jamais pu comprendre cette manie qu'avaient les femmes d'accaparer les odeurs de fleurs, de forêts de pins ou de pluie printanière au lieu de se contenter de la leur, tout simplement.

N'empêche qu'elle sentait bon…

Il croisa son regard, sourit involontairement, puis reporta son attention sur les données transmises par les scanners fixés directement sous la grenouille. Laquelle tremblait légèrement, ce qui pouvait être dû à une multitude de choses, et plus vraisemblablement à des vibrations de…

Freddie explosa.

Harper poussa un cri horrifié alors que les entrailles du petit amphibien éclaboussaient l'intérieur de la chambre. Betty eut un « *Oh !* » de frustration et Bruce, fidèle à lui-même, ne laissa rien paraître de sa déception mais sentit les muscles de ses épaules se contracter, comme à chaque fois qu'il se trouvait confronté à une situation stressante. Il se força à se détendre, malgré le goût nauséeux du désappointement dans sa bouche. D'autres grenouilles avaient subi d'ennuyeux contre-temps – en d'autres termes, elles avaient connu une mort horrible –, mais beaucoup plus tôt dans l'expérience, si bien qu'il s'était pris à penser que Freddie, peut-être – *numéro onze, bon sang* ! – serait l'exception qui confirmerait la règle.

En soupirant, il se tourna vers les autres.

— Pause déjeuner, annonça-t-il.

— Bonne idée, ironisa Harper en lançant un coup d'œil nerveux sur les restes sanglants de la grenouille collés aux parois du conteneur. Rien de tel qu'un bon repas pour fêter l'événement…

Il y avait la cafétéria du labo ainsi que plusieurs restaurants corrects dans le quartier, mais Bruce choisissait en général de manger à son bureau. Le connaissant, Betty lui emboîta le pas quand il se dirigea vers le frigidaire.

— J'ai vu mon père aux infos, dit-elle.

— Ah oui ?

Cette remarque l'étonna. Betty ne parlait que très rarement de son père.

— Hmm. Il était décoré de je ne sais quoi par le Président.

Elle haussa les épaules.

— Il a déjà tellement de médailles sur son uniforme… je me demande s'il y a encore de la place pour accrocher la nouvelle.

— Tu vas l'appeler pour le féliciter ?

— J'y pensais…

Surpris, il se retourna vers elle et vit une lueur espiègle dans ses yeux.

— C'est vrai ? Ce serait inattendu.

— Oui, je sais bien, mais… *c'est* mon père, et comme

c'est un fait avéré, je me disais que je pourrais peut-être montrer l'exemple.

Bruce n'eut tout d'abord aucune idée de ce qu'elle voulait dire, mais tout à coup il comprit. En soupirant, il attrapa le sac de papier brun dans le frigo.

— Tu ré-enfourches ton cheval de bataille ? demanda-t-il avec un sourire las alors qu'il s'asseyait à son bureau.

— Eh oui, j'y suis très attachée, répondit-elle en imitant son ton empreint d'ironie. Franchement, Bruce… Tu n'as vraiment pas envie de savoir qui étaient tes parents, d'où tu viens ? On peut sans problème avoir accès aux documents d'adoption, aujourd'hui. Ça t'aiderait peut-être à t'ouvrir à tes émotions.

— Est-ce réellement ce qu'il me faut ? rétorqua-t-il.

Le sérieux de Betty le prit au dépourvu.

— Je peux toujours rêver, non ?

Malgré ses efforts pour le cacher, la culpabilité qu'il ressentit immédiatement dut transparaître car elle eut l'air aussitôt navrée de sa réflexion. Il regretta sa réaction, mais trop tard. C'était fait, et on ne pouvait pas revenir en arrière.

Avec une tristesse dont il ne serait pas cru capable, il lui effleura fugacemment la main.

— J'aimerais… pouvoir… exprimer plus. Si c'était le cas, nous serions toujours ensemble, n'est-ce pas ?

— Je ne sais pas…

Elle baissa les yeux.

— Je suppose que ce n'est plus mon problème. C'est seulement très dur pour moi de te voir tous les jours et de travailler avec toi, alors que nous sommes séparés. J'ai l'impression d'être plus seule que jamais. Mais qu'est-ce que je peux faire de plus ? soupira-t-elle de nouveau.

— J'apprécie toujours ta compagnie, dit Bruce, et je t'admire, je peux être un ami, pour toi.

Il s'interrompit de lui-même. *Oh bon sang, je suis en train de lui faire le numéro du « nous resterons amis ». Lamentable…*

Betty, toutefois, ne s'en formalisa pas. Au plus, elle en fut davantage attristée.

— J'aimerais pouvoir m'en contenter…

Jamais encore Bruce n'avait éprouvé plus douloureusement la sensation de vide en lui. Il eut envie de l'attirer contre lui, de la serrer, de lui murmurer plein de choses et de partager ses sentiments et ses émotions avec elle. L'ennui, c'est qu'il n'était pas certain d'être sincère dans ce qu'il dirait… ni qu'elle souhaiterait entendre ce qui franchirait ses lèvres.

— En attendant, j'ai quelque chose à te proposer… dit-il en se forçant à sourire.

Elle haussa un sourcil interrogateur alors que, d'un geste théâtral, il ouvrait le sac en papier pour en sortir une boîte en plastique carrée.

— Chocolat caramel, annonça-t-il.

Le sourire de Betty était aussi lumineux qu'un rayon gamma.

Qu'un rayon gamma ? Doux Jésus… Pourrai-je jamais cesser d'être un scientifique ?

Le problème, c'est qu'il connaissait la réponse avant même d'avoir fini de formuler la question.

Betty haïssait le numéro de chiens et de poneys savants.

C'est ainsi qu'elle avait baptisé la réunion semi-annuelle du conseil d'administration où Bruce et elle, à l'instar des autres chercheurs du laboratoire, seraient forcés d'expliquer en termes monosyllabiques en quoi consistait leur travail, et d'en exposer toutes les « applications pratiques ». C'est l'expression qui l'exaspérait le plus, celle que, pour l'avoir trop souvent entendue, il lui arrivait de marmonner dans son sommeil. Ils voulaient toujours connaître les « applications pratiques », ce qui, on s'en doute, se traduisait par : « En quoi cette expérience peut-elle nous permettre de nous en mettre rapidement plein les poches ? »

Ils ne comprenaient pas que c'était loin d'être aussi simple. La plupart des progrès significatifs dans le domaine scientifique, les avancées les plus « pratiques » et utiles dans l'histoire de l'humanité, relevaient de trouvailles accidentelles nées, par ricochet, d'autres études. L'expérimentation explorait les possibilités, la découverte jaillissait des « et si… ? » Les adversaires du programme spatial protestaient contre les sommes faramineuses investies dans l'envoi d'un homme sur la lune, mais ils oubliaient de toute évidence les nombreux aspects pratiques et quotidiens issus de la technologie développée concomitamment à la conquête de l'espace. Les chaussures de sport, comme les purificateurs d'eau ou l'isolation thermique de la maison, résultaient du programme spatial.

Mais allez donc expliquer ça à une bande de myopes qui ne voient pas plus loin que leur résultat financier, comme si on pouvait accrocher un prix sur le progrès…

Ces réunions étaient les seules occasions où Betty enviait à Bruce son détachement émotionnel. Elle parvenait toujours à prendre le recul nécessaire, mais cela exigeait d'elle un effort surhumain. Bruce, lui, accomplissait la même chose de façon apparemment naturelle – et sans doute était-ce le cas. Betty se donna une tape amicale, quoique non dépourvue d'ironie, dans le dos. Il n'était pas donné à toutes les femmes de convoiter un trait de caractère qui avait bel et bien torpillé une relation qui lui était chère…

Il va de soi qu'elle ne laissa rien paraître de son opinion dans sa présentation ; elle était bien trop profes-

sionnelle pour ça. Elle se contenta d'observer la quin-
zaine d'hommes en costume-cravate groupés autour de
la table et penchés sur les documents qu'elle leur avait
fournis, abondamment illustrés de graphiques et de
tableaux dans l'espoir – fondé – qu'ils n'auraient pas la
moindre clé pour les décoder. Elle leur en offrit une
visite guidée en gardant à l'esprit qu'il serait malvenu de
sa part de nourrir du ressentiment à leur égard sur le
simple motif qu'au moins la moitié d'entre eux ne
connaissait strictement rien à la science et qu'ils
n'avaient accès qu'à un seul langage – celui des billets
verts. Ils étaient, selon l'expression, un mal nécessaire.

Avec un sourire avenant, elle poursuivit donc son
exposé.

— Afin de séparer les cellules, nous les soumettons
aux rayons gamma.

Derrière elle, sur l'écran plaqué contre le mur, les cellules en question s'agitaient et se détachaient les unes
des autres.

— Nos petites machines moléculaires – les nanomeds
– sont inhalées par l'organisme et propagées à travers les
tissus. Elles demeurent inertes jusqu'à ce que nous les
ranimions avec le rayon gamma. Une fois éveillées, elles
réagissent instantanément aux signaux de détresse cellulaire – une blessure, par exemple – en fabriquant des
copies des cellules saines et en démantelant celles qui
sont endommagées.

Elle marqua une pause pour s'assurer qu'ils suivaient
ses explications. La salle était un peu plus sombre
qu'elle l'aurait souhaité, et elle avait du mal à discerner
leurs visages, mais elle eut le sentiment qu'ils avaient
compris. L'image, sur l'écran, montrait à cet instant les
nanomeds en plein travail.

— Le problème essentiel auquel nous sommes
confrontés, poursuivit-elle, est de découvrir le moyen

pour un organisme vivant de supporter l'aide que les nanomeds lui procurent avec tant de vigueur. Nous n'avons pas encore trouvé ce qui pourrait survivre non seulement au flux énergétique généré par une réplication cellulaire aussi rapide, mais aussi au rejet des déchets, en l'occurrence l'eau et le bioxyde de carbone provoqués par la destruction des cellules endommagées.

Elle aurait aimé inclure une diapo d'une grenouille explosée, histoire de mettre un peu de piquant dans sa description, mais sa plaisanterie s'était opposée à un véto catégorique de Bruce et de Harper, et les membres du conseil n'avaient en conséquence droit qu'à l'explosion d'une cellule.

— Nous tentons d'équilibrer ces deux fonctions, dit Betty. Si nous y parvenons, nous réaliserons peut-être un jour la promesse de la guérison corporelle quasi instantanée.

Là... Guérison corporelle quasi instantanée. Ça devrait être une application pratique suffisante, pour eux, songea-t-elle en désignant Bruce.

— Docteur Krenzler...

Bruce se leva et vint la rejoindre sur l'estrade.

Etrangement, elle eut envie, par réflexe, de le prendre par le bras. Un geste qui aurait pu être un simple encouragement à conquérir son public, mais elle craignait en fait qu'il signifie plus que cela. Aussi s'abstint-elle de le toucher, se contentant d'un hochement de tête pour manifester son soutien avant de descendre du petit podium.

— Merci, docteur Ross, dit-il en promenant son regard sur l'assistance.

Un léger sourire flottait sur ses lèvres et Betty ne put s'empêcher de penser que c'était typiquement le genre de situation où Bruce se sentait réellement dans son élément – comme un poisson dans l'eau. Pas d'émotions, pas d'interaction personnelle. Son exposé était pur de tout parasite. Il ferait sûrement un professeur de top niveau. Il tambourina pensivement quelques secondes sur le pupitre, puis se lança.

— Notre équipe a dernièrement beaucoup réfléchi sur la mémoire et l'oubli, et sur le rôle que l'un et l'autre jouent dans la vie et la mort. La mort, si l'on peut dire, est une sorte d'oubli.

Betty jeta un coup d'œil dans la salle. Tout l'auditoire était suspendu aux lèvres de Bruce.

— A chaque fois qu'une cellule humaine se réplique, continua Bruce en s'échauffant quelque peu, elle perd un petit peu plus d'ADN de l'extrémité de ses chromosomes, et finit éventuellement par perdre sa mémoire au point d'oublier sa fonction, sa capacité à traiter les traumatismes et sa faculté de reproduction. Tandis que la vie… La vie est la capacité de retrouver et d'agir conformément à la mémoire.

L'air très décontracté, il s'écarta légèrement du pupitre pour s'y accouder. *Il est tellement plus à l'aise avec la science qu'avec les gens*, songea Betty avec un soupir intérieur.

— Mais si nos efforts aboutissent, et que nos nanomeds commencent à prendre de plus en plus la relève de ce processus, vous devrez un jour ou l'autre vous poser la question – Qui est vivant ? Vous ou les billions de créatures artificielles dans votre organisme ?

Il s'interrompit quelques secondes. L'intérêt des hommes autour de la table était presque palpable. Betty avait l'impression d'entendre déjà leurs questions : *Quand est-ce que ce sera prêt ? Quand pourrons-nous distribuer le produit aux médecins et aux hôpitaux et nous construire un pont d'or ?* Bruce en avait également conscience car il s'empressa d'élever une frontière pour contenir leur rapacité.

— Pour l'instant, nos cures nanomédicales ont été plus mortelles que les maladies qu'elles étaient censées traiter, admit-il. La raison en est peut-être que les nanomeds se rappellent trop bien leurs instructions. Et peut-être aussi que, pour rester équilibrés et vivants, nous devrons oublier et nous souvenir en proportion égale.

Nouvelle pause. Puis, de la semi-pénombre, une voix s'éleva.

— Très bien, docteur Krenzler. Merci à vous et au docteur Ross de cette mise à jour très documentée. Nous étudierons les informations que vous venez de nous fournir et vous transmettrons nos recommandations.

Betty se retint de glousser. Oh oui, ils avaient tant besoin de leurs recommandations… Qui sait ? Elles leur ouvriraient peut-être des portes qu'ils n'auraient jamais songé à pousser. A tout le moins, une forêt entière serait inutilement sacrifiée pour que les membres du conseil puissent coucher leurs précieux conseils sur le papier. Mais Bruce, imperturbable comme toujours, se contenta d'opiner du chef.

— Merci. Nous vous en serons reconnaissants.

Quelques minutes plus tard, ils se retrouvaient dans le couloir, et Betty le considérait avec incrédulité.

— Reconnaissants ? répéta-t-elle.

Bruce haussa les épaules.

— Pourquoi pas ?

— Bruce ! Ils n'auront rien à proposer d'intéressant, tu le sais très bien. Ils suggéreront des choses que nous avons déjà testées il y a six mois ou un an. Des recommandations, eux ? C'est franchement risible !

— Absolument, approuva-t-il. Mais le rire est salutaire à beaucoup d'égards, et celui qui offre à ses semblables une occasion de se divertir doit en être justement remercié.

Elle faillit répondre, mais, devant son sérieux affecté, ne put que pouffer.

— Ta perception et ton intellect m'époustouflent, dit-elle.

— Je m'inquiéterais pour toi si ce n'était pas le cas, repartit-il avec gravité.

— Tu reviens au labo ?

— Dans un instant. Je veux passer quelques coups de fil dans mon bureau. Vas-y, si tu veux. A moins que tu aies envie de prendre le reste de la journée pour te remettre de notre… comment dis-tu, déjà ?

— Numéro de chiens et de poneys savants.

— Ah oui.

Il lui lança un regard oblique.

— Au fait, qu'est-ce que je suis, dans l'histoire ? Un chien ou un poney ?

— Un poney.

— Pourquoi ?

— Parce que j'ai toujours eu envie d'en avoir un à moi toute seule.

Il ouvrit la bouche, puis la referma en souriant malgré lui. Avec un geste en direction de son bureau, il commença à s'éloigner.

— Je… je vais téléphoner.

— Et moi faire exploser quelques grenouilles.

— Betty… dit-il d'un ton réprobateur.

— J'espère gravir les échelons en m'amusant sur d'autres choses… comme des crocodiles.

Bruce haussa les sourcils avec perplexité.

— Tu plaisantes, je suppose ?

— Viens donc jeter un coup d'œil au labo, rétorqua-t-elle en rejetant ses cheveux en arrière. Mais, à tout hasard, pense à mettre tes snow-boots.

Comme elle remontait le couloir, elle entendit Bruce marmonner derrière elle.

— Des *snow-boots* ? Qui parle encore de snow-boots aujourd'hui ?…

Elle s'arrêta brièvement devant la distributrice de snacks, lui donna un solide coup de poing à l'endroit stratégique et récolta un sachet de Doritos. Les gestes lui étaient si automatiques qu'elle eut à peine besoin de ralentir avant de poursuivre son chemin en saluant des collègues au passage.

— J'ai entendu dire que tu les as tués, à la réunion, lança l'un d'eux.

— Si seulement ! ironisa-t-elle.

Alors qu'elle bifurquait à un croisement, une voix l'appela, derrière elle. Une voix qu'elle ne reconnut pas tout de suite – pour la bonne raison que ça ne l'arrangeait pas.

— Betty ! Betty Ross !

Son esprit refusait de le croire. Lentement, elle fit demi-tour et fixa l'homme en face d'elle.

— Glen ?

Eh oui. Pas d'erreur, c'était bien lui. Glen Talbot, tel que dans son souvenir, ou presque. Son visage un peu plus plein lui conférait une certaine maturité, voire du caractère. Ses cheveux étaient plus longs qu'à son époque militaire – celle où ils sortaient ensemble – mais la fourberie était en revanche toujours bien présente dans ses yeux, de même que cette façon quelque peu glaçante de l'envelopper tout entière d'un seul regard.

Le plus surprenant, néanmoins, fut pour elle de le voir vêtu d'un costume bleu très classe, avec une chemise saumon et ce qui avait tout l'air – eh oui, c'était bien ça, elle pouvait lire les initiales – d'une cravate Pierre Cardin.

Ignorant totalement la raison de sa présence en ces lieux, elle n'avait aucune idée non plus de ce qu'elle pourrait lui dire. D'une certaine façon, elle avait l'im-

pression que très peu de temps s'était écoulé depuis leur
dernière rencontre, à l'occasion de laquelle ils s'étaient
séparés dans des termes assez peu cordiaux. Et ce sentiment de l'avoir vu pas plus tard que l'avant-veille,
conjugué à la preuve physique évidente que de l'eau
avait coulé sous les ponts depuis leur ultime entrevue
était assez déconcertant. Elle eut envie de lui en faire la
remarque, mais jugea préférable de la garder pour elle.

— Qu'est devenu ton uniforme ? demanda-t-elle,
cherchant désespérément un sujet de conversation neutre.

Talbot, qui la suivit dans le labo où elle était entrée
pour s'écarter de lui, parut surpris de sa question. Puis,
avec un sourire amusé, il étira les bras sur le côté et se
mit à tourner sur lui-même comme un mannequin en
plein défilé pour lui permettre d'admirer son élégance.

— J'ai comme qui dirait changé de chaîne, dit-il en
promenant un regard cupide autour de lui.

Décidément, elle n'appréciait pas du tout sa façon de
considérer les choses. Elle lui donnait envie de tout
recouvrir de draps pour le soustraire à sa vue.

— Je travaille toujours avec ton père, mais tu sais,
l'armée sous-traite pratiquement tout le boulot intéressant, et je ne crache pas sur le chèque de fin de mois. Je
dirige presque tous les labos de la base, maintenant.

Elle n'était pas au courant. Ce n'est pas comme si elle
discutait régulièrement avec son père… Pour tout dire,
elle ne discutait plus du tout avec lui. Curieusement,
elle soupçonnait Glen d'être parfaitement conscient des relations tendues entre Thunderbolt Ross et elle, et d'affec-
ter l'ignorance.

Glen inclina soudain la tête comme s'il songeait seulement à la regarder.

— Hé, tu es très en forme, dit-il avec chaleur.

Elle le remercia de son compliment d'un léger sourire.
Elle n'avait aucune raison de se montrer hostile, du

moins jusqu'à ce qu'elle ait obtenu les informations qu'elle souhaitait.

— Alors… ? Quel bon vent t'amène ici ?

Toutefois, sa réaction réservée et son manque d'enthousiasme devant l'irruption subite de Talbot dans sa vie devaient être trop évidents…

— Toi aussi, tu m'as manqué, lâcha-t-il d'un ton lourd de sarcasme.

— Ne te plains pas, tu avais mon père, rétorqua-t-elle sur le même registre.

Le sarcasme a ceci de particulier qu'il est souvent alimenté par une bonne dose d'émotion brute. Cet échange ne faisait pas exception. En fait, Betty n'avait jamais été dupe de l'affection que le vieux Thunderbolt portait à Glen Talbot, manifeste dans les attentions dont il l'avait toujours entouré. Talbot était le fils qu'il n'avait jamais eu.

Et c'était la pure vérité. Betty n'avait jamais pu réellement la voir en face, ni même se la formuler, à l'époque. A présent, cependant, face à face avec Talbot et douée de l'esprit analytique et d'une scientifique, et d'une adulte, elle comprenait où se situait le vrai problème. Si Talbot était le fils que Thunderbolt n'avait jamais eu, qu'était-elle, elle-même ? Chaque fois qu'elle regardait Glen, elle voyait en lui un symbole de tout ce qu'elle n'était pas pour son père. Pas de chromosome « Y ». Pas de carrière militaire. Talbot était la représentation vivante de ce que Ross avait ardemment désiré… et le rappel de ce qui lui avait été dévolu à la place.

En toute honnêteté, Glen Talbot n'y était pour rien. Mais Betty se moquait complètement de l'injustice de son opinion. Seul l'intéressait le fait que Talbot dégage de sa vie aussi vite qu'il y était réapparu.

Glen, de son côté, feignit d'avoir été touché droit au cœur par sa pique.

— Aïe. Je vois que tu n'as pas perdu ton sens de la repartie.

Betty se rappela une vieille blague où un type demandait : « Pourquoi est-ce que les gens me détestent au premier coup d'œil ? » et où un autre lui répondait : « On gagne du temps. » Cette pensée l'amusa, et elle se rendit compte que Talbot pouvait mal interpréter sa réaction et s'imaginer que son sourire lui était destiné. Elle s'empressa de tourner brièvement la tête pour le cacher et fronça les sourcils.

— Tu es de taille à le supporter, dit-elle.

— Oh oui. Par contre, tu es trop dure avec le vieux. C'est un type fantastique. C'est un honneur de travailler avec lui.

Elle eut envie de se mettre au garde à vous. Ou de vomir. Le choix était épineux.

— Je sais, rétorqua-t-elle en se rappelant le cours de ses pensées quelques instants plus tôt. Et tu es comme un fils, pour lui. D'une certaine manière, ajouta-t-elle d'un ton appuyé comme si elle venait seulement de le découvrir, tu es un peu mon frère.

A sa grande surprise – et déconfiture –, il s'avança vers elle.

— L'inceste a un délicieux goût de fruit défendu…

Sa proximité et son comportement allumèrent des signaux d'alarme dans la tête de Betty. Son instinct la poussait à reculer, mais elle ne voulait pas non plus paraître effrayée. *Continue de la jouer avec légèreté*, se dit-elle. Avec une fausse désinvolture, elle haussa les épaules et poursuivit sur le même ton.

— Désolée, mais ça pourrait mener à la consanguinité, et ce n'est pas ce que nous souhaitons, n'est-ce pas ?

Talbot parut réfléchir, comme s'il hésitait à la prendre au sérieux ou non. Elle commençait à se demander s'il n'avait pas de réels talents comiques ; comparé à lui, Bruce avait l'air d'un débutant.

— C'est toi, l'expert en génétique, dit-il avant d'ajouter avec une pointe d'impatience à peine réprimée : Ecoute, je n'y suis pour rien, moi, si je suis le seul homme que ton père ait jamais apprécié. Pourquoi est-ce qu'on ne reprendrait pas cette conversation depuis le départ, hein ? Concentrons-nous sur le présent, et pas sur le passé.

Il avait l'air sincère. Flûte. Il avait *toujours* l'air sincère. C'est comme ça que ç'avait débuté. D'un autre côté, il n'y avait aucune raison d'être parano. D'ailleurs, il était notoire que la paranoïa n'avait jamais mis personne à l'abri d'un éventuel ennemi.

— D'accord, dit-elle avec la sensation que ses efforts pour être détendue devaient lui donner l'air constipé.

— Et tes recherches, ça se passe bien ? s'enquit-il.

Elle était presque décidée à bavarder de la pluie et du beau temps avec lui, du moins à essayer, quand elle en eut brusquement assez. L'hypocrisie de cette joute d'esprit lui portait sur les nerfs. Plus que jamais, elle regretta de ne pas posséder la maîtrise émotionnelle de Bruce. Ce type avait une imperturbabilité qui aurait fait rougir de honte les visages de pierre du mont Rushmore. Abandonnant tout faux semblant, elle se résolut à jouer cartes sur table.

— Laisse tomber, Glen. Que veux-tu, exactement ?

Il eut un sourire doucereux qu'elle aurait pris plaisir à lui faire ravaler, mais au moins avançaient-ils maintenant à visage découvert.

— O.K. Je vais donc en venir droit au but, acquiesça-t-il en s'approchant d'elle comme pour lui révéler un secret. J'ai entendu des choses passionnantes sur ce que vous faisiez ici. Ça pourrait avoir des applications d'un intérêt considérable.

Sa voix se fit presque câline.

— Ça te dirait de venir travailler pour Atheon, et d'être payée dix fois plus qu'ici, en plus d'un pourcentage sur l'exploitation commerciale ?

Si qui que ce soit d'autre, sur la planète, lui avait fait cette offre, Betty aurait peut-être sauté sur l'occasion et parcouru illico les petites annonces pour trouver la BMW de ses rêves qui, elle en était certaine, l'attendait quelque part. Mais il s'agissait de Glen, et elle n'hésita pas une seconde.

— Un seul mot, Glen : Dehors.

Sur ces entrefaites, et par un hasard confinant au surnaturel, la porte s'ouvrit et Bruce Kenzler s'encadra sur le seuil.

Tous les trois s'observèrent pendant quelques délicieuses secondes qui frisèrent l'éternité. Bruce les regarda alternativement l'un après l'autre, se demandant de toute évidence s'il aurait droit à une présentation en règle du visiteur.

— Bruce Krenzler, dit poliment Betty. Je te présente Glen Talbot. Je t'en avais parlé, il y a longtemps.

— Non, pas du tout, répondit Bruce en prenant la main que lui tendait Talbot.

Manifestement, sa poigne fut trop faible pour celui-ci qui baissa les yeux sur la main de Bruce. Quoique sans perdre son sourire, il fit en sorte de donner l'impression qu'un maquereau mort lui était inopinément tombé au creux de la paume.

— Glen, reprit-elle, voici Bruce…

— Krenzler, oui. Je suis un de vos plus grands fans, docteur Krenzler. Et je vous en prie, appelez-moi Glen. Je peux vous appeler… ?

— Docteur Krenzler, le coupa Bruce. Etrange.

J'ignorais que ce domaine d'activité était de nature à engendrer des fans.

Si Talbot prit ombrage de cette rebuffade, il n'en laissa rien paraître. Son enjouement n'avait pas faibli quand il répondit.

— Vous avez pourtant en ma personne un fervent admirateur. Vos études sur la régénération cellulaire sont positivement renversantes.

— Oui, en effet, admit Bruce en lançant un coup d'œil interrogateur à Betty. Tu m'as parlé de lui ?

— Nous… nous sommes fréquentés socialement dans le passé, dit-elle aussi diplomatiquement que possible.

Bruce fixa Glen, s'efforçant visiblement de le situer, avant de s'exclamer :

— Oh ! Attends… Serait-ce le fameux clown militaire avec qui tu sortais avant l'université ?

Betty se couvrit le visage de la main. Talbot parut quant à lui se décomposer sur place.

— Je suis navré, dit Bruce qui semblait totalement inconscient d'avoir jeté un gros froid. C'est le costume qui m'a troublé…

— Vous êtes tout excusé, répondit Glen en retrouvant vaillamment le sourire. Nous sommes jeudi, et j'ai l'habitude d'envoyer mon déguisement de clown au nettoyage afin de le récupérer tout propre pour le week-end.

Betty admira secrètement sa capacité à prendre, en apparence du moins, la chose à la légère.

— J'ai cru comprendre que vous et Betty travailliez ensemble ?…

— C'est exact.

— Et s'exprime-t-elle en votre nom, aussi ?

Intrigué, Bruce haussa les sourcils.

— J'aime à penser que je n'ai pas besoin de porte-parole. De quoi s'agit-il, au juste ?

— C'est sûrement ma faute, docteur Krenzler…

Bien qu'il s'adressât à Bruce, les yeux de Talbot étaient toujours sur Betty.

— … J'ai parlé avec le docteur Ross d'Atheon, la compagnie que je représente. Vous avez peut-être entendu parler de nous… ?

— Vous faites preuve de modestie déplacée… Tout le monde, dans quelque domaine scientifique que ce soit, connaît Atheon. Cependant, vos liens très étroits avec l'armée…

— Nous n'avons pas de liens étroits avec l'armée, docteur Krenzler. *Elle* en a avec nous… si vous voyez la différence.

— Je ne doute pas que cette nuance soit importante pour vous, monsieur Talbot. Pour moi, il ne s'agit de rien de plus que de couper les cheveux en quatre – sémantiquement parlant.

— C'est possible. Mais si vous vouliez bien entendre le point que je m'efforce d'atteindre…

— Si cela peut nous permettre de nous remettre très vite au travail, alors vous avez toute mon attention, dit Bruce.

— Eh bien, j'ai invité le docteur Ross à mettre son expérience professionnelle au service d'Atheon.

— Vraiment ?

Bruce, de nouveau, interrogea Betty du regard.

— … et je crains de ne pas avoir été clair sur le fait que, naturellement, nous aimerions vous compter parmi nous également. Notre enquête a révélé que vous formiez une excellente équipe et il serait insensé de vouloir vous séparer. L'offre que je t'ai faite, Betty, vaut aussi pour le docteur Kenzler, cela va de soi. Et dans la mesure où vous ne m'avez pas caché que je vous empêchais de reprendre vos activités, je ne vous dérangerai pas davantage. Je fais confiance à Betty pour vous mettre au courant, docteur Krenzler.

Il tendit sa main que Bruce serra sans empressement, puis s'inclina courtoisement devant Betty avant de leur donner à chacun une carte de visite où son nom et le logo d'Atheon figuraient en lettres rouges et dorées.

— Betty… Fais-tu quelque chose ce soir ?

— Je dors.

— Seule ?

Bruce vit Betty le regarder, mais son impassibilité n'en fut pas le moins du monde décoiffée. Elle eut un soupir agacé.

— Tu ne renonces jamais, n'est-ce pas, Glen ?

— En ce qui te concerne, serait-ce digne d'un homme doué de raison ?

Il sourit.

— Pourquoi ne dînerions-nous pas tous les trois ?

— Ça ne m'intéresse pas, pas plus que Betty, déclina fermement Bruce.

A l'expression de Betty, il eut aussitôt conscience d'avoir commis une erreur.

— Mais bien entendu, je peux me tromper, se rattrapa-t-il aisément. Je ne suis pas responsable de l'emploi du temps social du Dr Ross.

Betty se tourna vers Talbot.

— C'est Atheon qui paye ?

— Evidemment.

— Alors ce sera peut-être une bonne occasion de manger autre chose que toutes ces saletés congelées ou en boîte. Et offert par une compagnie pour laquelle je n'ai aucune estime, en plus. C'est oui, pour moi.

Bruce savait qu'elle cherchait délibérément à le provoquer. Il ne comprenait pas trop pourquoi, mais refusa en tout cas de répondre à son petit jeu. Il se contenta donc de hausser les épaules.

— Je suppose que ça peut être un excellent stimulant, en effet. Amusez-vous bien.

Talbot, qui parut un instant décontenancé, se reprit rapidement.

— Très bien… Betty, je viendrai te prendre à 18 heures. Ça te convient ?

— Parfait. Ce serait bête de rejeter en bloc une proposition sans lui accorder un minimum de réflexion, j'imagine. N'est-ce pas, Bruce ?

Egal à lui-même, il acquiesça sans rien laisser filtrer de son opinion. Et une fois encore, il eut le sentiment dérangeant que quelque chose, ou quelqu'un s'agitait juste derrière ses yeux en déplorant la façon dont la situation progressait.

Il trouva cela étrangement déconcertant… et, plus bizarre encore, réconfortant.

SOUPÇONS DE JALOUSIE

Manifestement imperméable à l'horripilant grincement régulier des roues de son chariot, l'agent d'entretien remontait le couloir du laboratoire Lawrence Berkeley. Les gens le croisaient ou le dépassaient sans même lui jeter un coup d'œil, ce qui lui convenait tout à fait. Il n'avait rien à leur dire, et c'était assurément réciproque. En tant qu'homme à tout faire, il appartenait au peuple des invisibles. Au mieux, quelqu'un pouvait adresser un vague hochement de tête dans sa direction puis, aussitôt, oublier son existence. Loin de lui l'idée de s'en plaindre.

La tête baissée, il concentrait son attention sur le sol. De temps à autre, il relevait des yeux brûlant d'une effarante intensité pour regarder autour de lui. Si quelqu'un avait croisé son regard, il aurait sans doute été interloqué, voire effrayé. Mais personne ne s'y avisa. Une chance…

Arrêtant son chariot, il attrapa un seau et une serpillière. Comme il n'y avait qu'une eau, elle servait à la fois pour la lessive et le rinçage, avec pour résultat qu'elle avait acquis une déplaisante couleur brun-grisâtre. Le carrelage ne tirait aucun bénéfice de son coup de serpillière, mais ça ne semblait pas être son problème.

D'autres personnes arrivèrent, et il adopta une attitude de profond ennui alors qu'il répandait son eau crasseuse par terre. Apercevant le sol trempé, les employés firent illico demi-tour pour emprunter un autre chemin.

C'était exactement ce qu'il avait espéré. Il serait ainsi plus facile pour lui d'écouter les conversations qui l'intéressaient. L'air apathique, il poussa la serpillière vers le laboratoire que Bruce Krenzler fréquentait.

— Excusez-moi.

La voix féminine le surprit au point qu'il faillit en lâcher son balai. Il s'écarta, les yeux toujours baissés, alors que la femme – le Dr Ross – évitait soigneusement de marcher dans l'eau. Elle portait son manteau, et son sac accroché à l'épaule débordait de documents et de rapports.

L'agent d'entretien maintint son regard rivé sur le sol en pestant intérieurement. Il n'aimait pas ça du tout. Elle l'avait remarqué, et ça allait à l'encontre de son objectif. Elle s'immobilisa même un instant, à telle enseigne qu'il envisagea une seconde de l'étrangler avec la serpillière. Il renonça cependant à cette idée un tant soit peu excessive.

Sage décision, parce qu'elle ouvrit alors la porte du labo pour y entrer. Elle referma derrière elle, l'empêchant de la voir. Mais pas d'entendre les voix. Ni la sienne, ni celle de Krenzler.

Celle de Krenzler…

— La mienne, marmonna l'agent en souriant.

Un sourire à vous glacer le sang.

Betty avait ressenti une sorte d'avertissement quand elle était passée devant l'employé. Comme si son subconscient réagissait à quelque menace diffuse, qu'elle attribua faute de mieux au sol mouillé. Elle se concentra en conséquent sur le fait d'éviter de tomber en oubliant le reste.

Bruce, de toute évidence, ne l'avait même pas entendue entrer. Il travaillait dans la salle de documentation et ne semblait pas satisfait de ce qu'il avait sous les yeux.

Indécise, elle releva machinalement la courroie de son sac sur son épaule. Elle n'arrivait pas à décider si elle devait ou non se sentir coupable d'aller dîner avec Talbot, ou idiote, ou agacée – en fait, elle n'avait accepté l'invitation de Glen que pour susciter une réaction de Bruce et, comme d'habitude, avait fait chou blanc.

Elle soupira discrètement, se résignant à accepter les choses telles qu'elles étaient, sans s'énerver puisque ça ne servait jamais à rien.

— Je m'en vais, annonça-t-elle.

Bruce acquiesça d'un hochement de tête en lui faisant tout juste l'aumône d'un regard.

— Tu es en colère, dit-elle.

— Non, pas du tout.

Il aurait eu du mal à se montrer plus évasif.

— Oh, c'est vrai, j'oubliais… Tu ne te mets jamais en colère. Ecoute, Glen est un crétin, c'est sûr, mais tu devrais peut-être réfléchir à sa proposition. Plus de ressources et de matériel, moins de paperasses…

— S'il te plaît… l'interrompit-il. Tout ce qui m'intéresse, c'est le travail. Pas les profits, ni les applications militaires, ni la politique. Le travail. Rien d'autre.

Difficile de déterminer s'il parlait de l'orientation générale de sa carrière, ou s'il cherchait simplement à la faire taire et à l'éjecter des lieux pour pouvoir se consacrer en toute tranquillité à sa tâche. Quoi qu'il en fût, elle se rendit compte que son attitude n'avait strictement rien à voir avec le fait qu'elle dînait avec Glen Talbot… Apparemment, ça ne lui faisait absolument ni chaud ni froid.

— C'est idiot, marmonna-t-elle.

— Quoi ? demanda-t-il machinalement.

— Si seulement tu pouvais manifester le plus petit soupçon de jalousie…

Comme il fallait s'y attendre, il ne réagit pas. Sans doute ne l'avait-il même pas entendue. Dépitée, elle s'apprêta à partir, mais se ravisa pour s'avancer vers lui et lui caresser les cheveux.

— Tu aurais besoin d'une bonne coupe, remarqua-t-elle.

Pour la première fois depuis qu'elle était entrée dans le labo, il posa les yeux sur elle – sur ses cheveux, qu'il étudia attentivement, comme une cellule sous l'oculaire du microscope.

— Toi aussi, déclara-t-il.

Sûrement conscient tout à coup de son humeur indûment sombre, il sourit. Elle l'imita.

— Bonsoir, dit-elle en se dirigeant vers la porte.

Sur le point de sortir, elle se retourna pour ajouter quelque chose, mais il avait déjà replongé dans son univers. Sans doute l'avait-il même déjà oubliée.

En secouant la tête, elle sortit de la pièce dont elle ouvrit la porte, doucement afin de ne pas bousculer l'employé…

Et, de nouveau, elle s'arrêta pour l'observer. Il lui tournait le dos, mais un détail la chiffonna. Si elle n'avait pas été si préoccupée, tout à l'heure, elle s'en serait aperçue plus tôt.

— Dites-moi… commença-t-elle à son adresse. Qu'est-il arrivé à Benny ? Il assure toujours le poste de nuit ?

Un silence. Puis un gros soupir, comme si former les mots était une épreuve à laquelle l'homme se soumettait rien que pour lui faire plaisir.

— Benny est mort. Je le remplace, dit-il d'une voix si distante qu'il aurait pu damer le pion à Bruce à cet exercice.

Cette nouvelle la choqua. Benny avait eu l'air en

pleine santé la dernière fois qu'elle l'avait vu ; il sifflotait un air entraînant, comme à son habitude. Et tout d'un coup, sans prévenir, il était mort ?

— Oh… fit-elle, incapable d'en dire plus.

Puis, mal à l'aise, elle marmonna un vague :

— Heureuse de vous connaître.

— Moi de même.

C'était peut-être son imagination, mais son ton paraissait presque moqueur. Sans y prêter plus d'attention, elle s'éloigna en songeant à Benny et en méditant sur l'angoissante imprévisibilité de la mort…

… sans envisager une seconde que sa propre heure avait bien failli venir plus tôt qu'elle le pensait.

Les ombres nocturnes s'étiraient dans son bureau privé quand Bruce reposa son livre où il étudiait des listes de résultats et de recombinaisons d'ADN qui, il en était certain, détenaient la clé de leur échec. Il se renversa dans son fauteuil en se massant la base du nez entre le pouce et l'index. La fatigue commençait à se faire sentir, et il n'était pas loin de penser que, même si la réponse à sa frustration s'inscrivait en lettres clignotantes sous ses yeux, il serait capable de ne pas la remarquer.

Il laissa donc son esprit vagabonder – ce dont, en temps ordinaire, il avait horreur. Dans ce cas, toutefois, ce n'était pas comme s'il se livrait à cette activité haïe à des fins professionnelles. C'est à Betty, qu'il pensa, et à sa soirée avec Talbot, et il découvrit que…

Que ça le contrariait. Oui, tout à fait. Il disséqua cette émotion, la retourna dans tous les sens, l'examina sous tous les angles, et, oui, mon Dieu, c'était bien de la contrariété.

Betty en aurait vraisemblablement été extatique.

Mais songer à Betty dans le présent l'entraîna irrésistiblement à remonter le temps. Malgré lui, il ouvrit le tiroir et sortit la photo d'elle et lui qu'il avait prise au chalet avec le déclencheur automatique.

Il l'observa fixement, l'esprit catapulté dans le passé, jusqu'à ce week-end malheureux où ils avaient trop précipité les choses en tentant de forcer une relation qui n'était pas encore suffisamment prête.

Et quand aurait-elle été prête ? Quand aurais-tu été prêt ?

Cette réflexion indésirable s'imposa désagréablement à son esprit. Indésirable parce qu'il n'y pouvait plus rien changer, désormais. Et parce qu'il ne pouvait s'empêcher de penser qu'il aurait dû faire plus, sur le moment. Mais à quoi bon réécrire le scénario et méditer sur ses actions, ses émotions ? C'était ainsi, voilà tout.

Oui, mais… ses mots résonnaient encore à ses oreilles. *Tu me brises le cœur.* La formule le tracassait. A l'entendre, il avait l'impression qu'elle le considérait comme une sorte de… de monstre.

Longuement il étudia la photo, l'image de deux personnes sur le point de basculer dans une relation qui aurait dû prendre une tout autre direction.

Non. Non, il n'était pas un monstre. Mais un idiot, oui, sans doute, se dit-il avec tristesse.

Il rangea la photo, prit son sac et quitta le bureau. Le couloir principal était désert ; quelques néons l'éclairaient de loin en loin. Ses semelles crissèrent sur le sol fraîchement lavé ; il faillit même glisser et se rattrapa *in extremis*.

C'est alors qu'il entendit un gémissement. Intrigué, il s'avança jusqu'au croisement et eut la surprise de découvrir un petit caniche galeux assis au beau milieu du corridor. Tout seul. Il y avait longtemps qu'il n'avait pas vu un spectacle aussi désolant.

Sans hésiter, quoique lentement, il s'avança vers le chien, la main tenduc.

— Hé, mon vieux, dit-il doucement. Mais d'où tu viens, toi ?

Il regarda autour de lui, essayant de répérer un éventuel maître. Sans succès.

Le caniche continuait de le regarder. Il remuait la queue, mais Bruce ne se rappelait plus très bien s'il devait y voir un signe d'amitié ou de peur. Les experts n'étaient pas toujours d'accord sur ce point. Il avait aussi la langue pendante et les yeux brillants.

Comme il s'apprêtait à se pencher pour le caresser, l'animal exhiba soudain ses dents gâtées en grondant et chercha à le mordre. Bruce bondit en arrière et retira sa main juste à temps avant qu'elle ne finisse dans la gueule pourrie du clébard.

— O.K., O.K., dit-il en reculant.

Une fois de plus, il chercha à qui pouvait appartenir ce modèle réduit du chien des Baskerville, mais personne ne venait le réclamer. Il continua donc de battre en retraite en surveillant l'animal de crainte qu'il ne le suive, voire qu'il lui arrache un morceau de mollet. Mais le chien se contenta de rester assis sur son cul en grognant, et Bruce remercia sa bonne étoile.

Il émergea du bâtiment pour découvrir une lune pleine et ronde comme un gros œil fixe dans un ciel sans nuages. Peut-être était-ce l'explication de la présence du caniche-garou dans les lieux. Une raison comme une autre, et pas plus dingue qu'une autre, en tout cas. Brusquement, il lui vint à l'esprit qu'il rôdait peut-être une bande de chiens sauvages dans le quartier. Ces bêtes-là se regroupaient toujours en meutes.

En hâte, il gagna le parking des deux-roues en surveillant les ombres autour de lui. En dépit de la clarté de la lune, l'obscurité semblait tout déformer… et sans qu'il pût réellement s'en expliquer la raison (du moins aucune des raisons qu'il pouvait invoquer ne lui plaisait), ces déformations évoquaient par association des trucs qui lui faisaient dresser les cheveux sur la tête. Il les repoussa en apercevant un des gardes de la sécurité, un grand costaud, qui entrait dans le bâtiment. Entre la présence du représentant de l'ordre et la proximité de sa bicyclette, Bruce soupira de soulagement.

— Hé ! appela-t-il. Il y a un caniche, à l'intérieur qui…

Il s'interrompit net, conscient que ça devait avoir l'air complètement idiot.

Le garde, de toute évidence, ne l'aurait pas contredit. Son regard désabusé n'avait pas besoin de sous-titres. Pour lui, les scientifiques étaient tous des illuminés tombés d'une autre planète.

— Un caniche, oui, répondit-il d'un ton qu'on emploierait pour un gosse, ou un simple d'esprit, ou un gosse simple d'esprit. Je m'en occupe.

Avec l'impression d'être l'idiot du village – pas facile pour quelqu'un dont le Q.I. grimpait à 187 – Bruce enfourcha son vélo et partit sans demander son reste.

L'agent d'entretien sourit en insérant son passe-partout dans la serrure qui tourna avec un clic satisfaisant. Il imagina que cette clé était un couteau, et la serrure la poitrine d'un certain docteur Betty Ross.

Il l'aurait volontiers étranglée. Il avait tout programmé avec une minutie maniaque. Benny n'avait rien eu d'un jumeau, pour lui, mais il avait existé entre eux une ressemblance suffisante pour qu'il pût l'exploiter. Une teinture capillaire et un peu de fard lui avaient permis d'emprunter les papiers d'identité de feu Benny Goodman sans attirer l'attention.

Jusque-là tout allait bien. Le garde, à l'entrée, ne

l'avait même pas regardé lorsqu'il avait pénétré dans le labo à l'aide de sa carte magnétique. Une fois à l'intérieur, il était allé directement dans le placard de la maintenance pour y chercher le matériel, et avait commencé à faire son « boulot ». Là encore, il était passé totalement inaperçu. Le contraire eût été étonnant. Il n'était qu'un homme à tout faire, au bas de l'échelle sociale, et dont personne ne se rappelait les traits sitôt le dos tourné.

Mais il y avait eu cette foutue Dr Ross.

Salope.

Il aurait dû lui briser les vertèbres cervicales quand il en avait eu la possibilité.

Bien sûr, *elle* connaissait le nom de Benny. *Elle* avait remarqué le changement. Si sa présence dans les locaux était possible, c'est parce que personne n'était au courant de la mort de Goodman. Or si Ross commençait à fourrer son nez partout et à poser des questions, la situation risquait de tourner au vinaigre. Avec un peu de chance, ça n'irait pas jusque-là. Dans le cas contraire, il espérait vivement avoir l'occasion de lui rendre la monnaie de sa pièce…

Peut-être un bon coup de poignard, comme il l'imaginait en ce moment même. Ou quelque chose de plus… créatif. C'était aussi une option. Il lui faudrait garder en tête que, selon toute vraisemblance, elle s'intéressait aux gens. Sinon, elle n'aurait jamais remarqué que ce n'était pas Benny qui lavait le carrelage. Elle ne l'avait pas vu au premier passage, mais au second…

Bon. C'était juste une question de remettre la situation sur le bon rail. Plutôt que de se ronger les sangs à l'idée d'être démasqué, l'agent décida de classer dans un coin de son ciboulot l'intérêt de Ross pour l'humanité en général… et de Bruce Krenzler en particulier. Ce genre d'information pourrait lui être très utile le cas échéant.

Aussi silencieux qu'une ombre, il entra dans le bureau

de Bruce. Il avait eu l'intention de rester dans le noir, mais se rendit vite compte que ce serait stupide. Après tout, il était censé y venir. Et s'il faisait le ménage dans l'obscurité, avec un rayon de lune pour seul éclairage, il avait toutes les chances de passer pour un barge et de voir son incognito voler en éclats. Il pressa donc l'interrupteur et cligna des yeux sous la lumière.

Sans perdre de temps, il regarda rapidement autour de lui. Attrapant la corbeille à papiers, il l'examina puis, d'un geste agacé, la vida dans son chariot. Ses yeux s'étrécirent, aussi perçants que des lasers, et passèrent la pièce au crible. En un rien de temps, il avait repéré ce qu'il cherchait. Soigneusement, délicatement, il passa la main sur le fauteuil, trouva un cheveu et le leva devant la lampe.

Ses lèvres esquissèrent un sourire. Ça ne lui arrivait pas souvent, et encore heureux. Ce n'était franchement pas beau à voir.

Bruce n'était pas là pour voir le sourire du faux agent d'entretien. Il pédalait furieusement sur son vélo en dévalant une des collines de Berkeley, les cheveux au vent. Arrivé au bas de la pente, il se laissa porter par l'élan avant de s'y remettre. L'effort soutenu eut bientôt raison de ses forces. Alors qu'il soufflait comme un bœuf en peinant sur une nouvelle côte, il se demanda si, en espérant renforcer sa musculature et son endurance, il ne se repaissait pas de chimères… Peut-être appartenait-il à cette catégorie d'individus qui, quoiqu'ils fassent, n'arriveraient jamais à se développer. Il était peut-être génétiquement condamné à vie à rester un gringalet…

PAROLES DE VIEUX SOLDATS

Thaddeus « Thunderbolt » Ross commençait à sentir le poids des ans.

Et ça l'irritait prodigieusement. Personne ne prenait soin de sa forme de façon plus exigeante, plus rigoureuse que lui. Jogging, haltères, arts martiaux… Il en faisait tant pour se maintenir en bonne condition physique qu'il n'était pas loin de penser que, eu égard aux efforts investis depuis si longtemps, il aurait mérité une sorte d'immunité contre les inconvénients de l'âge.

Dieu tout puissant, cependant, ne semblait pas l'entendre de cette oreille.

Et c'est à cela, sans doute, qu'il devait cette fatigue douloureuse derrière les yeux quand il travaillait tard dans la soirée. Non seulement cela, mais il devait se lever régulièrement pour étirer ses jambes sujettes aux crispations. Il commençait à prendre son corps en grippe, le soupçonnait de le trahir et de ne plus fonctionner pour son meilleur intérêt. Il s'affaissa dans son fauteuil, étendit une fois de plus ses jambes, et envisagea de faire passer sa carcasse en court martiale pour manquement à son devoir.

Un de ses aides, Lieber, fit irruption avec un dossier. Son air sombre et ses épaules rentrées alertèrent aussitôt Ross. Lieber le connaissait en effet assez pour savoir ce qui allait le prendre à rebrousse-poil. Et là, il était clair qu'il anticipait la fureur de son supérieur.

Thunderbolt se redressa pour interroger son aide du regard.

— Général, dit celui-ci, Talbot voulait que vous étudiiez ceci. Ça concerne un laboratoire qu'Atheon souhaiterait acquérir et installer à Desert Base.

— Pourquoi ne passe-t-il pas par le NSC[1] ?

Leiber se racla la gorge.

— Ça, euh… ça concerne votre fille, monsieur.

— Ma fille ?

Il ne s'attendait certainement pas à ça. Ouvrant la chemise, il feuilleta lentement le document, comme s'il craignait que quelque maléfice ne lui saute à la figure.

Puis son visage se rembrunit avec la rapidité d'un ciel d'orage, validant une fois de plus le surnom dont il avait hérité.

— Appelez-moi Talbot, gronda-t-il.

— Alors, comment est-ce que tu me trouves, après tout ce temps ? demanda Glen.

Betty, assise en face de lui à la table du restaurant français *Chez Robin*, piquait distraitement du bout de sa minuscule fourchette une coquille vide dans son assiette d'escargots. Elle ne comprenait toujours pas ce qui lui avait pris de commander un plat pareil. A part ça, elle devait reconnaître que l'ambiance était agréable. A quelques mètres de là, un violoniste jouait pour un jeune couple. La fille souriait de toutes ses dents parfaitement rangées tandis que l'archet volait sur les cordes et que son compagnon fouillait discrètement ses poches en quête de quelques billets à donner au musicien. Sans

1. National Security Council *(N.d.T.)*

savoir pourquoi, Betty trouva la scène très drôle. Elle
releva la tête vers Glen et s'aperçut qu'il lui parlait.

— Excuse-moi… Tu disais ?

Il avala une longue gorgée du vin qu'ils avaient choisi
sans la quitter une seule seconde des yeux.

— Je te demandais ce que tu penses de moi, dit-il.

Elle éclata de rire et reposa la fourchette en décidant
de ranger les escargots dans la catégorie des expériences
totalement ratées.

— En général, les hommes s'arrangent pour inciter les
femmes à parler d'elles. Mais pas toi. Tu détournes habilement le sujet à ton avantage. « Assez discuté de moi,
maintenant, si tu me disais ce que tu penses de mon petit
stratagème. C'est un billet gagnant à tous les coups »…

— Je n'essaie en aucune façon de te « gagner »,
Betty.

La lueur vacillante de la bougie au centre de la table,
qui se reflétait dans ses yeux, lui fit curieusement froid
dans le dos.

— Tout au plus, j'espérais acquérir tes talents et ceux
de Bruce pour Atheon.

Il but encore un peu de vin avant de se redresser sur sa
chaise.

— Bien sûr, une partie de moi voudrait sûrement que
les choses aient évolué différemment pour toi et moi.
Mais je ne suis pas du genre à pleurnicher sur le passé ou
à vouloir le réécrire. Ce qui est fait est fait. Seul le futur
m'intéresse… comme Atheon.

A cet instant, un bipper sonna et Betty, par réflexe,
vérifia le sien. Mais Talbot sortait déjà son appareil de sa
poche avec un sourire d'excuse. Il regarda le numéro inscrit et soupira.

— Désolé. Je reviens tout de suite.

— Tu as besoin d'un téléphone ?

— Non, j'ai mon portable, merci. Mais je ne donne

jamais mon numéro, seulement celui du bipper. En plus, je trouve horripilant, au restaurant, que les gens restent à leur table pour répondre à leurs appels. Pas toi ?

— Je n'y ai jamais réfléchi…

Glen fila rapidement à la recherche d'un coin tranquille. Alors qu'elle le regardait partir, elle remarqua un type, la cinquantaine, assis à la table voisine, qui parlait et riait bien trop fort dans son portable.

— Hé ! lança-t-elle. Vous ne pourriez pas baisser d'un ton ? Vous vous rendez compte que vous êtes dans un lieu public, et que c'est très gênant pour les autres ?

Pour toute réponse, l'homme lui adressa un geste obscène, lui tourna le dos, et continua sa conversation sans diminuer le niveau sonore. Elle envisagea de lui renverser son verre de vin sur la tête, mais y renonça. Ce ne serait pas du meilleur goût.

De longues minutes s'écoulèrent avant que Talbot ne revienne s'asseoir face à elle. Il avait l'air contrarié.

— Un problème ? s'enquit-elle.

— Non, non. Rien que je ne puisse résoudre. En fait, j'ai reçu un message d'une de tes connaissances.

— Vraiment ? dit-elle d'un ton indifférent.

— Oui. Ton père. Il a envie de bavarder.

Betty faillit en faire tomber son verre. Elle le rattrapa juste à temps, consciente que Glen s'efforçait sans trop de succès de cacher son petit sourire amusé devant sa maladresse.

— Ah oui ? Je suis ravie pour vous deux. Ça fait un moment qu'il n'a pas cherché à le faire avec moi.

— L'aurais-tu écouté, si ç'avait été le cas ?

La question était un peu trop pointue à son goût.

— Ce ne sont pas tes affaires, Glen.

— Tu as raison. En revanche, toi et Bruce *êtes* mes affaires.

— Lequel de nous deux t'intéresse le plus ?

Il sourit.

— Je ne veux que le meilleur pour toi, Betty. Depuis toujours. Je ne pense pas que tu l'aies compris quand tu étais plus jeune. Mais à présent que nous avons l'un et l'autre grandi et mûri, peut-être es-tu plus apte à t'en rendre compte.

— Tu sais le plus drôle, Glen ? C'est que tout le monde grandit… mais ne mûrit pas forcément. La sagesse n'est pas donnée à n'importe qui.

— Tout à fait vrai.

— Alors…

Elle fit tourner le liquide dans le fond de son verre.

— A propos de quoi mon père a-t-il envie de « bavarder », exactement ?

— Betty, enfin… dit-il, faussement choqué. En quoi est-ce que ce sont tes affaires ?

Elle hocha la tête avec un petit sourire.

— Touché, Glen.

Le violoniste vint soudain lui jouer dans les oreilles. Se tournant, elle le foudroya d'un regard propre à accélérer sérieusement le réchauffement de la planète.

— Si vous ne dégagez pas d'ici, dit-elle sur un ton sirupeux à souhait, je vous embroche sur votre archet et…

Il dégagea.

— C'est ce que j'ai toujours aimé en toi, Betty, déclara Talbot en levant son verre pour lui porter un toast. Tu as un véritable don pour choisir les mots justes, en toute occasion.

Le reste du dîner se déroula grosso modo comme Glen l'avait prévu. Betty participa poliment à la conversation, demeura réservée quant à l'éventualité de travailler pour Atheon, et dut presque se mordre les lèvres pour ne pas le mitrailler de questions sur son père.

Etonnant, tout de même, songea-t-il. Finalement, elles étaient bien toutes les mêmes. Elles pouvaient être intelligentes, ou du moins penser l'être, les femmes n'en étaient pas moins très prévisibles, en dépit de ce prétendu mystère qu'elles s'imaginaient représenter pour l'homme. Enfin, pour certains hommes, sans doute en étaient-elles un. Il l'avait quant à lui depuis longtemps résolu, ce mystère, et savait exactement quoi dire, et comment le dire.

Betty déclina son invitation à la raccompagner chez elle. Dans la mesure où il avait atteint son objectif, il n'insista pas. Il était clair qu'après avoir rejeté Atheon d'entrée de jeu, elle ne serait plus aussi sûre, *a posteriori*, de sa décision. Et elle allait transmettre son incertitude à « Krenzler », précisément comme Talbot l'espérait. Rien que de très normal en cela... Glen Talbot avait pour habitude d'obtenir ce qu'il voulait.

Arrivé devant son immeuble, Glen se gara sur sa place réservée et coupa le moteur. Une fois descendu de voiture, il s'immobilisa un instant... puis, soudain, sortit de la poche de sa veste un Smith et Wesson bleu métallisé. Se retournant, il le pointa sur la silhouette qui se dirigeait droit vers lui, et qui se figea tout à coup.

Plissant les yeux dans l'obscurité, il baissa son arme et s'exprima d'une voix aussi conviviale que s'il rencontrait par hasard un vieux copain déambulant sur la promenade en planches d'Atlantic City.

— Agent Krenzler ! Quelle surprise...

— Ç'a failli être la dernière, en ce qui me concerne, ironisa Krenzler.

Elle sortit de l'ombre pour émerger dans la flaque de lumière tombant d'un réverbère. Son visage était un peu plus fripé que lorsque son fils adoptif, Bruce, l'avait vue pour la dernière fois.

— On a la gâchette facile, en ce moment, monsieur Talbot ?

— On n'est jamais trop prudent, Monica. Les monstres n'existent pas que sous les lits.

Il rentra le colt dans le holster fixé à son épaule qu'il recouvrit de sa veste.

— Et que faites-vous à Berkeley ? Vous avez été réaffectée ?

— Non, je suis juste de passage. Je voulais seulement…

S'éclaircissant la gorge, elle s'avança d'un nouveau pas vers lui.

— … seulement savoir comment va Bruce.

— Et comment le saurais-je ?

Le visage de Monica Krenzler se durcit.

— Ne me prenez pas pour une idiote, monsieur Talbot. Je suis au courant, pour les postes d'écoute, et je sais que vous le surveillez vingt-quatre heures sur vingt-quatre. Je sais aussi ce que vous attendez de lui. Si Bruce souffre ne serait-ce que d'un mal de dent, vous en êtes informés avant qu'il appelle le dentiste.

— Mais dites-moi, Monica, si vous êtes si anxieuse d'avoir de ses nouvelles, pourquoi ne pas simplement aller le voir vous-même ? Ou lui passer un coup de fil ? Il serait ravi de revoir sa chère vieille maman.

— Vous savez très bien pourquoi ce n'est pas possible.

Il eut un sourire de prédateur.

— Je n'en ai aucune idée. A moins que… Vos supérieurs auraient-ils jugé que vous vous êtes trop impliquée dans votre mission ?

— Ma mission…

Monica répéta le mot comme si elle n'avait jamais rien entendu de plus drôle. Sauf que son ton, dépourvu d'humour, était totalement dépressif.

— Vous devriez essayer un jour, monsieur Talbot. Essayez de devenir le tuteur d'un enfant, d'y être contraint par une organisation gouvernementale qui attend que cet enfant manifeste… on ne sait quel comportement bizarre sur le plan génétique. Vous vous efforcez de l'aimer, de le soutenir, de le pousser dans la carrière qu'on lui a destinée, non pas pour ce que vous pensez être son bien, mais uniquement parce que vos supérieurs ont des projets pour lui. Essayez donc de faire tout ça sans trop vous impliquer, monsieur Talbot…

— Pourquoi pas ? repartit Talbot sans même une once de sarcasme. Ce doit être un exercice intellectuel très stimulant.

Ce fut à son tour de s'avancer vers elle, jusqu'à ce qu'il soit près à la toucher.

— Il faut savoir quand renoncer à une mission, Monica. Pour vous, c'est terminé. Il n'est plus votre problème, mais le mien.

— Toute son existence a été manipulée depuis le départ, poursuivit-elle, contenant désormais difficilement sa colère. Quand aura-t-il le droit de vivre *sa* vie ?

— Croyez-vous vivre la vôtre, Monica ? Et moi la mienne ? La plupart des gens vous diront qu'ils mènent celle que Dieu leur a assignée.

— Vous et les vôtres ne sont pas Dieu, rétorqua-t-elle.

Le visage de Talbot se fendit d'un sourire.

— En ce qui concerne votre fils adoptif, Monica… nous sommes Dieu, Satan, l'enfer et le paradis réunis.

Il tendit la main pour lui tapoter la joue d'une manière horriblement condescendante, mais elle le repoussa d'un mouvement vif en le fusillant du regard.

— Bonne carrière… agent Krenzler, lui souhaita-t-il avant de s'éloigner en l'abandonnant à sa rage impuissante.

Il en riait encore en regagnant son appartement.

Toutefois, au lieu d'y entrer, il sortit une clé et ouvrit la porte voisine de la sienne. La pièce était plongée dans une semi-pénombre et il repéra vaguement une console de matériel électronique sur sa droite. Des boîtes de pizza et de cuisine chinoise traînaient un peu partout. L'endroit semblait désert.

— Sitwell ? appela-t-il doucement.

Un bruit de chasse d'eau rompit le silence et, quelques secondes plus tard, un type blond et mince, avec des lunettes démesurées, arriva en rentrant sa chemise dans son jean.

— Désolé. Les impératifs de la nature… Comment s'est passé le dîner ?

— A peu de chose près comme je l'avais prévu.

Sitwell acquiesça d'un grognement évasif puis retourna devant les appareils électroniques pour se mettre un casque sur les oreilles.

— Vous inquiétez pas… dit-il, saisissant la question non formulée de Talbot. J'avais laissé le magnéto en marche au cas où il se passerait quelque chose d'intéressant chez Bruce. Même s'il ne se passe jamais rien…

— Il est chez lui, en ce moment ?

— Oui. Mais il ne fait pas grand-chose. Pas de coups de fil. Pas de visite. La vie trépidante habituelle de Krenzler… Ou dois-je l'appeler Banner ? demanda-t-il avec un sourcil en accent circonflexe.

Talbot haussa les épaules.

— Comme vous voulez. C'est sûr que, comme boute-en-train, on a connu mieux. Pourquoi croyez-vous que je me suis donné tant de mal pour introduire Betty dans sa vie ? Pour m'assurer qu'on lui offre un job dans la même compagnie que lui ? Pourquoi j'ai fait jouer mes relations pour qu'elle travaille *avec* lui, sur *son* projet ? J'ai pratiquement tout fait pour eux, à part leur glisser des antisèches pour les examens.

Sitwell eut un rire amer.

— Ils me payent pour écouter les gens, monsieur Talbot, pas pour que je me pose des questions sur leurs motivations. Alors j'y ai jamais réfléchi plus que ça.

— C'est très simple, dit Talbot. Nous voulons savoir ce qui arrivera si Banner se met en colère, eu égard aux observations que son père collectait sur lui. Mais Bruce est beaucoup trop intériorisé… C'est la raison pour laquelle nous avions besoin de quelqu'un d'irrésistible, quelqu'un capable de forcer ses défenses. Quelqu'un qu'il finirait par avoir dans la peau… Et croyez-moi, Sitwell, personne, mais vraiment personne, n'est plus apte que Betty Ross à se glisser sous votre peau.

— Je la tuerai, gronda Thunderbolt Ross en arpentant furieusement son bureau. Non… Réflexion faite, je tuerai Talbot. Et puis non… Finalement, je les tuerai tous les deux. Ça gagnera du temps.

Lieber suivait des yeux le général dans ses allées et retours d'un bout à l'autre de la pièce.

— Je vous demande pardon, mon général, mais en quoi l'intérêt que porte Atheon aux laboratoires Lawrence Berkeley est-il la faute de votre fille ?

— Parce qu'Atheon prépare un coup, Lieber, rétorqua sèchement Ross. Nous sommes censés travailler tous pour la même autorité, mais là, ça sent le coup fourré, je le sais. Et j'ai du mal à envisager la situation avec le détachement nécessaire parce que ma fille est impliquée. Si elle n'était pas allée travailler pour cette foutue compagnie, je n'aurais pas ce problème !

— Mais… elle ne fréquentait pas Talbot, avant ? Ne serait-ce pas pire si elle était mariée avec lui, maintenant ?

Sa question lui valut un coup d'œil assassin.

— Je ne me souviens pas de vous avoir demandé de concocter des scénarios-catastrophe, Lieber. Rompez.

Lieber lui adressa un salut auquel Ross répondit machinalement, puis quitta le bureau sur-le-champ, laissant Ross mariner dans sa fureur.

Talbot serait bientôt là, et peut-être pourraient-ils mettre les choses au clair. Ce serait même très souhaitable. Parce que s'ils n'y parvenaient pas, la facture serait sûrement lourde, et Thunderbolt Ross avait bien l'intention de faire cracher tout le monde au bassinet.

DANS LES RÊVES, LES INFORMATIONS
QU'IL RECHERCHE SONT
DES SOUVENIRS INSAISISSABLES

Bruce gara son vélo devant chez lui et rentra en boîtillant dans la maison. L'idée l'effleura de se couler dans un bain et de détendre ses jambes douloureuses, mais son esprit carburait à cent à l'heure et il l'oublia aussitôt. Il ressentit également quelques tiraillements du côté de l'estomac, mais s'il prit conscience plus tard d'avoir mangé, ce fut tout bonnement grâce à sa sensation d'avoir le ventre plein alors qu'il arrosait son jardin zen miniature sur le bureau.

Reposant ses mini-outils de jardinage, il retourna dans la cuisine où il découvrit l'emballage vide d'un plateau-repas congelé dans la poubelle. D'accord, on était loin du gueuleton, mais tout de même, il ne put s'empêcher de penser qu'il n'était pas normal de vivre dans sa tête au point d'en oublier complètement le dîner qu'il avait préparé *et* avalé.

Puis, comme l'équation qui lui donnait tant de mal semblait vouloir se résoudre, il repoussa ces préoccupations pour jeter sur le papier chiffres, calculs, croquis et séquences d'ADN.

Au bout d'un moment, il se releva en s'étirant et se gratta distraitement le menton en se demandant combien de temps il avait bien pu travailler. Il était rentré vers

19 heures, et avait planché pendant… quoi ? Une heure ?
Deux, au plus. Il lança un coup d'œil sur le réveil électronique, se frotta les yeux, et regarda de nouveau. Les
chiffres, rougeoyant dans la pièce sombre, étaient les
mêmes qu'une seconde plus tôt : 2:27.

Il n'avait pas vu le temps passer. Comment avait-il pu
s'écouler aussi vite ?

Bon, inutile de s'interroger davantage et de se poser
des questions pour lesquelles, de toute façon, il n'aurait
pas de réponses. Il s'étira en bâillant, massa sommairement ses jambes ankylosées et s'avança vers la fenêtre.

Une particularité à laquelle il s'était habitué quant à
lui-même – en fait une de ses forces en tant que scientifique – était sa capacité à voir des configurations dans
tout ce qui l'entourait. Ils ne présentaient parfois aucun
intérêt – des chiffres quelconques recombinés en numéros de compte chèque, ou des suites de lettres issues de
sources diverses qui formaient un mot totalement différent. A d'autres occasions, le résultat provoquait de
brusques bouffées d'intuition qui, invariablement,
débouchaient sur de soudaines poussées d'activité, lesquelles aboutissaient – ou n'aboutissaient pas – à un
autre résultat encore plus inattendu et intéressant. Betty
assimilait cette aptitude à celle d'un mathématicien,
dans un film, qui finissait par manifester un comportement psychotique – une comparaison dont Bruce se
serait volontiers passé.

Aussi ne fut-il pas surpris lorsque, en contemplant un
saule éclairé par la lumière du réverbère, il fut attiré par
les formes qu'engendrait l'entrelacs des ombres et des
branches. C'était comme si l'arbre lui offrait sa version
naturelle des taches de Rorschach. Les structures ne ces-
saient de se modifier au gré du vent ; de tentacules ondu-
lants, elles devenaient les longs doigts d'un méchant,
dans un film muet, en train de se frotter les mains à la

perspective des sales micmacs qu'il mijotait dans sa petite tête de salopard.

Et maintenant elles prenaient la forme d'un escalier, puis de deux visages imbriqués de…

… de…

Il les fixa, longuement, intensément, et même si les branches bougèrent une bonne dizaine de fois ensuite, Bruce garda imprimée dans son esprit l'image qu'elles lui avaient offerte, figée comme l'instantané d'une cellule grise. Deux visages, assemblés entre eux comme les pièces d'un puzzle. A la réflexion, ce n'étaient pas des visages. En tout cas, pas des visages humains. C'étaient comme… comme deux animaux. Des animaux qui…

L'association qui cherchait à naître en lui faillit lui échapper, mais il la rattrapa comme on rattrape la ficelle d'un ballon avant qu'il ne s'envole, et soudain il sut : *des jouets en peluche.*

Oui. C'était ça. L'image diffuse suggérée par les ombres lui avait rappelé deux jouets en peluche. Mais quel genre de jouets, et à qui appartenaient-ils ? Mystère… Il les soupçonnait, sans raison particulière, d'avoir été à lui. Mais il était incapable de dire quand on les lui avait donnés, et, plus important encore, *qui.*

Puis du coin de l'œil, Bruce repéra quelque chose d'autre qui, il en était certain, n'était pas une ombre, mais une silhouette. Quelqu'un de grand, aux épaules larges et – *mon Dieu, c'était mélodramatique à souhait* – dont il émanait une aura menaçante.

Mais alors qu'il y portait sa pleine attention, il ne vit plus rien que les branches souples agitées par la brise.

Peut-être n'y avait-il jamais eu personne. Peut-être n'était-ce rien d'autre qu'un produit de son esprit en manque de sommeil. Une forme fantasmatique de plus à ajouter aux ombres trompeuses du saule. Il préférait sans conteste cette supposition à l'idée que quelqu'un puisse rôder dans l'obscurité à 2 h 30 du matin pour l'observer…

2 heures et demie. Doux Jésus…

— Il faut que je dorme, dit-il à haute voix, sans doute pour s'en convaincre.

Ce n'était manifestement pas du luxe. Sa fatigue était telle que, une fois de plus, il ne se rappela même pas s'être déshabillé avant de se mettre au lit. Comme si son être tout entier s'effaçait par instants, comme si certains de ses actes appartenaient à une autre personne. Une notion évidemment absurde.

Il résolut néanmoins de considérer la situation avec pragmatisme. En admettant que ce fût le cas, si tout ce qu'on pouvait reprocher à cette « autre personne » était de lui enfiler son pyjama à son insu, il ne semblait pas devoir trop s'en alarmer.

Bruce tira les couvertures, s'allongea et… attendit.

Et attendit.

Quand il se rendit compte qu'il commençait à compter les triangles qui constituaient le schéma répétitif du papier peint, il se tourna sur le côté et se plaqua l'oreiller sur la tête. Et là, il s'aperçut qu'il entendait les battements de son propre cœur, ou peut-être était-ce juste son pouls. Enfin, quoi qu'il en soit, c'était là, cognant à coups sourds, et il se demanda si, en imaginant Betty nue, il pourrait provoquer l'accélération de ces battements, et, si c'était le cas, à combien de pulsations/minutes un cœur pourrait-il battre par la seule volonté ? Peut-être serait-il même possible de créer un programme d'exercices aérobiques conçus à partir de messages, voire d'images qui alimenteraient directement le cerveau pendant le sommeil du sujet, ce qui engendrerait le…

Il roula sur l'autre côté, les jambes pliées jusqu'à ce qu'il soit pratiquement en position fœtale, ce qui l'amena à rebondir sur toutes les expressions et les idées issues de la reproduction – une notion à l'état embryonnaire, puis en gestation peut avorter, ou naître, c'est selon…

Bruce jeta un coup d'œil sur son réveil.

3 h 30.

Il n'avait pas dormi. Son esprit continuait de le ballotter d'une pensée à une autre. Peut-être… peut-être que s'il essayait de se fatiguer les yeux… ? Oui, ça pourrait marcher. Cramponné au fuyant espoir de pouvoir sombrer dans le sommeil, il s'assit et, calé contre son oreiller, attrapa deux ou trois feuilles de données traînant sur sa table de chevet. Il n'alluma même pas la lampe, préférant lire à la seule clarté de la lune. Ce devait être une voie royale pour accéder à l'épuisement oculaire.

Quelques minutes plus tard, d'autres feuilles avaient rejoint les premières, et, en une heure, le lit en était jonché. Et le seul bruit qui lui semblait exister sur toute la surface de la planète était le grattement insistant de la plume de son stylo sur le bloc… lequel grattement, malheureusement, commençait de lui porter sur les nerfs.

— Merde, dit-il, rejetant le stylo en décidant que *bon, O.K.*

D'abord il avait tenté de dormir, et ensuite il avait usé de stratagèmes pour se pousser lui-même dans les bras de Morphée. Résultat : le fiasco. Il ne lui restait plus qu'une solution – rester éveillé.

Alors il demeura là, assis, contemplant son reflet sur l'écran de la télévision perchée sur la commode en face de lui. Il patienterait simplement jusqu'à ce que le soleil, en se levant, annonce la naissance d'un jour nouveau. Rien d'autre.

Il s'évertua donc à lutter pour garder les yeux ouverts, et, fatalement, alors que le réveil indiquait 4 h 48, ses paupières, pesantes comme des blocs de ciment, se fermèrent toutes seules. Fiction et réalité se mêlèrent, et il *entendit un bruit de pas résonnant quelque part, pas très loin, et le gémissement d'un chien, et un petit garçon de quatre ans qui s'amusait avec deux jouets en peluche aux longs becs, aux oreilles tombantes, avec des gros pieds, et il entendit aussi son cri de joie innocente quand il lança les jouets en l'air avant de les jeter par terre, et ses petits cris de surprise qu'il entrecoupait du bruitage des peluches retombant sur le sol, et alors qu'il les manipulait, les jouets prirent vie, pas une vie indépendante, non, plutôt des aspects de sa propre existence, et ils commencèrent de bouger, presque timidement, à cligner des yeux, à hocher la tête, à sourire, et à plisser le front parce que, comme Bruce, ils percevaient des voix, des voix adultes, humaines, un homme et une femme en fond sonore, mais il ne parvenait pas à comprendre ce qu'ils disaient, seulement qu'ils s'exprimaient sur un ton passionné, et qu'ils criaient, et un hurlement strident, un cri primal, fusa de la bouche du garçon…*

Et Bruce fut debout, hors de son lit, comme alerté par quelque système d'alarme intérieur. Sans savoir pourquoi, il s'approcha de la fenêtre. La silhouette était revenue.

Il avait dû pleuvoir un peu, depuis la dernière fois où il avait regardé, parce qu'une brume enveloppait désormais le quartier. Ce qui ne l'empêcha pas de voir que l'homme apparaissait un peu plus grand, et même un peu plus fort que précédemment, comme si… aussi fantasque et insensé que ça puisse sembler… comme s'il avait puisé quelque force psychique démoniaque aux tourments rampant dans l'esprit assoupi de Bruce.

Tu perds les pédales, songea-t-il en abaissant brutalement le store. *Tu es un homme rationnel, un homme de science, et si un type, dehors, est en train de surveiller ta maison dans l'intention de la cambrioler, tu sors l'affronter ou tu préviens la police. Mais ne t'avise surtout pas d'aller inventer on ne sait quelle idée démente de vam-*

pires psychiques. Il inspira plusieurs fois, longuement, pour s'apaiser l'esprit et l'âme, puis regarda de nouveau entre les lattes métalliques qu'il écarta d'une main tandis que, de l'autre, il attrapait le téléphone pour appeler le commissariat.

Dans l'écharpe de brume ondulant sous le vent, il aperçut une fois encore l'homme qui, cette fois, s'éloignait, entouré de trois chiens de différentes tailles. Et le temps d'un battement de cœur, Bruce pensa que l'un d'eux, moins gros que les deux autres, pouvait être le caniche qui l'avait agressé au labo. A moins que ce ne soit tout bêtement un petit chien. En attendant, quelques secondes plus tard, le clébard, avec ses deux congénères et leur maître, avait été avalé par le brouillard.

Un homme en train de promener ses chiens.

Bruce Krenzler, docteur, scientifique, théoricien brillant, s'était autorisé à se laisser effaroucher par un cauchemar et par un type sortant faire pisser ses chiens au petit matin.

Il était curieux de savoir comment Betty jugerait un tel comportement... Une réflexion qui l'amena comme de juste à penser à elle et à Talbot, ce qui l'irrita.

Il regagna donc son lit, se recroquevilla sous ses couvertures, convaincu que le sommeil lui serait irrémédiablement refusé cette nuit... et dormit bientôt comme une souche.

Le promeneur de chiens ouvrit le cadenas qui fermait le portail du petit jardin envahi d'herbes folles d'une maison délabrée. Les trois bêtes le précédèrent en grondant et en jappant de très menaçante façon. Puis ils se retournèrent vers lui, avec l'air de vouloir le dévorer s'ils n'avaient rien de mieux à se mettre sous la dent. Mais il était prêt. Il connaissait trop bien ses bébés. Enfonçant la main dans la poche de son manteau, il sortit des vieux légumes et des morceaux de viande d'un sac bien fermé qui les avait empêchés d'en renifler l'odeur, et les leur jeta. Ils les attrapèrent au vol et se bagarèrent pour récupérer ceux qui tombaient au sol. Alors que les trois chiens – un mastiff, un pitbull et un caniche aux dent pourries – se disputaient les reliefs du repas, leur maître entra dans la baraque, véritable furoncle sur le visage déjà peu reluisant du quartier. Il se trouve de plus qu'elle avait appartenu à Benny Goodman. Etonnant, tout de même, la vitesse avec laquelle une maison peut se dégrader.

L'intérieur n'était éclairé que par une simple ampoule nue suspendue à un fil au plafond. Il y avait eu des meubles, avant, mais le nouveau propriétaire s'en était débarrassé à son arrivée ; ils lui rappelaient trop une autre époque de sa vie. Il ne restait plus à présent qu'un matelas déformé et taché dans un coin et, de l'autre côté de la pièce, une longue table bancale couverte de papiers, de livres et de journaux, avec un petit espace pour travailler.

Le promeneur de chiens ôta son manteau qu'il jeta sur des vêtements empilés le long du mur, dont l'uniforme d'agent d'entretien, puis s'avança vers la table et repoussa une pile de paperasses, découvrant ainsi un super ordinateur portable ultra-plat.

David Banner ouvrit l'appareil, pressa un bouton et s'assit. La lumière de l'écran illumina son visage, lui conférant un air vaguement halloweenien qui n'était pas sans rappeler une citrouille grimaçante. Sur le mur, derrière le moniteur, des photos et articles punaisés sur un tableau de liège relataient différentes étapes des études et de la carrière de Bruce Banner.

Banner resta un instant pensif et tendu comme une corde de violon, comme s'il était sur le point d'exploser, de sortir de lui-même, poussé par la pression impérieuse de tous ses désirs refoulés. Puis, levant la main, il effleura l'une des photos.

— Bruce, dit-il doucement. Mon Bruce.

D'un tiroir, il sortit un petit récipient rempli d'une solution saline qu'il leva à hauteur de ses yeux plissés pour l'examiner, et le sourire approbateur qui lui fendit le visage aurait glacé un témoin invisible. Reposant le récipient, il en dévissa le couvercle et, à l'aide d'une pince, saisit le cheveu qui y marinait. Ce même témoin aurait sans doute été impressionné par la précision du geste. S'il se fiait aux apparences, il aurait en effet été en droit de s'attendre à ce que ce type grisonnant aux yeux un peu fous soit alcoolo au dernier degré et incapable d'empêcher ses mains de trembler même si son ultime verre en dépendait.

Mais il n'y eut aucune hésitation dans le geste de Banner quand, avec une assurance née d'une longue expérience, il posa le cheveu sur une lamelle avant de le couper en tout petits morceaux avec un rasoir.

Il prit ensuite une petite éprouvette remplie pour moitié d'un liquide laiteux dans lequel il laissa tomber plusieurs segments du cheveu, gardant les autres pour une éventuelle utilisation future.

Au bout de quelques instants, il plaça l'éprouvette dans ce qu'il nommait un « séparateur d'ADN ». Il lui avait fallu des lustres pour le bricoler à partir d'éléments glanés à droite et à gauche, mais sa facture artisanale ne décourageait nullement la confiance qu'il plaçait en lui.

Il vérifia ensuite les branchements de son ordinateur pour s'assurer qu'il était connecté correctement, puis alluma le séparateur. L'appareil, qu'un fil reliait au portable, se mit à bourdonner et à vibrer.

Aucun bruit ne troublait le calme de la nuit, à part le pianotement des doigts sur les touches du clavier, et l'occasionnel grognement d'un des chiens à l'extérieur.

ACCIDENT… OU DESTIN ?

Bruce Krenzler se rappela la blague du vieux bonhomme se plaignant que la vie, quand il était gamin, était si dure qu'il devait faire ses six kilomètres à pied pour se rendre à l'école, et sur un chemin qui montait d'un bout à l'autre, à l'aller comme au retour… Il avait trouvé ça drôle, mais ça l'amusait déjà beaucoup moins aujourd'hui dans la mesure où la route qu'il empruntait pour aller au boulot était aussi pénible que celle qu'il prenait pour en revenir. En effet, il lui fallait grimper à chaque fois. D'accord, ce n'était pas la même côte, mais ses jambes ne faisaient pas la différence.

Et parce qu'il n'avait pas particulièrement bien dormi, son endurance laissait à désirer. Pour couronner le tout, ce qu'il découvrit à son arrivée au labo ne lui remonta pas vraiment le moral. Talbot et Betty étaient en train de discuter, et sur un ton beaucoup trop amical à son goût. Pour la énième fois depuis la veille, il se demanda jusqu'à quelle heure s'était prolongée leur soirée. Non que ce fussent ses oignons, mais tout de même…

— Bruce, dit Betty. Glen est passé…

— Qu'est-ce qu'il fait là ? demanda Bruce qui regretta aussitôt son impulsivité.

Il avait l'air si accusateur, si… jeune. Mais ç'avait été plus fort que lui. Il n'avait pas pu s'en empêcher.

Et pourquoi devrais-tu t'en empêcher ? Sa voix intérieure bouillonnait de colère et de ressentiment difficilement contenus. *Elle s'amuse sûrement à te comparer à lui, et elle doit penser qu'il t'est supérieur parce qu'il s'emballe pour n'importe quoi, alors que toi, l'adulte, tu te maîtrises... et elle te le reproche, en plus. Tu trouves ça juste ? Non, n'est-ce pas ? Alors pourquoi est-ce que tu le tolères ? Et pourquoi devrais-tu le supporter, lui ? Il n'a rien à foutre ici...*

— En fait, docteur Krenzler, nous n'avons jamais eu la chance de bien nous connaître, dit Glen, affable.

Bruce éprouva une sorte de sourd martèlement derrière les yeux. *Fous-le dehors. Montre-lui qui est le boss, dans ce labo. C'est chez toi, ici. Il n'a rien à y faire. Dehors.*

— C'est parce que je n'en ai aucun désir, rétorqua-t-il d'un ton neutre qui jurait avec la rage enfouie en lui. Sortez d'ici.

A son expression, il était clair que Betty était ahurie par la dureté de ses propos.

— Bruce... commença-t-elle.

Maintenant. Vas-y, bon sang. Fous-le dehors !

— Et tout de suite, ajouta-t-il.

Talbot ne parut pas s'en formaliser plus que cela.

— Hé, pas de problème... dit-il en adoptant un faux accent australien.

Sans doute trouvait-il ça intelligent. Il approcha de la porte. Bruce, planté comme une statue, s'écarta pour le laisser passer. Arrivé à sa hauteur, Talbot se tourna, de sorte qu'ils étaient presque nez à nez, et hors de portée des oreilles de Betty. Ce soi-disant « grand fan » de Bruce Krenzler maintint un sourire plaqué sur ses lèvres tandis qu'il s'exprimait à voix basse.

— Mais laissez-moi vous donner un bon conseil, docteur Krenzler... Il n'y a pas loin de la proposition amicale à l'ordre hostile. *(Tue-le.)* J'ai fait mon boulot. Celui que vous accomplissez ici est génial. *(Ecrase-lui la gueule. Vas-y.)* Réfléchissez bien : une technologie que nous serions seuls à posséder qui permettrait aux GI de guérir spontanément sur le champ de bataille. Ce n'est pas rien… *(Salopard. Montre-lui qui commande, ici. Réduis-le en bouillie, détruis-le.)*

Au prix d'un effort surhumain, Bruce résista à ces commandements qui fusaient dans son esprit avec une telle véhémence qu'il faillit pour de bon prendre son interlocuteur pour un punching-ball, même si Talbot avait vraisemblablement le pouvoir de le briser en deux.

— Ce n'est pas ce que nous faisons ici, dit Bruce, s'évertuant à se concentrer. Nos recherches relèvent de la science fondamentale, pour…

Talbot secoua la tête, comme s'il avait affaire à une forme d'organisme inférieur et non à l'un des chercheurs les plus réputés et les plus respectés de la côte Ouest.

— Vous savez, dit-il avec un sourire méprisant à souhait, je vais écrire un livre. Et le titre en sera : « Quand les scientifiques sans le sou sont victimes d'idéaux imbéciles ». *(Rien ne t'oblige à supporter ça ! Colle-lui ton poing sur la figure ! Tout de suite ! Ecrase-lui la gueule, nom de Dieu, espèce de pauvre crétin de loser !)* En attendant, vous aurez de nouveau de mes nouvelles, Bruce. *(Et toi des miennes, sale limace baveuse !)*

Bruce ressentit une légère douleur dans le bras droit et dut prendre plusieurs longues inspirations pour se calmer. Quoiqu'il en ignorât la raison, il était convaincu que s'il ne le faisait pas, il se heurterait à des maux bien plus conséquents, et… à des choses plus terribles. Bien plus terribles. Sa vue se troubla un instant, comme s'il luttait contre une méga-migraine naissante. Quand elle se dissipa, Talbot était parti… et Betty, apparue dans son champ de vision, le considérait avec un mélange de confusion et d'étonnement.

— Ça s'est plutôt bien passé, tu ne penses pas ? dit-il en se frottant brièvement les mains avant d'ajouter : Qui a encore envie d'entrer dans l'histoire, de nos jours ?

L'hélicoptère attendait Talbot sur le petit aérodrome privé, là où le général Ross le lui avait indiqué. Un militaire patientait également et Talbot lui adressa le genre de salut professionnel qui révélait un ex-homme d'armée, même s'il était en civil.

Le pilote, d'un signe de tête, l'informa qu'il pouvait boucler sa ceinture et, sitôt qu'il l'eût fait, la rotation des pales s'accéléra. Quelques secondes plus tard, l'hélico s'envolait vers Desert Base. Talbot avait compris que Thunderbolt Ross était furieux, ce qui ne le tracassait pas le moins du monde. Il connaissait trop bien le vieux qu'il avait le don de manipuler aussi bien que n'importe qui d'autre. Ross avait son ordre du jour et Talbot le sien, et Talbot savait lequel figurerait en tête de liste.

Betty avait du mal à croire qu'elle puisse *à nouveau* être jalouse de Glen Talbot, mais elle devait pourtant se rendre à l'évidence. Il ne lui suffisait pas de trouver qu'il avait usurpé sa place auprès de son père…

Aujourd'hui, elle découvrait que, depuis le temps qu'elle connaissait Bruce, elle ne l'avait jamais vu exprimer la moindre émotion, à telle enseigne qu'elle s'était souvent demandé s'il était totalement humain. Cependant, dès sa deuxième rencontre avec Talbot, il lui avait paru à deux doigts de lui écraser son poing sur la figure. Non qu'elle nourrît le moindre doute quant à l'issue d'une éventuelle échauffourée entre eux. Glen Talbot, quoiqu'à présent civil, avait reçu un solide entraînement de combat et d'auto-défense. Bruce Krenzler, lui, avait été formé à la science et aux arts. En cas de joute oratoire, d'un concours où il s'agirait de citer la masse atomique de tous les éléments chimiques, Talbot serait battu à plates coutures. Mais au corps à corps, c'était une autre paire de manches.

Quoi qu'il en soit, et aussi grotesque que ça puisse paraître, elle était un peu jalouse que Glen puisse susciter une telle réaction émotionnelle de la part de Bruce alors que, pour elle, celui-ci n'avait dans le meilleur des cas qu'un détachement passif.

Elle s'efforça néanmoins de mettre ces pensées de côté pour préparer l'expérience imminente. Une nouvelle grenouille – baptisée « Rickie » par un Harper indécrottablement sentimental – était assise à la place d'honneur de la gammasphère qui avait vu tant de ses consœurs éclater. Les données instrumentales semblaient stables. Elle releva les yeux vers Bruce, de l'autre côté de la pièce, et le vit totalement concentré…

Non. Non, rectification, il semblait au contraire distrait ; il ne cessait de jeter des coups d'œil en direction de la porte par laquelle Talbot était sorti. Pas besoin d'être extralucide pour deviner ce qui – ou plutôt *qui* – le tracassait. Elle ne pouvait pas le laisser dans cet état. Ça lui faisait trop mal au cœur… En plus, ils ne pouvaient pas se permettre, sous peine d'en subir de regrettables conséquences, d'avoir un chef de projet préoccupé à une minute du lancement de l'expérience.

Il n'était d'ailleurs pas certain qu'elle ait le temps de…

A cet instant, Harper, devant sa console de contrôle, annonça :

— Quinze secondes. On est prêts pour la double exposition.

Il pesta toutefois entre ses dents, avant d'ajouter :

— Euh… oui, enfin, pas tout à fait…

Se dirigeant vers lui, Betty aperçut un message clignotant sur son écran : « verrouillage négatif ».

Autrement dit, l'expérience serait légèrement retar-

dée. Autant en profiter pour parler à Bruce et tenter de le
remettre sur le bon rail.

— Il y a un problème, Harper ? s'enquit Bruce.

Harper soupira.

— La porte du sas fait encore des siennes. J'en ai
pour une seconde.

Réparer le mécanisme était évidemment une priorité.
C'était lui qui scellait automatiquement la sphère au
moment du bombardement des rayons gamma. C'était
un dispositif de sécurité qui rendait tout bonnement nul
tout risque d'erreur.

Tandis que Harper attrapait un masque respiratoire
pour entrer dans la gammasphère, Betty se glissa vers
Bruce qui, assis devant son moniteur, observait tout ce
qui se passait avec l'intensité d'un chat hypnotisant sa
proie.

— Bruce, je crois que nous devrions parler, dit-elle.

— Parler ?

— Oui. De Glen.

— Il n'y a rien à dire, répondit-il.

Manifestement, il n'avait pas décoléré. Elle n'en revenait pas, que Glen pût le mettre dans cet état. Mais ce
n'était pas franchement surprenant, en fait. Elle se souvenait d'avoir été plus d'une fois en rogne à cause de lui.

— Bruce… dit-elle aussi doucement qu'elle le put.
C'est moi, Betty.

Il gardait les yeux rivés sur la sphère où Harper testait
le verrouillage. Il prit cependant le temps de se tourner
vers elle pour lui sourire. Il avait un sourire adorable. *Il
devrait en user plus souvent.*

— Désolé, dit-il.

— Ne te tourmente pas à cause de lui, O.K. ? Je m'en
occupe.

Bruce haussa les sourcils.

— Comment ?

Elle avait su la réponse avant qu'il lui pose la question, mais malgré cela, elle eut du mal à croire qu'elle pût dire une chose pareille.

— Je téléphonerai à mon père. Il pourra faire pression sur lui.

Lentement, Bruce lui accorda toute son attention. Lui eût-elle annoncé qu'elle avait été investie de l'âme d'Elvis pendant qu'elle faisait le plein à la station-service qu'il n'aurait pas eu l'air plus inquiet pour elle.

— Aux dernières nouvelles, dit-il, ton père et toi ne vous parliez plus.

Elle eut un haussement d'épaules faussement insouciant, comme si ce qu'elle proposait n'avait rien d'exceptionnel.

— Raison de plus pour que je l'appelle.

Cette perspective ne l'enchantait pas vraiment. A tout prendre, elle lui aurait encore préféré un bon bain dans des eaux infestées de crocodiles. Mais la réaction de Bruce face à Talbot l'avait incitée à réviser ses positions. Il était évident qu'elle s'était complètement méprise sur la profondeur de l'hostilité que Talbot lui inspirait, hostilité qu'elle avait aggravée en acceptant de dîner avec lui. Une erreur grossière et stupide qui avait non seulement indisposé Bruce, mais également alimenté la suffisance déjà boursouflée de Talbot. Elle n'avait désormais plus d'autre choix que d'essayer d'arranger la situation, fut-ce au prix d'une partie de sa fierté, en requérant l'aide de son père.

L'ennui, c'est qu'elle n'avait aucun moyen de savoir si Thunderbolt Ross serait d'accord. Il n'avait jamais entendu parler de Bruce, et il y avait donc fort à parier qu'il rechignerait à intercéder en faveur du Dr Bruce Krenzler rien que pour lui permettre de poursuivre ses recherches en toute tranquillité. En réalité, étant donné les antécédents de leur relation, celui pour lequel il ris-

quait plus de se faire du mouron était Glen Talbot lui-
même. Elle se sentait néanmoins obligée de prendre une
initiative, et appeler son père lui paraissait la plus indi-
quée en l'occurrence.

A cet instant, la voix de Harper retentit dans l'intercom.

— Euh… j'ai l'impression que le circuit est grillé.
Pas sûr, mais vous aurez peut-être envie d'y jeter un
œil…

— O.K. J'arrive.

Bruce entra à son tour dans l'espace expérimental et
attrapa un masque. Betty observait les efforts incessants
de Harper pour réparer le système de fermeture, quand il
y eut brusquement un court-circuit. Des étincelles jaillirent, et Harper poussa un cri perçant et effrayé tandis
qu'une voix enregistrée, calme et ferme, commençait de
prononcer le compte à rebours de ce qui s'annonçait
comme un véritable désastre.

Le cri de Harper figea Bruce, son masque encore à la
main, dans l'antichambre de la sphère. Puis il vit les
éclairs et entendit le début du compte à rebours, sans
pouvoir encore assimiler ce qui venait de se passer. *Ainsi
c'est comme ça que ça démarre*, songea-t-il alors que les
lueurs clignotaient furieusement comme celles d'un
théâtre annonçant aux spectateurs que l'entracte est
terminé.

La voix égrenait les chiffres en partant de vingt, mais
d'après lui, sitôt que Harper serait sorti de la gammasphère, ils auraient encore le temps d'éviter la catastrophe.

Or, ce fut cet instant, bien sûr, que Harper, complètement paniqué, choisit pour accrocher son masque sur une
tige d'alignement. Sa peur était telle que, manifestement,
il ne se rendit pas bien compte de ce qui lui arrivait. Il

découvrit simplement que, tout à coup, il lui était impossible de bouger la tête. Il la tourna d'un coup brusque d'un côté, puis de l'autre en agitant frénétiquement les bras comme un malade mental en train de héler un convoi de taxis.

Bruce ne perdit pas une seule seconde son sang-froid. Son rythme cardiaque n'accéléra même pas. En revanche, il considéra avec ironie la frustration de Betty pestant contre sa perpétuelle équanimité. Harper était un bon exemple de ce qui pouvait advenir quand on se laissait dominer par ses émotions. Il était accroché à sa tige comme un poisson à son hameçon dans une sphère sur le point de recevoir un rayonnement assez fort pour frire un mammouth. Un grand bravo pour les émotions tueuses…

Au lieu de s'énerver, Bruce entra sans précipitation dans la gammasphère et décrocha le masque de Harper qu'il rattrapa juste comme ses genoux fléchissaient. Ce n'était pas le moment qu'il s'assomme en tombant. Il se voyait mal en train de le traîner, inconscient, hors de la chambre.

— *Bruce ! La porte !*

Pivotant à cent quatre-vingts degrés, il comprit immédiatement le problème. Betty ne paniquait pas, elle était bien trop professionnelle pour ça. Mais elle avait tout de même du mal à contenir son affolement alors qu'elle s'activait furieusement devant la console de Harper pour tenter de faire fonctionner un système qui, à cause du court-circuit, refusait obstinément d'obtempérer.

— La porte du sas devrait à présent être verrouillée, annonça la voix en continuant son compte à rebours. … dix… neuf… huit…

La porte en question restait ouverte, ce qui mettait le laboratoire tout entier en danger. Dès que le rayon gamma serait bombardé dans la chambre, les particules se répandraient dans l'air. Betty martelait le clavier avec une frénésie qui n'aurait pas étonné quiconque s'est déjà heurté aux caprices de son ordinateur, sauf que les risques encourus étaient bien plus élevés qu'un disque dur fichu. C'est tous les trois qui seraient fichus si cette saleté de sas refusait de se fermer.

— … sept… six…

Rickie la grenouille observait la pagaille avec, au plus, un intérêt très tiède.

— … cinq…

Bruce regarda Harper, puis Betty, puis la porte du sas, puis le masque dans sa main…

Il lâcha le masque. Le temps pressait, inutile de s'encombrer.

— … quatre… trois… deux…

Dans un geste désespéré, il poussa Harper en avant, l'envoyant hors de la gammasphère.

— … un… zéro… libération des nanomeds… amorce du canon…

Un sifflement retentit dans la gammasphère. Plus fort qu'il ne l'aurait pensé, pour la simple raison qu'il en avait toujours été séparé par plusieurs centimètres de plexiglass. Le ronronnement et les cliquetis de la mise en place des bombes gamma étaient encore plus bruyants, de même que le gémissement suraigu de la mise en route du canon.

Plus jeune, Bruce avait vu un film de guerre où un type se jetait sur une grenade pour sauver ses camarades de section. L'acte avait provoqué des débats animés parmi les adolescents qui s'étaient interrogés sur leur propre capacité à sacrifier délibérément leur vie dans une action certes héroïque mais terriblement radicale. Et tous étaient parvenus à la conclusion que, eh bien oui, merde, ils n'hésiteraient pas à se faire déchiqueter par la bombe plutôt que de figurer parmi les fuyards. Seul Bruce avait avoué : « Je ne sais pas ce que je ferais » et, naturellement, cette confession lui avait valu d'être la risée de tous. Mais il avait profondément sondé les yeux des autres gosses, et il aurait juré alors que leurs regards trahissaient leur peur et leur incertitude. Il est toujours facile de fanfaronner entre copains, mais c'est au moment fatidique que se révèle la véritable étoffe de l'individu.

Aussi fut-il quelque peu étonné de se ruer dans la chambre sans même avoir consciemment pris sa décision. Son action fut entièrement automatique. Il ignorait même si elle servirait à quelque chose ; c'était d'irradiation, qu'il s'agissait, ici, et non de shrapnel, et c'était beaucoup moins prévisible. Mais comme sa mère avait coutume de dire : « Un seul choix n'est pas un choix ». Et c'est ce qu'il ressentait à cet instant.

Il se jeta contre la bouche du canon gamma, en obstruant l'ouverture au moment précis où les bombes étaient libérées. Il entendit les hurlements de Betty et de Harper, entendit *le cri du canon gamma se mêler à celui qui jaillissait de sa propre gorge, et il y eut d'autres cris, et des gens qui couraient, tandis que ciel du désert s'enflammait, et une petite fille hurlait et un homme et les peluches hurlaient et se tordaient et flambaient et il perçut un clic inattendu alors que la porte du sas choisissait ce moment, après le tir du canon, pour se verrouiller et enfermer Bruce dans la sphère, et Betty criait son nom en pleurant et tambourinait sur la paroi de plexi, et Bruce gueulait sa douleur, sauf qu'il y avait plus que de la douleur, il y avait aussi... du triomphe et du contentement et un sentiment de « Enfin ! » qui ricochait dans son esprit, et d'autres hurlements fusèrent et Banner eut l'impression que son visage fondait et que sa chair glissait de ses os pour tomber à ses pieds, il n'était pas sûr que ça se passait réellement, mais il cria malgré tout parce que c'était ce qui lui semblait le plus approprié pour l'occasion, puis comme il s'effondrait par terre tel un hareng que la mer rejette sur la plage, il fut soulagé de constater que sa peau était intacte, mais il eut tout de même la sensation que quelque chose d'autre en lui s'était brisé ou fragmenté ou séparé, et tandis qu'il sombrait dans le néant, il eut vaguement conscience d'arborer un bizarre petit sourire satisfait, et se demanda qui, exactement, était en train de sourire...*

UNE FILLE ET UN FILS PERDUS ET RETROUVÉS

Thunderbolt Ross ne fit pas l'effort de se lever quand Glen Talbot entra dans son bureau. Depuis quelque temps, chaque rencontre avec lui était une nouvelle occasion pour le vieux militaire de se demander ce qu'il avait jamais pu voir en lui. Betty, elle, avait su percevoir ce qui se cachait au-delà de la façade. Elle s'était montrée bien plus perspicace que son général de père qui avait cru déceler en Talbot les qualités qu'il estimait chez un homme. De toute évidence, il s'était lourdement trompé. Quel homme, en effet, renoncerait de sa propre volonté à un bel avenir dans l'armée pour s'engager dans le secteur privé ?

— Général. Je suis heureux de vous revoir, dit Talbot avec son affabilité coutumière. J'ai fait un voyage agréable, grâce bien sûr à votre…

— Assis, le coupa Ross avec le ton qu'il aurait employé pour un chihuahua.

Manifestement pris au dépourvu par cet accueil plutôt frais, Talbot s'installa docilement sur la chaise en face de lui. Ross désigna le dossier que son aide lui avait apporté.

— Vous pouvez me dire de quoi il s'agit ? demanda-t-il en le poussant vers lui.

Talbot le feuilleta rapidement sous l'œil vigilant de Ross qui guettait le moindre signe révélateur de faiblesse, ou d'embarras. Mais Talbot resta très détendu. Il n'avait semble-t-il absolument rien à cacher. Ce qui, on s'en doute, agaça prodigieusement Ross.

— Il apparaît, général, dit-il avec une décontraction horripilante, que ceci est notre projet concernant le laboratoire Lawrence Berkeley.

— Pourquoi ?

— Pourquoi me montrez-vous ce dossier ? Je crains de ne pas en avoir la...

Ross abattit sa main ouverte sur le bureau, faisant sauter son presse-papier et le stylo offert par Colin Powell. Talbot, quant à lui, demeura une fois encore impassible.

— Ne faites pas le malin avec moi, Talbot. Il est déjà assez pénible que, la moitié du temps, vous passiez par la *National Security Agency* et non par moi...

— J'essaie de l'éviter, général, mais vous ne me laissez parfois pas le choix...

— Quand vous essayez de mettre la main sur des choses que je ne juge pas indispensables, oui ! Et nous sommes précisément devant un autre de ces cas. Pourquoi avez-vous pris Lawrence Berkeley pour cible ?

— Monsieur ! s'esclaffa Talbot. Je n'ai rien pris « pour cible ». Je me contente de travailler pour Atheon...

— La recommandation d'acquisition vient directement de vous, Talbot, dit Ross en martelant la feuille de l'index. Une recommandation très appuyée, en fait.

— Et je crois que vous en connaissez la raison, général.

— Oui, cette histoire de « nanomeds ».

Ross secoua la tête.

— Des foutaises de science-fiction.

— Comme l'apparaissait le communicateur du capitaine Kirk, à une époque, général. A propos, vous êtes satisfait de votre téléphone portable ?...

Ross fronça si furieusement les sourcils qu'ils ne formaient plus qu'une barre noire sur son front.

— Nous savons parfaitement tous les deux que ces aberrations ne sont pour rien dans votre choix, motivé uniquement par Betty.

Talbot parut fournir un gros effort pour ne pas lui éclater de rire au nez.

— *Betty ?* Betty Ross ?

— Non, Betty Duschnock… Evidemment, Betty Ross ! Et laissez-moi vous dire une bonne chose, Talbot, ajouta-t-il en pointant le doigt sur lui. Je vous conseille vivement de ne pas harceler ma fille en refaisant irruption dans sa vie.

Talbot se leva d'un bond, et bien qu'il fût bien plus maître de lui que Ross, sa propre fureur transparaissait dans son regard et dans son ton sourd.

— Vous savez, général, la vérité n'est pas forcément facile à entendre, mais il est peut-être temps que vous compreniez que le monde ne tourne pas *toujours* autour de votre précieuse fille. Vous pouvez cracher autant que vous voudrez sur les recherches du Lawrence Berkeley, ça ne changera rien au fait que je persisterai à les recommander auprès d'Atheon, et indépendamment du fait qu'ils emploient votre fille ou celle de Frankestein. En plus, vous aurez peut-être du mal à le croire, général, mais je me réjouis que vous ayez souhaité me voir, parce que je m'apprête à vous rendre un grand service.

— Ah oui ? fit Ross, sarcastique.

— Oui, général, et vous allez me remercier.

Du portefeuille qu'il avait gardé coincé sous son coude, il tira une chemise bleue dont il sortit plusieurs photographies en noir et blanc.

— Ce que je vais vous montrer, général, relève de la sécurité, mais eu égard à notre amitié passée, j'ai assez confiance en vous pour vous en faire part. Je pense sincèrement que, en tant que père de Betty, vous devriez être au courant…

— Mais au courant de quoi, bon sang ? De quoi parlez-vous ? Quelles couleuvres allez-vous encore essayer de me faire avaler, Talbot ?

— Aucune couleuvre, général, rassurez-vous. Mais une condition, toutefois : ne me demandez pas où j'ai obtenu ceci, c'est tout. A mon avis, leur contenu devrait davantage vous intéresser que leur provenance.

Il tendit enfin les photos à Ross qui les étudia attentivement. Il s'agissait indiscutablement de photos privées de Betty en compagnie d'un homme, prises dans le cadre d'une filature. Il y en avait plusieurs, dont l'une où ils se promenaient dans un parc, et une autre où elle s'abandonnait contre lui avec une intimité touchante. Le vieux général se redressa avec raideur.

— Talbot, dit-il lentement, je me fous de votre condition. Vous allez m'expliquer pourquoi vous faites surveiller ma fille…

— Pas votre fille, général. Mais *lui*. Il se trouve simplement que Betty est en étroite relation avec lui, comme vous pouvez le constater. Ce qui, je crois, pourrait vous causer quelques soucis.

Il prit une forte inspiration.

— Vous aviez raison, général : il y a plus intéressant, aux labos Lawrence Berkeley, que le programme des nanomeds. Mais ça n'a rien à voir avec quelque chose d'aussi anodin que mon ancienne relation avec votre fille. L'important, c'est ce type, là.

— Qu'a-t-il de si spécial ?

Mais alors même qu'il posait la question, Ross se pencha pour étudier de plus près les traits de l'homme.

— Et pourquoi ai-je le sentiment de le connaître ?

— C'est son père, que vous avez connu.

— Son père ?

Ses yeux s'écarquillèrent soudain.

— Oh mon Dieu… Vous voulez dire que… ?

Talbot confirma d'un signe de tête et Ross se pencha de nouveau sur les photos.

— J'ai l'impression de regarder un fantôme, murmura-t-il. Le fantôme de quelqu'un de bien vivant, enfermé loin d'ici…

— Non.

— Non ? Pourquoi ? Que…

Et Ross bondit sur ses pieds si vivement qu'il se cogna le genou contre le tiroir de son bureau sans même y prendre garde.

— *Le père est dans la nature ? David Banner ? Ce dingue ? Mais comment… ?*

— Il a été libéré de l'asile. Les médecins ont décidé qu'il n'était plus dangereux…

— Dieu nous préserve de ces libéraux dégénérés et de leurs expertises ! lança Ross avec hargne. Et ils ignorent où il est ? Vous croyez qu'il pourrait essayer de retrouver son fils ?

— C'est très possible. Mais il pourrait tout aussi bien être sur un bateau en partance pour la Chine. Nous n'avons aucun moyen de le savoir. Cependant il est probable qu'il essaie de recontacter son fils… et dans ce cas, Betty pourrait être en danger.

— Il n'y a aucun doute là-dessus.

Il baissa de nouveau les yeux sur les photos, et secoua lentement la tête.

— Après tout ce temps… Bruce Banner.

— Krenzler. C'est le nom de sa mère adoptive.

— J'avais dit à l'époque que c'était de la folie de faire disparaître ce gosse par le biais de l'adoption. Mais j'étais moi-même dans la panade jusqu'au cou, avec une base en feu, et grâce à son père, en plus. Pourquoi m'aurait-on écouté ?

Il secoua encore une fois la tête.

— Est-il au courant ? Sait-il qui il est, et d'où il vient ?

— Je l'ignore. Il est difficile d'en être sûr. Il est possible qu'il le sache, mais il est également envisageable qu'il ait tout refoulé.

— Si bien que Betty ne sait peut-être rien non plus… et qu'elle n'a peut-être aucune idée du pétrin dans lequel elle s'est fourrée. Mon Dieu…

Son expression s'adoucit.

— Vous aviez raison. Bon sang, Glen, je ne suis pas toujours d'accord avec les choix que vous avez faits dans votre vie, c'est certain, mais cette fois-ci… je vous suis redevable.

— Vous ne me devez rien, général, répondit Talbot avec modestie. Écoutez… ça ne s'est pas très bien passé entre Betty et moi… mais c'était il y a longtemps, et en plus, ça ne m'empêche pas de lui vouloir tout le bien possible. Et au moins j'ai désormais la conviction que quelqu'un saura défendre ses intérêts. Croyez-moi, général… Le fait que vous vous engagiez dans cette affaire risque tout simplement de lui sauver la vie.

UN SACRIFICE TROP GRAND ?

Il m'a sauvé la vie, Bruce m'a sauvé la vie, mon Dieu, il est mort, Bruce...

Betty arpentait fiévreusement son bureau, ne s'arrêtant de temps à autre que pour guetter l'ambulance. L'attente et la peur la rendaient folle. Bruce était quelque part dans une autre pièce, mais on refusait de la laisser approcher. Elle ne pouvait qu'imaginer ce qu'il devait subir, en train d'agoniser, irradié au dernier degré, la peau brûlée, les cheveux tombant par poignées. Il était sans doute aveugle, et victime d'hémorragies internes. Peut-être était-il déjà trop tard, ce qui expliquerait qu'aucune ambulance n'était encore arrivée. Peut-être était-il déjà... déjà...

La sonnerie du téléphone la fit bondir. Elle écouta la voix à l'autre bout du fil, et ne prit pas même le temps de raccrocher avant de se précipiter hors de la pièce, laissant le combiné suspendu au bout de son fil.

Il vous demande.

Les trois mots résonnaient dans sa tête tandis qu'elle courait dans le couloir. Elle ne comprenait pas qu'il soit à l'infirmerie du labo. Pour une irradiation ? Ils n'étaient sûrement pas équipés pour ce genre d'affection, surtout d'une telle ampleur. C'était comme de proposer un verre de cognac au type qui vient de se faire sectionner les deux jambes par une moissonneuse-batteuse.

Dans sa hâte, elle faillit passer sans la voir devant l'infirmerie. Elle s'arrêta, s'efforça de reprendre haleine et se prépara au pire en priant pour ne pas craquer. Bruce n'avait sûrement pas besoin qu'elle s'effondre devant lui. Pour autant qu'elle sache, c'était la dernière fois qu'elle le verrait vivant, et elle n'avait pas le droit de s'abandonner à ses émotions. Elle observa son reflet dans la vitre de la porte, espéra que ses yeux n'étaient pas trop rouges, puis entra, s'attendant à découvrir les lieux envahis de techniciens en combinaison avec leurs compteurs Geiger.

Au lieu de cela, elle trouva Bruce sur un lit, torse nu. Une infirmière ôtait le tensiomètre de son bras tandis qu'une femme – le Dr Chandler, comme le précisait son badge – inscrivait des notes sur une feuille de température.

Betty ne put contenir une exclamation de surprise qui, bien que discrète, attira l'attention de Bruce. Il se tourna vers elle qui eut la surprise de le voir plein d'énergie, presque… content.

— Bruce… ? dit-elle.

Il l'accueillit d'un sourire radieux et Betty n'aurait su dire ce qui l'étonnait le plus. Qu'il fût non seulement vivant mais qu'il respirât la santé, ou qu'il lui sourît ainsi, ce qui n'arrivait pas souvent, même dans ses bons jours.

— Je vais m'en sortir, l'informa-t-il gaiement en se levant. C'est vrai. Je n'ai même pas été assez exposé pour bronzer.

Brusquement, toutefois, il dut se rasseoir.

— Oh… fit-il, surpris que ses jambes renâclent à le porter.

Betty se tourna vers le médecin qui, les sourcils remontés au milieu du front, étudiait la radio de l'irradiation.

— Nous revérifions, expliqua Chandler. D'après le

dosimètre qu'il portait sur lui, votre ami devrait être aussi grillé qu'un toast, en ce moment. Mais je ne trouve pratiquement rien.

Betty observa Bruce avec une attention soutenue, lâchant un instant la bride à son imagination pour se demander s'il avait pu être possédé, voire remplacé, par un E.T. Oui. Oui, ce serait une explication plausible. La seule, en tout cas, qui justifiât le fait qu'un humain puisse supporter une décharge de pur rayonnement gamma et s'en tirer avec une mine bien meilleure que s'il revenait d'un séjour à la montagne.

C'était impossible. Totalement impossible. Ce n'était pas comme si son corps avait pu se guérir…

… lui-même…

Elle s'interrompit net, étonnée qu'il lui ait fallu si longtemps pour que cette pensée émerge. Son esprit avait été si encombré d'images de Bruce mort, de Bruce écartelé sur le canon gamma, que ce qui avait directement précédé son exposition au rayon était resté dans le brouillard. Mais soudain les implications de ce qui s'était passé commençaient de se faire jour en elle, et son incrédulité céda peu à peu la place à une excitation croissante.

— Excusez-moi, mais pourrais-je être seule avec lui… juste une seconde ? demanda-t-elle.

— Bien sûr, répondit Chandler qui fit signe à l'infirmière de la suivre dans le couloir.

Dès qu'elles furent sorties, Betty s'approcha très lentement de Bruce sans le quitter des yeux. Devant son regard insistant, il se mit à rire.

A rire. Oui, décidément, la théorie de l'extraterrestre devenait de moins en moins extravagante.

— Quoi ? demanda-t-il devant son silence. Allez… Le dosimètre avait sûrement été exposé à l'usine avant même que je le porte.

Il refusait de voir la réalité. C'est pourquoi il était si calme, et presque jovial. Il était clair qu'il ne comprenait pas le remue-ménage dont il était la cause. Ni que sa survie relevait d'un véritable miracle.

— Tu as sauvé la vie de Harper, dit-elle. Et celle de tout le monde.

— Ne dis pas de bêtises… Il y a eu défaillance du système, c'est évident. La dose que j'ai reçue ne devait pas être plus forte que celle d'une lumière fluo.

— Non. Le rayonnement était puissant. Il s'agit des nanomeds, Bruce. Comment aurais-tu pu survivre autrement ?

Bruce faillit rire de nouveau, mais la gravité de sa remarque l'en dissuada.

— Attends… tu veux dire que j'ai été exposé au rayon, mais que les nanomeds m'ont réparé ? Oh, allez, Betty…

— Je ne vois pas d'autre explication.

Ce n'était pas facile pour elle de l'admettre. D'ordinaire, elle était plutôt du genre à avoir trois ou quatre explications pour tout phénomène, qu'elle éliminait au fur et à mesure jusqu'à ce qu'elle soit certaine de ne pas se tromper. N'en percevoir qu'une d'entrée de jeu lui semblait en quelque sorte aller à l'encontre de la rigueur scientifique. Comme si elle trichait.

Bruce s'adossa contre l'oreiller, l'air un peu secoué.

— Mais alors… si c'est vrai, c'est que… ils ont fonctionné. C'est que ça marche… ?

Ce fut au tour de Betty d'avoir envie de rire. Ils venaient ni plus ni moins d'atteindre l'objectif du projet Nanomed, et Bruce avait manifestement du mal à le croire. Cependant, malgré la joie et la fierté qu'elle éprouvait pour lui – et pour elle –, elle avait conscience qu'il lui faudrait être la voix de la raison avant que la situation ne leur échappe.

— Non, dit-elle.

Il fronça les sourcils, surpris.

— Nous ne sommes toujours pas capables de les contrôler, lui rappela-t-elle. Je ne t'apprends rien. Là, il s'agit de… toi.

Bruce s'apprêta à rejeter d'emblée cette théorie, mais convaincue de la justesse de son raisonnement, elle ignora ses objections.

— Ils auraient tué n'importe qui d'autre. Bruce, c'est quelque chose de différent… et *en toi*…

Elle le voyait dans ses yeux : il refusait cette hypothèse.

— Nous allons vérifier, procéder à des études… dit-il fermement en secouant la tête. Analyser les composants génétiques. Il faut qu'on essaie de répliquer…

— *De répliquer ?!*

— Oui, nous devrons recommencer l'expérience, insista-t-il, très pragmatique. Aucun résultat scientifique n'est valable s'il ne peut pas être répliqué, tu le sais aussi bien que moi, Betty. Donc on va reprendre tout de suite…

Apparemment le Dr Chandler était resté à proximité, car elle revint à cet instant dans la chambre.

— Vous n'allez rien faire dans l'immédiat, docteur Krenzler, si ce n'est remonter dans votre lit pour que je puisse continuer à vous observer. J'ai enfreint le règlement pour laisser le Dr Ross vous rendre visite, mais il est hors de question que je vous laisse partir. Et si vous comptez outrepasser mes ordres, je me verrai dans l'obligation de vous faire attacher. J'aimerais autant éviter que nous en arrivions là.

Bruce soupira.

— Moi aussi… Désolé, Betty, je crois que nos recherches devront patienter.

— Ne t'inquiète pas pour ça, dit-elle en lui étreignant

affectueusement la main. L'essentiel, c'est que tu sois encore en vie pour pouvoir les reprendre.

La main de Bruce était froide. Glacée, même, ce qui contrastait étrangement avec sa bonne mine. Doucement, elle la relâcha.

Seigneur… Que lui est-il arrivé ? se demanda-t-elle. Mais l'entité à qui elle avait adressé la question semblait plutôt réservée sur le sujet.

La nuit était tombée. Une infirmière dormait à son bureau.

Bruce, assis dans son lit, était relié à divers moniteurs qui n'affichaient rien que de très normal. Il commençait à s'ennuyer ferme. C'était déjà assez pénible quand il était chez lui, et que ses insomnies l'obligeaient à noircir du papier, mais il était à l'infirmerie, sous surveillance. Tous les quarts d'heure, quelqu'un venait lui conseiller de dormir. Il avait l'impression de retomber en enfance ; on le traitait comme un gamin.

Reposant sa tête sur l'oreiller, il laissa se dérouler le film des événements survenus au cours des derniers jours. Des événements et des souvenirs. Il tenta notamment de retourner au moment où il avait été frappé par le rayon gamma, et de retrouver les images qui lui avaient alors traversé l'esprit. Des images accompagnées d'idées folles qui s'étaient télescopées, certaines familières, d'autres pas. Elles étaient plutôt comme des séquences mémorielles ayant appartenu à quelqu'un d'autre.

Quelqu'un d'autre…

Pendant très longtemps, le brouillard qui semblait occulter son enfance l'avait perturbé. Tout le monde avait des souvenirs, des instants qui surgissaient comme des instantanés mentaux, lesquels pouvaient être replacés dans un cadre, un contexte particuliers. Bruce, lui, n'avait jamais eu cette possibilité. A de rares occasions,

il en avait parlé avec sa mère adoptive, mais elle ne lui
avait jamais été d'un grand secours. Elle se bornait à
sourire, à hausser les épaules et à lui offrir un des
cookies qu'elle venait de sortir du four. Il s'était résigné
à ne plus évoquer avec elle ces rares souvenirs de crainte
que les biscuits ne finissent par le faire grossir. Et puis il
était en fin de compte plus simple de ne pas s'en occuper, aussi les avait-il relégués depuis longtemps dans les
bas-fonds de sa mémoire.

Mais à l'instant fatidique où il s'était interposé entre
le canon gamma et ses collègues, sa vie avait défilé sous
ses yeux. Rien d'exceptionnel à ça. La mort imminente,
c'est bien connu, déclenche couramment ce genre de
phénomène. L'ordinateur du cerveau se libère de toute sa
mémoire. Autrement dit, le disque dur se purge. Il se
trouve qu'il n'était pas mort, mais les souvenirs n'en
avaient pas moins été réveillés pour la première fois
depuis des lustres. Ils remontaient à la surface de sa
rivière mémorielle comme de la vase troublée, et, pour la
première fois aussi, il lui parurent presque… familiers.
Une sorte d'intimité qui puisait à une source des plus
inattendues.

Son regard se porta sur le téléphone, à portée de main
sur la table de chevet, et il se demanda s'il était branché.
Il le décrocha, histoire de s'en assurer, et entendit la note
monotone de la tonalité. Le signal « occupé » qu'il reçut
toutefois quand il pressa les touches lui rappela qu'il
devait faire le 9 pour toute communication extérieure. *Si
seulement on pouvait se tirer de n'importe quelle situation avec le 9*, songea-t-il en composant le numéro de la
seule personne à laquelle il savait pouvoir parler.

Il espérait qu'elle serait chez elle. Ou, plus exactement, il espérait qu'elle ne serait pas sortie… et, pour
être plus précis encore, il espérait qu'elle ne serait pas
sortie avec *lui*.

Elle décrocha au bout de trois sonneries.

— Allô ?

Bruce attendit une seconde pour voir si sa voix serait suivie d'un message enregistré. Non.

— Allô ? répéta-t-elle, légèrement inquiète.

Et Bruce se rendit compte qu'il n'avait jamais été plus heureux d'entendre la voix de quelqu'un. Sa poitrine se gonfla brièvement d'une pure émotion avant de s'apaiser.

— C'est moi, dit-il.

— Bruce ! dit-elle, soulagée et contente. Comment te sens-tu ?

— Bien.

Elle marqua une légère pause, comme si elle craignait qu'il ne lui cache quelque chose.

— Tu es sûr ?

— Oui.

Il l'entendit exhaler un discret soupir. Rassurée pour lui, sans doute. C'était agréable. Il l'imaginait si bien : son sourire, le brillant de ses cheveux, cette façon qu'elle avait de lui donner la sensation d'être vivant rien que par son regard. Le son de sa voix à lui seul lui fouettait le sang.

— Que fais-tu ? s'enquit-elle.

— Rien. Je suis juste assis, et je pensais à toi… à ton rêve.

— Quel rêve ?

— Dans le désert.

Une autre pause. Peut-être même un certain malaise.

— Et que pensais-tu, au juste ? demanda-t-elle, méfiante.

— Je ne sais pas…

Il n'avait pas envie de le lui dire…

— J'ai cru que j'allais mourir, et au moment où ça se passait…

… Toute cette histoire la rendait déjà assez nerveuse

comme ça. Pourquoi l'angoisser davantage ? Il choisit donc ses mots avec soin.

— Parfois, quand je ne pense à rien de précis, il m'arrive d'avoir des images qui me reviennent de ce que tu m'as raconté. Je ne te l'ai jamais dit ?

— Non.

— C'est comme si…

Il ne savait pas comment le lui expliquer autrement.

— Comme si je l'avais rêvé moi-même.

Il entendit son rire doux, à l'autre bout du fil. De toute évidence, elle le soupçonnait de chercher à lui faire comprendre qu'il partageait ses inquiétudes.

Les femmes… soupira-t-il mentalement.

— C'est quoi, ton numéro, là-bas ? s'enquit-elle. Au cas où je sois prise d'un besoin impérieux d'entendre ta voix…

Il lui lut les chiffres inscrits sur l'appareil. Elle le répéta, puis ajouta doucement :

— Tu devrais essayer de dormir. Et de faire de beaux rêves bien à toi.

— Oui. Toi aussi.

Il garda le téléphone à son oreille longtemps après qu'elle eut raccroché, espérant pouvoir l'inciter à se matérialiser sous ses yeux par la seule force de sa volonté. Au bout d'un moment, cependant, un bourdonnement irritant remplaça la tonalité et il raccrocha avant de s'allonger. Le bourdonnemment se prolongea toutefois dans sa tête avec insistance, mais il n'y résista pas. Il était plutôt déprimant de penser que la seule façon pour lui de dormir un peu était de frôler la mort et de se retrouver une nuit entière en observation à l'infirmerie.

Peu à peu, sa conscience brisa ses chaînes et s'affranchit pour s'envoler dans un monde qui devenait de plus en plus flou, de plus en plus ouaté, et Bruce accueillit avec bonheur la perspective de sombrer enfin dans la paix que lui apporterait le sommeil.

Il ignorait totalement combien de temps s'était écoulé. Il savait seulement qu'il avait perçu un gémissement, des grognements lointains qui l'avaient peu à peu remonté du fond de son inconscient. Alors, lentement, il se força à ouvrir les yeux. La lumière du réverbère, sur le parking, entrait par la fenêtre. C'était comme si le monde onirique s'était infiltré dans l'autre, celui de la réalité.

Assis en face de lui, dans la pièce, il découvrit l'homme qui le surveillait devant chez lui, l'autre nuit. Celui que Bruce avait refusé de considérer comme une menace. Et pourtant il était là, et Bruce n'aurait su dire s'il rêvait ses pires angoisses, ou si sa paranoïa était en définitive fondée. Et les chiens étaient là, eux aussi, tous les trois, y compris le caniche galeux. Le même que celui du labo, il s'en rendait bien compte, à présent.

Aucun d'eux ne se montrait agressif. Tous étaient très calmes, apparemment satisfaits d'être là avec leur maître qui, distraitement, caressait la tête du mastiff, lequel émettait un son sourd montant de sa gorge, comme un ronronnement. Bruce se sentait menacé, bien qu'aucune hostilité ne lui soit manifestée. Là encore, la situation avait cette irréalité propre aux rêves, et Bruce la considérait avec une sorte de détachement, conscient du danger imminent, mais sans se soucier plus que cela d'éventuelles conséquences à long terme. Tout était faux, dans cette scène. Déplacé… L'homme, les chiens, le lieu, le moment. Malgré cela, il s'en dégageait une espèce de… d'ordre. Et une atmosphère étrangement familière. Voire, d'une façon quelque peu perverse, réconfortante.

Et puis l'homme prit la parole. Et sa voix, très douce,

presque tendre, contrastait bizarrement avec son allure plutôt effrayante.

— Tu ne t'appelles pas Krenzler, dit-il sans préambule. Mais Banner.

Jusqu'à cet instant, Bruce avait toujours voulu croire qu'il rêvait. Mais la voix, trop tangible, dissipa les derniers lambeaux de brume drapés autour de sa conscience. Il se redressa légèrement dans son lit, comprenant enfin que ce qu'il voyait n'était pas un produit de son imagination. Ce que l'inconnu venait de dire, par contre, n'avait aucun sens.

— Quoi ?

— Ton nom est Banner.

L'homme hésita, puis reprit, avec une affection qui glaça Bruce sans qu'il pût s'en expliquer la raison :

— Bruce Banner.

— Comment êtes-vous entré ici ?

— Je travaille dans le labo, maintenant. Service de nuit. Ça me rapproche de toi. Tu restes souvent si tard toi-même, avec ton amie. Mademoiselle Ross.

Bruce remarqua la blouse à moitié ouverte que le vieux type portait. C'était en effet celle des agents d'entretien. Mais le costume lui importait peu. Ce qui l'interpella fut la façon dont il prononça ce « mademoiselle Ross ». Avec une colère, un ressentiment à peine contenus. Une sonnette d'alarme retentit dans sa tête, mais il avait du mal à se concentrer.

Il voulut s'asseoir, mais s'emmêla dans les fils des moniteurs auxquels il était relié, sans parler du goutte-à-goutte destiné à éviter la déshydratation.

— Non, ne fais pas ça, dit l'homme en s'avançant vers lui pour dénouer l'enchevêtrement des tuyaux et des fils. Tu n'es pas assez solide pour ça. Tu as eu un accident.

Il avait le ton apaisant qu'on emploie pour un bébé pleurant dans son berceau.

— Et tu te demandes pourquoi tu es encore en vie, n'est-ce pas ? Tu te dis : il y a quelque chose en moi, quelque chose de différent, d'inexplicable…

Le vieux était peut-être fou, mais ses mouvements étaient fermes.

— Je peux t'aider à comprendre, dit-il en se redressant. Si tu y es prêt… et si tu veux bien me pardonner.

J'ai affaire à un dingue. Il me prend pour un autre.

— Ecoutez, monsieur, je suis certain de ne rien avoir à vous pardonner, dit-il d'une voix calme.

Ce qui ne lui posait aucun problème ; il avait des années d'entraînement à cet exercice.

— Alors il vaut peut-être mieux que vous partiez. Je vais très bien, ne vous inquiétez pas pour moi.

Le vieux pencha son visage vers lui, et une image se leva dans l'esprit de Bruce. C'était celle de son visiteur, mais plus jeune, bien plus jeune, *et beaucoup plus grand, et il lui mettait des jouets en peluche sous le nez, des jouets qui lui paraissaient familiers, tout avait l'air familier…*

— Il faut que tu saches, insista le vieux, sa voix graveleuse ramenant brutalement Bruce au présent. Tu ne veux pas le croire, je peux le voir dans tes yeux… les yeux de ta mère, ajouta-t-il avec un regard presque fiévreux. Evidemment, tu es la chair de ma chair, mais…

Sa voix baissa encore d'un ton, et son haleine fétide emplit le nez de Bruce qui dut lutter contre une brusque nausée.

— … mais tu es aussi autre chose, n'est-ce pas ? Mon fils physique, mais également l'enfant de mon esprit.

Il se tenait entre la main de Bruce et le bouton d'appel qui pourrait alerter l'infirmière.

— Vous mentez, protesta Bruce.

Un choix de mots assez faible pour ramener un fou à

la raison. Mais il avait des excuses : la situation était pour le moins déconcertante.

— Mes parents sont morts quand j'étais enfant.

— C'est ce qu'ils voulaient que tu croies, répondit l'homme qui commença d'arpenter la pièce.

Bruce aurait pu presser le bouton, mais les mouvements du vieux et la ferveur de son ton étaient presque hypnotiques. De sa vie, Bruce n'avait jamais rencontré une personnalité aussi angoissante : un vrai psychopathe.

En dépit du danger, le scientifique en lui prit le dessus, et il se mit à examiner l'inconnu comme il le faisait avec tout sujet d'expérience, curieux de découvrir ce qu'il allait faire ou dire.

Le vieux continuait de parler, manifestement perdu dans son propre monde.

— Les expériences, l'accident... tout a été classé top-secret. Et ils m'ont enfermé pendant trente ans – loin de toi, loin de notre travail... Mais ils ne pouvaient pas me garder éternellement. Eh non. Parce que je suis sain d'esprit. Ils ont bien été obligés de l'admettre.

Les chiens commençaient à s'impatienter. Le pitbull vrilla ses yeux sur Bruce et se mit à gronder, et celui-ci perdit brusquement toute envie de tendre la main vers le bouton. Mais le vieux leva le bras et le chien se tut aussitôt.

Oubliant la sonnette, Bruce continua d'étudier l'homme qui avait reporté son attention sur lui. Sa voix s'enflait au fil de son discours, et il n'était pas sans évoquer un de ces savants dérangés d'un vieux film en noir et blanc en train de consacrer ses efforts à quelque dieu païen l'encourageant dans ses recherches démoniaques. Bruce s'interrogeait... Peut-être était-il bien en train de rêver, après tout, car il ne manquait plus que les éclairs et les roulements de tonnerre pour que la scène soit achevée.

— En fait, ce que ton cerveau extraordinaire cherche depuis des années… est à l'intérieur de toi… *et maintenant nous allons le comprendre, le maîtriser*…

Le téléphone sonna, et le bruit ébranla l'instant de manière presque incongrue.

— Mademoiselle Ross, encore. Ne réponds pas ! Je dois te révéler quelque chose sur elle, aussi, Bruce. Quelque chose d'ennuyeux. Mais je pourrai te protéger d'elle…

L'homme avait cette fois enfreint une limite interdite. Bruce refusa d'en supporter davantage.

— *Espèce de fou !* hurla-t-il. *Fichez le camp d'ici !*

Une expression haineuse passa sur le visage de son père. Et se mettant au diapason de l'humeur de leur maître, les chiens se tendirent, prêts à attaquer.

Mais Bruce, furieux des allusions perfides de l'homme sur Betty, ne céda pas. L'idée que les chiens pourraient le déchiqueter et ne faire qu'une bouchée de lui ne l'effleura même pas. Tout ce qu'il voulait, c'est que ce type dégage très vite de la pièce.

— De-hors, dit-il entre ses dents serrées.

Curieusement, l'homme afficha un air ravi. On aurait pu penser qu'il était sincèrement heureux de voir Bruce manifester sa rage.

— Au pied, dit-il, et les chiens reculèrent aussitôt.

Pendant un long moment, le vieux parut le jauger avant d'annoncer d'une voix un tantinet moqueuse.

— Il va falloir surveiller sérieusement ton tempérament ombrageux…

Impossible de savoir s'il l'avertissait des dangers que la colère faisait peser sur lui, ou s'il avait l'intention d'observer de très près ses emportements. Et l'eût-il souhaité que Bruce n'aurait pas eu l'occasion de le lui demander, car l'homme tourna brusquement les talons et sortit avec ses chiens dont les griffes cliquetèrent sur le lino.

La sonnerie du téléphone semblait retentir de plus en plus fort, mais Bruce ne le remarquait pas. Il ne regardait même pas en direction de la porte par où avait disparu son visiteur. Son regard demeurait fixé sur l'endroit que celui-ci avait occupé quelques secondes plus tôt. Comme s'il craignait que l'homme ne se rematérialise tout à coup, tel un fantasme ou une hallucination récurrente.

Et puis le téléphone se tut, et le soudain silence ramena Bruce à la réalité. Il arracha l'intraveineuse de son bras et sortit du lit. Ses jambes n'étaient pas tout à fait prêtes à le porter, mais il se força à se traîner jusque dans le couloir. Son apparition inattendue devant son bureau réveilla en sursaut l'infirmière qui le considéra avec stupeur.

— Par où est-il parti ? demanda Bruce.

Elle fronça les sourcils, ahurie.

— Qui ?

Bruce scruta le couloir, dans un sens et dans l'autre.

Vide.

— Peut-être… que j'ai rêvé, après tout, murmura-t-il.

Sans plus s'occuper de l'infirmière, il regagna sa chambre. La jeune femme le suivit et raccrocha les différents tubes, en silence elle aussi. Bruce ne bougeait pas. Allongé, les yeux fixés sur le plafond, il laissa son esprit dériver loin, très loin de là. Quand le sommeil vint enfin l'emporter – un sommeil profond, total –, il l'accueillit avec un sentiment d'intense soulagement.

Et alors qu'il dormait, *la douleur se manifesta, et une colère bouillonnante, trop longtemps réprimée, contre tous ceux qui lui avaient fait du mal, qui s'étaient moqués de lui, qui l'avaient blessé, et une marée de visages gonfla devant lui, railleurs, fielleux, et le monde devint verdâtre, et dans les ténèbres de ses peurs les plus enfouies*, il se réveilla pour découvrir que le cadre de son lit était presque plié sur un côté, et que les tubes avaient été une fois encore arrachés quand il s'était débattu.

Il se leva de nouveau, titubant dans la pénombre. Il voulut appeler l'infirmière, mais sa gorge était trop serrée. Cette idiote avait dû abandonner son poste, à moins qu'elle se soit rendormie. *L'imbécile, je devrais la cogner, la…*

Repoussant ces pensées, il se dirigea vers la salle de bains en renversant au passage une lampe qui se brisa par terre. Il parvint enfin à destination et pressa l'interrupteur. La lumière lui fit cligner des yeux Il observa son visage, en quête de… de quoi, au juste ? Il n'en était pas certain. De quelque chose. Mais il n'y avait rien à voir.

Rien.

Il baissa les yeux sur ses vêtements. Les coutures de son T-shirt et de son pantalon de pyjama avaient craqué.

Ça, ce n'était pas rien.

C'était quelque chose… quelque chose de perturbant, de terrible, quelque chose qu'il ne supportait pas…

Son regard revint sur le miroir, et soudain une sorte de brume grise l'enveloppa. Il voulut la repousser, mais sa volonté le trahissait, et alors qu'il s'approchait plus près de la glace, il eut la sensation de voir une faible touche de vert se refléter dans ses yeux. Alors la brume grise le submergea et le fit basculer en vrille dans le néant…

CONNEXIONS

Betty Ross, faiblement éclairée par le rayon de lune qui se faufilait par l'interstice des rideaux, reposa le téléphone et le regarda longuement après qu'il eut cessé de sonner à l'autre bout du fil.

D'une certaine manière, elle préférait que Bruce n'ait pas décroché. Qu'aurait-elle eu à lui dire ? « Salut, Bruce, c'est Betty. Ecoute… j'ai rêvé que tu étais peut-être en danger, et j'avais juste besoin d'entendre ta voix. » Génial. Ça l'aurait sûrement propulsé plus vite sur la voie de la guérison.

Et puis elle était incapable de mettre un visage sur le danger en question. Elle avait seulement eu des images de Bruce en train de crier, de se débattre, et, bizarrement, il lui était aussi apparu comme un petit garçon. Mais Betty avait l'esprit rationnel et l'idée ne l'effleura même pas que ses visions nocturnes puissent être prémonitoires. Le contenu des songes était toujours symbolique, et leur interprétation, en l'occurrence, évidente. L'élément de danger provenait de l'accident dont Bruce avait été victime et son retour en enfance de son besoin à elle de le materner – besoin incontestablement éveillé par sa faiblesse actuelle. Après tout, quelle femme ne sentait pas vibrer en elle la fibre maternelle pour l'homme qu'elle aimait ?

Elle se pencha, le menton touchant presque ses

genoux. L'homme qu'elle aimait… Elle pensait toujours à lui en ces termes, bien qu'il lui eût clairement expliqué que, du fait de son blocage émotionnel, il ne pourrait jamais répondre à ses sentiments comme elle le souhaitait. Mais ce n'était plus la même chose, à présent : elle avait failli le perdre. Il avait risqué sa vie pour les autres. Il n'avait pas seulement pris des risques ; il s'était délibérément exposé à ce qu'il pensait sans doute être une mort certaine. S'il avait survécu, c'était par pur hasard, une chance sur un million. Mais son acte révélait tout un pan de la personnalité secrète de l'homme avec qui elle avait rompu une relation romantique parce que… Parce que quoi ? Il n'était pas assez bien pour elle, c'est ça ? Il ne souriait pas, ne riait pas assez, ne partageait pas suffisamment ses émotions, ses sentiments ?

Elle déplorait la distance qui existait entre eux, mais n'en était-elle pas responsable, elle aussi ? Si Bruce était confiné dans une chaise roulante, lui en voudrait-elle de ne pas marcher ? Bien sûr que non. Alors de quel droit lui reprocherait-elle son incapacité à communiquer avec elle comme *elle* le souhaitait ?

D'un geste exaspéré, elle repoussa ses cheveux en arrière. L'image de Bruce se jetant sur le canon gamma l'obsédait. Etait-ce de l'ingratitude de sa part de penser que…

Le téléphone sonna.

Le bruit la fit sursauter, et elle s'empressa de décrocher.

— Bruce ?

Un silence.

— Nooon. Ce n'est pas Bruce. Je suis pardonné ?

Elle fronça les sourcils, perplexe. Si ce n'était pas Bruce, alors qui ?… La voix était grave, presque gutturale, et elle craignit un instant d'avoir affaire à un malade.

Et puis, tout à coup elle comprit, et l'idée qu'elle ait pu prendre son interlocuteur pour un détraqué ne devint pas seulement ridicule, mais franchement embarrassante.

— Papa ? dit-elle en hésitant.

— Oui.

— Oh… je, euh… eh bien, bonjour.

Elle se sentait complètement démontée.

— C'est… inattendu. Il y a un moment que je n'ai pas entendu ta voix.

— Je n'avais pas ton numéro.

— Oh… Bien sûr.

— Et il est sur liste rouge.

— En effet. Alors… comment l'as-tu eu ?

— J'ai demandé à mon aide de camp de me le trouver.

— Je vois. Et… lui, comment l'a-t-il obtenu ?

Thunderbolt Ross marqua une légère pause.

— Le « comment » n'a aucune importance. Je lui ai ordonné de le chercher, et il l'a fait. C'est tout ce qui compte.

Le rire de Betty manquait singulièrement d'humour.

— Heureuse de savoir que tu n'as pas changé, papa.

Fermant les yeux, elle prit une longue inspiration pour se calmer. Ce n'était pas le moment de rabrouer son père. Elle n'avait pas oublié la promesse faite à Bruce d'appeler Ross pour tenter de serrer la bride à Talbot. Et comme par hasard, son père lui téléphonait. Autant lui faire bonne figure…

— Je… suis contente de t'entendre, papa. Il y a si longtemps…

— Oui. C'est vrai.

Sa voix était devenue étonnamment douce, et même soucieuse.

— Betty… Je pensais que nous pourrions nous rencontrer. Pourquoi ne pas dîner ensemble ? Tu pourrais te libérer ?

Il la prenait au dépourvu. *Que se passe-t-il ? Il est malade, il va mourir ?* Elle s'efforça de garder le sourire. Même s'il ne le voyait pas, il le sentirait dans sa voix.

— D'accord ! Quand est-ce que ça t'arrange ? Veux-tu que je vienne… ?

— Non. Non, je me déplacerai. Mon aide réglera les détails et te préviendra.

Le réveil marquait minuit moins dix. Lui arrivait-il de dormir ? Sûrement pas. Et son aide de camp, le pauvre vieux, était obligé de suivre le rythme.

— Parfait, dit-elle.

— Bien.

Une autre pause.

— Tu… tu as l'air en forme, Betty.

— Merci. Je fais pas mal d'exercice.

— Je suis content pour toi.

Et la communication fut coupée. Avec n'importe qui d'autre, Betty aurait pensé que c'était accidentel. Mais pas avec Thunderbolt Ross. L'homme n'avait jamais été doué pour les adieux. Pour lui, il n'y avait aucune raison de prolonger une conversation une fois que l'essentiel avait été dit. Le reste, selon lui, n'était que minauderies et perte de temps.

— Pourquoi ne puis-je avoir un père agréable… un père normal, quoi… ? soupira-t-elle à voix haute.

Au domicile du père de Bruce Banner, les trois chiens tournaient nerveusement en rond. Des conteneurs de différentes tailles, placardés d'auto-collants de mises en garde – et tous volés dans le laboratoire du Dr Bruce Krenzler – envahissaient la pièce. De sous la table, David Banner tira une cage dont le locataire, un gros rat gris, protesta par des couinements véhéments.

Banner plaça la cage à l'intérieur d'un des conteneurs au beau milieu de la pièce, et laissa tomber une bombe de nanomeds à l'intérieur. S'en procurer une n'avait pas été une mince affaire. Pas plus que le reste, d'ailleurs. Il lui avait fallu faire preuve de patience et de ruse, mais le jeu en avait valu la chandelle, *a fortiori* s'il obtenait ce qu'il souhaitait au bout du compte.

Il s'abrita ensuite dans le couloir où il pressa un interrupteur. La pièce résonna aussitôt du bourdonnement de la radiation provenant du canon gamma qu'il avait bricolé lui-même en modèle réduit. En termes de puissance et de finition, l'engin évoquait davantage un pistolet à eau gamma que l'appareil original.

De plus, dans la mesure où il ne disposait ni des instruments, ni du plexiglass nécessaires pour créer une sorte d'espace protégé, il y avait de fortes chances qu'il reçoive lui-même une dose du rayonnement. Mais Banner n'avait que faire d'éventuels lésions cellulaires accidentelles. Il avait des sujets de préoccupation bien plus importants que ça.

Des étincelles commencèrent à fuser de la cage du rat, et la bombe de nanomeds s'ouvrit. Il l'entendit craquer, entendit le cri alarmé du rat, probablement sous le coup de la douleur. Dans le miroir installé de l'autre côté de la pièce, il put voir le nuage qui enveloppait le rongeur, et d'autres étincelles jaillissant de la cage métallique. Il n'avait pas anticipé une telle décharge. Une erreur impardonnable de sa part ; il aurait pu mettre le feu à la maison. Non que c'eût été une grosse perte, mais son matériel scientifique était irremplaçable. Il faudrait qu'il se montre plus attentif à l'avenir.

Il regarda sa montre. Le temps imparti pour l'expérience était écoulé. Il coupa le courant et, impatient, courut jusqu'à la cage.

Ce n'était pas beau à voir. Le rat était couvert de plaies ouvertes, de brûlures et de bave. Après une exposition au rayonnement, rien d'étonnant. Mais il était également trois fois plus grand qu'auparavant. Enragé, l'animal secouait violemment le grillage de sa cage devenue désormais trop exiguë pour lui.

Banner sourit. Puis il commença à rire, de plus en plus fort, et les chiens, apeurés, se réfugièrent dans un coin en gémissant.

Enfin il se tut et considéra les trois clébards avec une joie malveillante.

— Alors, mes tout beaux… dit-il.

Et si les chiens avaient eu une once d'intelligence, ils auraient pris leurs pattes à leur cou et se seraient enfuis aussi vite et aussi loin que possible, ou alors ils auraient fait de la chair à pâté de leur maître. Mais ils se contentèrent de revenir vers lui qui leur caressa la tête distraitement, son attention fixée sur le rongeur. Un sourire lui fendait le visage d'une oreille à l'autre.

DES TRACES MUTAGÈNES… MAIS DE QUOI ?

Betty Ross et le Dr Chandler remontaient lentement le couloir de l'infirmerie. Chandler, dans un état de confusion patent, secoua la tête.

— Il semble totalement remis, maintenant. Et j'ai bien peur de n'avoir aucune raison de le garder.

Betty hésitait, ne sachant trop comment prendre la nouvelle. Elle aurait dû s'en réjouir, évidemment. Qu'il faille en louer les nanomeds, un heureux hasard ou une grâce divine, Bruce se sortait comme une fleur d'un accident qui aurait dû avoir des conséquences dramatiques. L'ennui, c'est que c'était trop beau pour être vrai. Et il était dans la nature de Betty de faire preuve de scepticisme face à ce qui semblait précisément… trop beau pour être vrai.

— J'aimerais qu'on lui fasse une ou deux analyses de sang, même si vous le libérez.

Ce fut au tour du Dr Chandler de paraître indécise.

— Le Dr Krenzler insiste beaucoup pour quitter l'infirmerie aussi vite que possible, et nous n'avons réellement aucune raison de l'en empêcher ou de le soumettre à de nouvelles analyses. Je ne suis pas certaine qu'il acceptera de coopérer.

— Oh… ne vous inquiétez pas pour ça, répondit Betty avec un sourire. Je peux être très persuasive.

Bruce grimaça quand Betty retira la seringue qu'elle avait employée pour lui prendre un échantillon de sang. Le flacon s'était rempli très vite.

— Et voilà… Appuie fort, dit-elle en désignant le petit trou laissé par l'aiguille.

Elle le recouvrit d'un pansement puis s'écarta.

— Tu es sûr de te sentir totalement remis ?

— Certain, dit-il en s'efforçant de ne pas se montrer douillet. Et toi ? Ça va ?

Il avait le sentiment qu'elle lui cachait quelque chose. Sa question était anodine, mais à l'attitude de Betty, il était clair que la réponse ne le serait pas.

— Mon père m'a appelée. Il va venir me voir, avoua-t-elle enfin.

Oh, super… Et si on se retrouvait tous les quatre avec mon soi-disant « père » ? Je suis sûr qu'ils s'entendraient comme larrons en foire, tous les deux ! Peut-être même qu'ils passeront leur retraite ensemble au bord de la mer pour s'échanger des histoires sur l'art et la manière de produire des enfants heureux, en bonne santé et bien équilibrés !

Toutefois son visage demeura de marbre.

— Ton père ? Quand ?

— Il atterrit dans une heure. Le plus drôle, c'est que c'est lui qui m'a appelée, ajouta-t-elle.

Sans savoir pourquoi, Bruce trouva ce détail alarmant. Il devait être un peu susceptible sur le sujet paternel, en ce moment, particulièrement après la visite nocturne à laquelle il avait eu droit… Une expérience qu'il attribuait encore à une fantaisie onirique.

— Ça t'angoisse ?

— Oui, répondit-elle franchement.

— Ça se passera bien, dit-il en lui prenant l'échantillon de sang. Quant à ça, je vais m'en occuper moi-même.

Betty fut manifestement surprise. Elle avait informé Bruce de la nature des analyses qu'elle avait l'intention de faire pour chercher d'éventuelles traces mutagènes, et il avait reconnu qu'elles étaient indispensables… mais sans jamais promettre de la laisser s'en charger elle-même. Et à présent que la prise de sang était terminée, il estimait que s'il existait une anomalie biologique dans son organisme, il devait être le premier à le découvrir.

— Moi-même, répéta-t-il fermement quand elle voulut lui reprendre le flacon.

Elle sembla sur le point de lui tenir tête, mais y renonça avec un haussement d'épaules.

— L'essentiel, c'est que ce soit fait, dit-elle.

Bruce Krenzler (il refusait de considérer celui de « Banner ») passa le reste de la journée à étudier son sang. Il y avait incontestablement quelque chose… Le problème était de savoir quoi. Il avait l'impression d'être un aborigène confronté à une chaîne d'ADN. Il était conscient d'avoir sous les yeux quelque chose d'important, mais de ne posséder ni les outils ni la connaissance pour le comprendre. L'informatique ne lui fut d'aucun secours, car les réponses de l'ordinateur face aux analyses et à ses questions demeurèrent invariables :

Données insuffisantes

Inconnu

Etrangement, les « *données insuffisantes* » ne le tracassaient pas tant que le lapidaire » *inconnu* ». Vraisemblablement parce qu'elles laissaient entendre que l'apport d'autres informations permettraient de percer le mystère. Mais le « inconnu » évoquait trop une porte définitivement close.

S'écartant du microscope électronique, il se massa la base du nez en pestant. Puis brusquement il se retourna pour regarder par-dessus son épaule. Il n'y avait personne.

Ou alors celui qui l'observait à son insu avait déjà disparu.

« Inconnu », en effet…

La base du *Joint Tactical Force West* était située à une quarantaine de kilomètres de Berkeley. Betty ne s'en souvenait que trop bien. Une fois, quand elle était petite, elle avait vu à la télévision des étudiants y manifester, juste devant l'entrée, contre un engagement militaire quelque part dans le monde. Elle se rappelait les jurons que son père avait violemment proférés contre ces jeunes, auxquels elle avait mêlé les siens, profitant de l'occasion pour brailler des mots autrement interdits. Ross, tout d'abord interloqué par le vocabulaire de sa fille, s'était rendu compte que c'était de lui qu'elle le tenait, et de personne d'autre. Il avait alors éclaté de rire, et c'était un de ces rares instants où elle avait eu le sentiment de lui faire plaisir. Et même maintenant, alors qu'elle montrait ses papiers d'identité au garde de faction devant la grille, ce souvenir restait l'un des plus agréables de son enfance.

Elle se rappela cependant à l'ordre : elle était une personne à part entière, et n'avait en aucune manière besoin de l'assentiment de son père. Malheureusement, toutes les grandes idées féministes qu'elle défendait âprement ne lui étaient d'aucune utilité sitôt qu'il s'agissait de communiquer avec lui.

Après s'être garée devant le bâtiment qui abritait le club des officiers, elle descendit de voiture, lissa son chemisier et sa jupe, posa une pastille de menthe sur sa langue et s'avança vers l'entrée.

Comme elle s'y attendait, elle dut de nouveau exhiber ses papiers. Malgré cela, il lui fallut attendre encore, le temps qu'ils trouvent son nom, et même cela demanda

plus longtemps que prévu car elle était enregistrée sous
« Ross Elizabeth » au lieu de « Elizabeth Ross ».

En apprenant à qui il avait affaire et avec qui elle avait
rendez-vous, le maître d'hôtel se mit illico au garde-à-
vous. Sans un mot, il lui indiqua la direction de la table
où Thunderbolt Ross était assis, le dos raide comme un
manche de pioche. Il regardait pensivement au fond du
verre qu'il tenait à la main, mais par une sorte d'intuition
de vieux soldat, il devina que Betty approchait. Levant
les yeux, il l'invita à le rejoindre d'un simple hochement
de tête. Toujours aussi démonstratif…

Dès qu'elle fut devant lui, il se leva pour l'accueillir.

— Bonjour papa.

— Betty… dit-il en l'étudiant de la tête aux pieds.

Elle résista à l'envie de faire claquer ses talons, elle
aussi.

— Tu as teint tes cheveux, remarqua-t-il.

Faux. C'était sa couleur naturelle.

— J'apprécie que tu l'aies noté. Merci. C'est gentil à
toi d'avoir fait le voyage pour venir me voir, ajouta-t-elle
en s'asseyant.

Il eut une moue désabusée.

— Une demi-heure d'hélicoptère. Ça n'a rien d'insurmontable.

Ils parlèrent peu pendant que le serveur leur apportait
les menus et, quelques minutes plus tard, une corbeille
de pain et une coupelle de beurre. Elle le connaissait
assez pour savoir qu'il n'avait pas besoin d'encouragements et qu'elle n'aurait pas non plus à attendre longtemps. Car Thaddeus Ross étaient de ceux qui ne
perdaient pas de temps à tourner autour du pot quand il
pouvait s'en débarrasser en l'écrasant d'un simple coup
de poing.

Il ne la déçut pas. Cinq minutes ne s'étaient pas écou-
lées qu'en effet il annonça :

— Très bien. Venons-en au fait.

Betty avait envisagé tous les thèmes que son père pourrait souhaiter aborder avec elle, et elle prit les devants en évoquant celui qui, pour elle, semblait le plus évident.

— C'est au sujet de Glen, n'est-ce pas ? Il est venu fouiner dans mon labo.

— Glen a remarqué certaines choses, répondit Ross. Il... m'a demandé de mener une petite enquête.

A sa façon de marcher sur des œufs, Betty devina qu'il n'était pas très franc du collier. Mais au bout du compte, quelle importance ? Quelle que soit la direction du train, elle savait que son ex-fiancé et son père voyageaient dans la même voiture.

— Tu m'as fait espionner. Evidemment.

Ce qui l'étonnait le plus, c'était précisément de s'en étonner encore...

— Betty, écoute-moi...

Comme d'habitude, il ne se formalisait pas le moins du monde du mécontentement que cette nouvelle pouvait lui procurer. Il avait toujours écrasé sa sensibilité au rouleau compresseur. Betty referma le menu et commençait à regarder ostensiblement vers la sortie quand son père posa la main sur son poignet. Elle n'aurait su dire si le geste était né d'une impulsion paternelle ou du simple désir qu'elle ne décolle pas de sa chaise.

— Nous avons découvert des choses étonnantes, poursuivit-il. Ce Krenzler avec lequel tu travailles... sais-tu qui il est, exactement ? Le connais-tu vraiment ?

La question la prit complètement au dépourvu, mais elle s'arrangea pour qu'il ne s'en rende pas compte. Elle en eut cependant froid dans le dos. Son père, naturellement, avait accès à toutes sortes d'informations top-secret. Ce n'était pas comme s'il avait mis en doute le caractère inadéquat de Bruce en tant que futur gendre, par exemple, et cherché à la convaincre de porter son choix sur un militaire. Non. Il n'aurait pas pu être plus clair : il avait appris quelque chose sur Bruce. Quelque chose qui l'inquiétait au point qu'il avait rompu le silence établi entre eux depuis des années pour lui parler en tête-à-tête. Un détail qui, à lui seul, prouvait la gravité du fait.

A moins que ça ne fasse partie d'une machination. Ross, après tout, collaborait toujours main dans la main avec Talbot. Aussi grotesque que ça puisse paraître, qui sait s'ils ne conjuguaient pas leurs efforts pour anéantir l'intérêt qu'elle portait à Bruce et la diriger vers un nouveau poulain de son père ?

— Je crois que c'est plutôt à moi de te poser cette question, dit-elle prudemment. Que sais-tu, *toi*, sur lui ?

Ross se recula légèrement sur sa chaise en se raclant la gorge.

— Eh bien, à vrai dire, je n'ai pas le droit pour l'instant de…

Elle aurait dû s'en douter. C'était trop facile de lancer une vague allusion… Pour qui la prenait-il ?

— Pas le droit de me le révéler, le coupa-t-elle. D'accord.

Elle était écœurée par l'attitude de Ross et furieuse contre elle-même d'avoir été assez bête pour répondre à son invitation. Ils la croyaient donc aussi naïve que ça, tous les deux ? Et ils n'étaient peut-être pas si loin du compte, finalement, puisqu'elle était ici.

— Tu sais, j'espérais sincèrement que… cette fois, tu avais vraiment envie de me revoir…

Il s'apprêtait à parler, mais elle ne voulut pas l'entendre.

— Mais qu'est-ce que ça me fait, après tout ? dit-elle en repoussant sa chaise.

— Ce n'est pas du tout ce que tu penses, Betty, dit Ross.

Elle ne pouvait nier qu'il maintenait le masque du père inquiet beaucoup plus longtemps qu'elle ne l'aurait imaginé.

— Ah non ? dit-elle, la tête inclinée.

— Non. Je voulais honnêtement te voir. Et je me soucie réellement pour toi.

Elle hésita. Quelque chose dans sa voix, et dans la façon dont il la regardait…

Et puis les médailles épinglées sur sa veste accrochèrent la lumière, comme pour lui rappeler qui il était, et qui *elle* était. La science et l'armée n'avaient jamais fait bon ménage, et il ne s'agissait ni plus ni moins que d'une nouvelle bataille dans le conflit qui les opposait. C'était la plus vieille stratégie du monde : diviser pour régner. Soit Talbot avait fourni de fausses informations à son père pour servir ses propres objectifs (dont elle n'avait aucun mal à deviner la nature), soit son père avait des projets dans lesquels elle-même, ou Bruce, ou leurs recherches, ou Dieu sait quoi d'autre jouaient un rôle essentiel.

C'était affreux de ne pas pouvoir se fier à son propre père, mais à qui la faute ? Non. Pas question pour elle de céder à la culpabilité. Ce n'était *pas* sa faute.

Le serveur revenait prendre leur commande quand elle se leva.

— J'aimerais pouvoir te croire, dit-elle, s'efforçant de cacher la tristesse de ses yeux.

Puis elle tourna les talons et partit sans un regard en arrière.

Elle s'éloigna aussi vite que possible de la base… et s'arrêta sur le bord de la route, éteignit les phares et laissa libre court aux sanglots qui l'étouffaient. Elle haïssait cet état de faiblesse. Elle avait espéré que de cette rencontre avec son père naîtrait quelque chose de… positif. Peut-être un second souffle pour leur relation. Au lieu de cela, elle en ressortait souillée par la paranoïa et le ressentiment.

Et pourtant…

Les allusions de son père l'obsédaient. Et si… S'il ne s'était pas contenté de chercher à semer la zizanie entre elle et Bruce, pour quelque raison que ce fût ? S'il avait vraiment tenté de l'aider, et que, par sa méfiance instinctive, elle l'en avait empêché ?

Elle considéra son téléphone mobile, comme s'il était un piège où elle pouvait tomber à la moindre distraction de sa part. Puis, à contrecœur, elle composa le numéro de Bruce au laboratoire. Il ne lui vint même pas à l'esprit qu'il pût être ailleurs. Elle le visualisait aisément en train de travailler, comme à toute heure du jour et de la nuit. D'autant plus qu'il avait un sujet d'étude tout neuf – lui-même.

Le téléphone sonna plusieurs fois avant que le répondeur ne se mette en marche : « Veuillez laisser un message ». Très laconique, à l'image de Bruce.

Sur le point de raccrocher, elle se ravisa. Les propos de son père lui martelaient l'esprit, sans répit.

— Bruce, tu es là ? demanda-t-elle, espérant que, peut-être, il filtrait ses appels.

Pas de réponse. L'appareil fonctionnait au son, et si elle cessait de parler, la communication serait coupée, aussi prit-elle une forte inspiration avant de poursuivre :

— J'ai vu mon père. Et c'est comme si…

Elle hésita.

— Comme s'il te soupçonnait de je ne sais quoi.

Aussitôt, elle regretta d'avoir prononcé ces mots, mais trop tard. Impossible de les effacer de la bande. Vite, pour s'assurer qu'il ne la croirait pas capable de douter de lui, elle ajouta :

— C'est idiot, mais j'étais si impatiente, comme toujours… J'aurais dû rester et l'écouter jusqu'au bout.

Après ce mea-culpa, elle tint à terminer par un avertissement.

— J'ai l'impression qu'ils mijotent quelque chose contre le labo, et contre toi. Appelle-moi, d'accord ?

Elle refermait son mobile quand elle repéra des phares dans son rétroviseur. Une voiture s'arrêta derrière elle, et elle fut certaine que son père l'avait fait prendre en chasse pour la récupérer afin de lui raconter des mensonges sur Bruce, pour semer le trouble dans son esprit…

Un gyrophare tournait sur le toit. La police.

— Avez-vous besoin d'aide ? demanda une voix dans un haut-parleur.

Baissant sa vitre, elle se pencha pour adresser un signe de la main. Puis elle redémarra et reprit la route. Le flic la regarda partir. C'était réconfortant… Il existait si peu de choses rassurantes auxquelles se raccrocher de nos jours dans ce monde chaotique…

Ce n'est que quelques heures plus tard qu'elle arriva chez elle. Le voyage n'avait pas été facile. Des ambulances circulaient en tous sens ; elle en rencontra au moins trois. Il y avait sans doute eu un accident. Peut-être même plusieurs, et tous autour de Berkeley. Elle guettait d'éventuels signaux indiquant des voitures retournées ou un carambolage, mais n'en aperçut aucun.

Elle vit en revanche des arbres renversés, une bouche d'incendie écrasée qui projetait un geyser vers le ciel, des panneaux de circulation pliés en deux, des trottoirs défoncés. Une sorte de cyclone éclair avait dû frapper dans le quartier. Elle n'avait jamais entendu dire que Berkeley soit sujet à ce genre de catastrophe, mais c'était selon toute vraisemblance la seule explication.

Une fois chez elle, elle écouta ses messages. Il y en avait un de Glen et deux de son père qu'elle s'empressa

d'effacer sans les écouter. Par contre, rien de Bruce.
Pourquoi les hommes qu'elle ne voulait pas entendre se
manifestaient-ils, alors que le seul qui comptait pour elle
ne prenait même pas la peine de décrocher le téléphone
en dépit de la nature clairement angoissée de son appel ?

Bruce ne pouvait pas être encore au labo à cette heure,
c'était ridicule, mais elle essaya malgré tout. Sans
succès. Alors elle tenta de le joindre chez lui. Silence
radio, là aussi.

Elle commença sérieusement de s'inquiéter. Fatiguée,
elle alla se coucher, mais se réveilla au bout de vingt
minutes, trop tourmentée par la disparition de Bruce, ses
habituels cauchemars, et les distantes sirènes des ambulances pour dormir.

Quand le soleil se leva enfin, elle se sentait aussi repo-
sée que si elle avait passé la nuit à transporter des brouet-
tées de béton. Il était plus tôt que d'ordinaire, mais étant
donné qu'elle n'avait rien de mieux à faire, elle se
doucha et s'habilla pour se rendre au labo.

C'était le chaos total.

Tout le secteur était bloqué par des véhicules de
secours. Des camions de pompiers, encore des ambulances et des voitures de police, plus qu'elle aurait imaginé en trouver à Berkeley. Incapable d'approcher le
bâtiment, elle se gara dans une rue latérale et, de là,
courut aussi vite que le lui permirent ses talons jusqu'à
la première barricade où deux agents refusèrent de la
laisser passer.

— Mais je travaille ici ! protesta-t-elle.

— Ecoutez, madame…

— *Docteur*, rectifia-t-elle sèchement.

Il haussa les épaules, blasé.

— Très bien. Ecoutez, madame le docteur, tant que
nous n'aurons pas réglé le problème, personne ne tra-
vaillera ici.

— Mais que s'est-il passé ?

Son regard se posa alors sur ce qui semblait être un énorme trou dans le toit de la bâtisse… et elle eut l'impression que son sang se figeait dans ses veines. La brèche était exactement à l'aplomb du labo qu'elle partageait avec Bruce.

Soudain un scénario horrible se déroula dans sa tête. Bruce avait peut-être, par inadvertance, alors qu'il s'était attardé jusqu'à une heure indue, provoqué une explosion qui avait… qui avait…

Elle eut du mal à maîtriser la panique qui montait en elle. Et les policiers n'étaient d'aucune aide. Elle reconnut quelques-uns des agents de la sécurité, mais ils étaient trop loin d'elle pour l'entendre si elle les appelait. Et même dans le cas contraire, ils ne lui seraient sûrement pas d'un grand secours non plus. L'un d'eux gesticulait furieusement, répétant régulièrement le même geste : les bras écartés pour désigner quelque chose d'énorme. Il paraissait parler d'une sorte de géant, ce qui se heurtait manifestement à l'incrédulité de ceux qui écoutaient son histoire. Peut-être y avait-il eu une déflagration massive. Peut-être…

Ça ne servait à rien, de rester là à se rendre malade d'inquiétude. Elle retourna en hâte à sa voiture et repartit aussitôt en direction de chez Bruce.

Elle conduisait en automate, l'esprit tout entier tourné vers lui, s'interrogeant sur la décision à prendre s'il n'était pas à son domicile. Parce que, dans ce cas, cela signifierait qu'il avait été au labo, où il pourrait en conséquence avoir trouvé la mort.

Son vélo était enchaîné comme d'habitude devant la maison. Il était donc bien rentré. Quelque peu rassurée, elle descendit de voiture, et alla frapper à la porte. D'abord doucement, puis, n'obtenant pas de réponse, plus fort. Balançant entre la contrariété et l'anxiété, elle

sortit un trousseau de clés de son sac et isola celle de la
maison qu'elle inséra dans la serrure.

— Bruce ? appela-t-elle, hésitante, en pénétrant à
l'intérieur.

Toujours pas de réponse.

Elle referma la porte derrière elle, et traversa le salon.
Tout avait l'air normal, et cela suffit précisément à la
rendre nerveuse. Elle remontait le couloir vers les
chambres quand elle se retourna vers l'autre bout du corridor. La porte de derrière, brisée, pendait mollement sur
ses gonds.

— Qu'est-ce que c'est que ça ? murmura-t-elle entre
ses dents.

Elle s'avança pour tenter de la fermer, mais ne réussit
qu'à arracher un pan du panneau de bois. Désemparée,
elle regarda autour d'elle. La cuisine était un vrai champ
de bataille, jonchée de boîtes de conserve, de casseroles,
de serviettes en papier... Avec une angoisse croissante,
elle suivit les traces du bulldozer qui semblait être passé
là et qui la menèrent à la chambre de Bruce.

Il dormait comme un bébé. Nu jusqu'à la taille, peut-
être même plus. Elle ne voyait pas le reste, recouvert par
le drap dans lequel il était entortillé. Il dormait profondément, ce qui, depuis qu'elle le connaissait, ne lui était
jamais arrivé, du moins en sa compagnie.

— Bruce ! cria-t-elle, bien trop fort et avec plus
d'anxiété qu'elle ne l'aurait souhaité.

Il se redressa brusquement et, assis, promena un
regard hébété autour de lui, de toute évidence incapable
de comprendre d'où venait la voix.

Finalement, il parvint à fixer son attention sur elle.

Alors, très lentement, il déclara :

— Je crois que... que je ne suis pas Bruce Krenzler.
Mon nom est... Banner.

QUE SUIS-JE ?

Tandis que Betty Ross s'asseyait en face de son père pour un dîner qui avorterait à peine commencé, Bruce Krenzler travaillait encore – du moins s'y efforçait-il – dans son labo des établissements Lawrence Berkeley. Mais son esprit avait remonté le temps pour retourner à une époque où, jeune garçon, il avait vu une femme enceinte sur une plage. Dédaignant les trop sages vêtements de maternité, elle s'exhibait glorieusement dans un petit deux-pièces qui permettait à son gros ventre distendu et vergeturé de prendre le soleil.

Il l'avait regardée avec fascination, rampant de plus en plus près, jusqu'à n'être plus qu'à un mètre d'elle qui sommeillait paisiblement. Et puis, tout à coup, il s'était reculé d'un bond en hurlant.

La peau de son ventre avait visiblement ondulé, comme si quelque chose, à l'intérieur, essayait de sortir.

La jeune femme, surprise par le cri du gamin, avait ouvert les yeux, et souri devant sa réaction.

— C'est le bébé qui donne des coups de pied, rien de plus. Il gigote, tu vois… ?

Il savait déjà d'une façon très abstraite que les enfants séjournaient dans le ventre de leur mère avant de naître, mais il n'en avait encore jamais eu de démonstration aussi vivante. Ce concept bizarre s'était toutefois implanté dans sa tête, et, même adulte, il s'émerveillait du sang-froid

dont faisaient preuve les plus novices des futures mères.
A aucun moment elles ne paraissaient se formaliser du
fait que leur corps puisse être annexé par un élément
extérieur et que tout ce qu'elles connaissaient de lui
devenait caduque sous la poussée de transformations
radicales. « C'est la chose la plus naturelle au monde »,
professaient-elles, mais Bruce n'avait jamais pu comprendre ça. Tout ce qu'il savait, c'est qu'il était heureux
de ne pas être une femme, et de ne pas avoir à craindre ce
genre de métamorphose.

Et cependant c'était exactement ce qui lui arrivait,
sauf que ce n'était pas en l'occurrence la chose la plus
naturelle au monde. Non. C'était totalement anti-nature,
et plus il décortiquait les résultats des analyses faites sur
son propre sang, plus sa tête lui élançait et plus la douleur lui martelait le crâne.

Il vérifiait et revérifiait, fixait les cellules en train de
danser sous le microscope électronique, formant des
combinaisons qui ne correspondaient à rien de ce qu'il
avait pu voir ou étudier à ce jour. Perturbé par ce qu'il
avait sous les yeux, il avait du mal à réfléchir, à analyser
les données de façon cohérente. *Les cellules... les liens
chimiques dans l'ADN... elles stockent... trop d'énergie... impossible... impossible...*

Il avait le dos raide et douloureux, les tempes comme
compressées dans un étau, et, de quelque part très loin –
enfin... qui lui semblait très loin – il entendit le téléphone sonner, et la voix de Betty. Mais il n'y prêta
presque pas attention, car l'épuisement lui jouait de sales
tours. Il avait l'impression que les ombres, autour de lui,
se déplaçaient.

Peut-être était-ce ce... ce fou... Oui, sûrement. Le
dingue avec les chiens le guettait quelque part, patiem-
ment, se préparait à... à...

Il aurait dû en référer au service du personnel.

Pourquoi ne l'avait-il pas fait ? Pourquoi n'avait-il pas demandé qu'on enquête sur cet homme pour qu'il soit viré ? Pourquoi… ?

(Parce que tu as peur de ce que tu découvrirais… tu as peur…)

Je n'ai pas peur.

(Mais si… Tu as peur de nous… de toi-même… de…)

La voix de Betty.

Il prit conscience qu'elle l'appelait, et qu'elle laissait un message sur le répondeur. Que disait-elle ? C'était à propos de son père, qui lui avait parlé de lui, Bruce… Il le soupçonnait de… de mijoter quelque chose.

Il bondit sur ses pieds, renversant au passage une rangée d'éprouvettes, et plongea sur le téléphone, entendit un fracas derrière lui comme s'il avait fait tomber autre chose, puis trébucha, lui aussi, atterrissant durement sur les genoux, et se releva aussitôt, la main tendue comme un noyé, vers la voix de Betty, seule planche de salut.

Mais elle raccrocha au moment même où il agrippait le combiné, et il gémit. Plus de bouée de sauvetage. Plus rien.

Il tenta de presser la touche bis mais un message impersonnel lui annonça que son correspondant était indisponible. Elle avait sûrement appelé de son mobile, et elle était à présent repartie, si bien que le signal ne lui était pas parvenu.

Bruce perçut un autre vacarme. Se retournant, il vit une des éprouvettes de son propre sang renversée par une étagère. C'était comme si tout se passait au ralenti, et il resta là assis par terre, hypnotisé, conscient qu'il était trop loin pour la rattraper mais incapable d'en détourner les yeux. Le tube de verre bascula et se fracassa par terre, créant une tache écarlate qui s'épanouit sur le carrelage telle une fleur sanglante que Bruce fixa

avec une fascination horrifiée, certain de pouvoir
entendre le rythme de son cœur s'accélérer.

Un bruit dans le couloir. Les chiens ? L'agent d'entretien ? Le père de Betty ? Talbot ? Ou peut-être les
monstres sortant de l'ombre où ils étaient tapis.

Il s'y précipita. Il n'y avait rien. Rien ni personne.
Mais ça ne suffit pas à le rassurer. Il coura dans les corri-
dors déserts, jusqu'aux croisements, cherchant, fouillant
tous les recoins sombres des yeux. Même son télesco-
page avec un chariot de matériel ne le ralentit pas, bien
qu'il cognât de nouveau son genou déjà malmené par sa
chute précédente. Il continua de courir, trébucha, heurta
le mur et se fendit la lèvre, et le monde se mit à basculer
autour de lui à un angle de quarante-cinq degrés.

Il commençait à ne plus savoir *qui* il était, ni *où* il était,
et comme il se relevait, un cri animal émergea de sa
gorge. Le hurlement se répercuta dans les couloirs alors
que les images cascadaient dans sa tête – le vieux avec
ses chiens, le visage de Betty, mais déformé par le
mépris et la suspicion et il y avait des militaires armés de
fusils qu'ils braquaient sur lui sous les ordres d'un
homme que Bruce n'avait jamais rencontré mais qu'il
identifia instinctivement comme le père de Betty, *et le
sang se déverse abondamment sur cette succession
d'images*, son *sang, épais et visqueux et rouge, sauf qu'il
a un éclat particulier et que, de carmin, il vire peu à peu
au vert sombre… et une rage énorme, incommensurable,
destructrice, traverse les murs, les sens qui s'effondrent,
sens toute résistance disparaître sous la puissance de la
fureur, rugissements de bête, muscles noués force refoulée explosant liberté oui détruire frapper oui oui détruire
encore…*

… et la gammasphère s'envola très haut au-dessus du
labo, arrachée à son socle, propulsée par une fureur ani-
male et une énergie colossale. Le globe dessina un arc

dans le ciel, s'immobilisa un instant comme s'il allait
défier les lois de la gravitation, puis retomba, atterrissant
sur le toit d'un motor-home garé non loin qu'il aplatit
comme une crêpe. Par miracle, le système d'alarme
fonctionnait encore, et une lumière tournoya follement
tandis que le véhicule se mettait à beugler telle une bête
blessée.

*(... détruis, avance, non, plus vite, arrête, l'homme, le
petit homme tue-le tue l'homme détruis-le non oui non
détruis, anéantis non ne peux pas non...)*

Les yeux du monstre se fixèrent sur le vieux debout à
l'autre extrémité du labo qui le regardait froidement,
impavide. Tous deux s'affrontaient, prédateur et proie,
encore qu'il fût difficile de déterminer qui était l'un, qui
était l'autre. Le vieux, de son sourire, défiait la mort certaine, sans bouger sous le feu de ces effrayants yeux
verts, puis il s'avança, la main tendue.

*(... écrase la main brise anéantis réduis en pièces non
non oui non non oui OUI OUI...)*

... et le monstre repoussa la main, fit un pas en avant,
et le vieux recula maladroitement, soudain bien moins
sûr de sa propre invincibilité. Se faisant un croche-pied à
lui-même, il s'étala par terre, alors qu'on entendait le
son distant de sirènes...

*... des hurlements, partout, des cris, du bruit faut que
ça s'arrête que ça s'arrête QUE ÇA S'ARRÊTE...*

... et des gens criaient, s'interpellaient, se rappro-
chaient, toujours plus près, et le monstre n'avait plus
l'air d'un animal traqué ; il semblait au contraire se
demander si cela valait la peine de perdre son temps et sa
force à annihiler tous ceux qui oseraient venir à proximité...

(... bah.)

Sa décision releva plus d'un caprice ou du hasard que
d'une réflexion. Elle aurait aussi bien pu prendre la

direction inverse. Mais ce fut ainsi. Et c'est le monstre
qui partit en sens inverse.

L'agent de la sécurité eut tout juste le temps de percevoir un éclair vert sombre avant que la masse effroyable
se volatilise tout à coup, et verticalement, à travers le
plafond dont les débris retombèrent en une pluie de
tuiles et de gravats qui fit reculer tout le monde.

Un silence atterré se saisit des spectateurs alors que la
clarté de la lune se glissait dans la brèche encore absente
une seconde plus tôt.

— Mais qu'est-ce que… balbutia le garde. On aurait
dit un…

— Un monstrueux géant, dit le vieux, et dans la
pénombre où il se tapissait, personne ne pouvait voir le
sourire qu'il arborait. Un géant, oui, c'est ce qu'il est, ni
plus ni moins. Allez annoncer la nouvelle aux autres.
Dites-leur qu'un géant, *Hulk*[1], vient d'être lâché dans la
nature. Alors ? insista-t-il devant le garde qui se contentait
de regarder le trou par lequel avait disparu la créature.
Qu'est-ce que vous attendez ? Allez-y ! *Allez-y, bon sang !*

Le garde sortit de son état de stupeur et déguerpit en
courant.

— *Hulk*, répéta-t-il entre ses dents en abandonnant le
vieux pour aller repousser les gens qui arrivaient.

Banner, très content de lui, s'amusait comme un fou.

— Je lui avais déjà donné un nom, dit-il pour lui-
même. Qui d'autre était mieux indiqué que moi pour lui
en donner un autre ?

Pendant que les secours affluaient, l'ombre de la créature se fondait dans les arbres de la colline

(*… éloigne-toi, loin d'ici, loin, loin…*)

1. Géant.

et joignant le geste à la pensée, il se propulsa vers le ciel. De temps à autre, il retombait, sans se soucier des dégâts qu'il laissait derrière lui chaque fois qu'il se posait avant de rebondir aussitôt. Les témoins de ces atterrissages, qui le prenaient généralement pour un satellite déréglé ou un morceau d'avion, ou encore un OVNI, fuyaient au moment de l'impact, puis se figeaient, pétrifiés, car l'objet non identifié repartait aussitôt, or si la loi physique de l'univers veut que tout ce qui monte doit tôt ou tard redescendre, personne n'était préparé à accepter l'inverse. Mais la créature, elle, s'en moquait, elle était simplement…

… libre, libre, enfin libre…

Bruce Krenzler entendit quelqu'un prononcer son nom, et prit conscience d'être dans son lit, mais complètement emmailloté dans les draps. Déconcerté et déboussolé, il se tourna lentement, et découvrit Betty, qui l'appelait avec une étrange urgence dans la voix. Il posa sur elle des yeux incroyablement douloureux, et la lumière n'aurait pas dû éclairer son visage parce que c'était la nuit, et qu'il était dans le labo… sauf que… Comment son lit était-il arrivé dans le labo ?

Se redressant sur un coude, il cligna des yeux pour tenter d'en chasser la douleur, et cette fois, quand Betty l'appela de nouveau, ce fut plus fort et avec plus d'angoisse encore.

Et sans qu'il en comprît la raison, il dit la première chose qui lui vint à l'esprit, et curieusement, il avait la certitude que c'était la vérité. Il lui dit qu'il pensait s'appeler Banner. Bruce Banner. Il ignorait totalement la raison pour laquelle il le lui avait confié, ni même si c'était opportun. Il avait seulement le sentiment que cet aveu le soulagerait, comme s'il lui fallait être honnête avec elle… à propos de quelque chose qu'il lui aurait caché sans même le savoir.

Ça n'eut pas l'effet souhaité. En fait, sa confusion n'en fut que plus grande… de même que sa peur, comme s'il venait d'ouvrir une porte qui ne pourrait jamais plus être refermée.

Une heure s'était écoulée. Bruce était assis avec Betty à la table de la salle à manger. Entre temps, il s'était douché et habillé. « Je veux me sentir de nouveau humain », avait-il dit, avec une vague conscience de l'ironie de sa remarque. Sous la douche, il avait essayé de mettre un peu d'ordre dans les images chaotiques dont son esprit le bombardait— mission impossible.

Depuis aussi loin que remontaient ses souvenirs, Bruce avait toujours eu l'impression qu'une autre… intelligence… que la sienne vivait à l'intérieur de lui. Mais les pensées et les impulsions qui en provenaient, filtrées par ses propres perceptions, lui avaient toujours été compréhensibles. Maintenant, toutefois, c'était comme si une barrière s'était érigée, l'isolant de…

… lui-même ?

Betty observait attentivement Bruce tandis qu'il buvait lentement son décaféiné. Il essayait de lui expliquer ce qui s'était passé, mais la tâche était d'autant plus difficile qu'il n'y comprenait rien lui-même. Elle écoutait, l'encourageait de hochements de tête, mais de temps à autre son regard dérivait vers la porte de derrière, désormais simplement appuyée contre le chambranle, les gonds, à demi arrachés, devenus inutiles.

L'avertissement de son père était bien présent en elle,

et plus Bruce se confiait à elle, plus elle avait la conviction que Thunderbolt Ross était bien loin du compte en ce qui le concernait. Mais ce n'était pas comme si Bruce était une sorte de sinistre espion, ou un agent double, ou un terroriste. Non. Il était… il était…

Doux Jésus. Elle n'avait aucune idée de ce qu'il était.

Son seul sujet d'inquiétude, en venant ici, était que Bruce ait pu être blessé dans une sorte d'explosion. Mais à présent… il lui avait exposé des souvenirs confus de manifestations d'une force incroyable entremêlés de longs passages à vide, comme s'il tentait de se rappeler des choses appartenant à quelqu'un d'autre, mais quelqu'un qui serait également lui-même. Elle aurait tout mis sur le compte d'une imagination trop fertile, où un rêve trop vivant… mais elle avait vu le labo dévasté, la porte de chez lui arrachée… Envisager qu'il pût en être responsable d'une manière qui défiait toute rationalité scientifique relevait de la folie pure. Bruce et elle s'efforçaient de démêler la fiction de la réalité, mais l'entreprise se révélait sévèrement ardue.

— J'aurais pu être lui, dit Bruce, évoquant l'étrange visite que l'agent d'entretien lui avait rendue. Il a dit qu'il était mon père. Et c'est comme si je… j'avais rêvé la scène. Il était là, mais je n'arrive pas à m'en souvenir.

— Alors tu… tu étais bien au labo ?

Betty avait du mal à acquérir la moindre certitude ; le récit de Bruce était si embrouillé… Par moments il faisait allusion à sa présence au laboratoire, à d'autres il précisait qu'il ne s'y trouvait pas… ou bien il y était et n'y était pas en même temps. Elle avait le tournis rien que d'essayer de le suivre.

— Non, pas moi… quelque chose, répondit-il avec toujours ce même flou exaspérant. Betty, qu'est-ce qui m'est arrivé ?

Elle était mal placée pour répondre, elle qui parvenait

tout juste à accrocher le fil de la conversation… Comment aurait-elle pu lui offrir ne serait-ce qu'un semblant d'explication ? Restait toutefois une possibilité que, étant donné les circonstances, elle répugnait à lui suggérer. Mais elle n'en voyait pas d'autres.

— Peut-être que… que *lui* pourrait te le dire.

Il la fixa un instant sans comprendre, jusqu'à ce qu'une lueur d'entendement s'allume dans son regard. Et avec elle… la peur. Elle joua un instant avec l'idée d'approcher cet homme dont la seule évocation effrayait Bruce, et qui soulevait toutes sortes d'associations qu'il ne parvenait pas à concevoir, et moins encore à affronter. D'un autre côté, si cet homme n'était pas fou… si ce qu'il proclamait était légitime… alors peut-être que…

Des coups brutaux ébranlèrent la porte. Bruce et Betty échangèrent un coup d'œil étonné, puis elle se leva pour aller ouvrir, sans avoir la moindre idée de ce qui l'attendait.

Deux agents de la police militaire entrèrent sans y être invités, suivis de Thunderbolt Ross et de plusieurs autres membres de la P.M. Ils trouvèrent rapidement la chambre que Ross balaya du regard, ainsi qu'il avait l'habitude de le faire en pénétrant dans un endroit inconnu. La meilleure méthode, selon lui, pour déceler toute menace éventuelle. Ses yeux s'écarquillèrent lorsqu'il découvrit Betty. De toute évidence, il ne s'attendait pas du tout à la voir là. Elle se demanda s'il la prendrait pour une sorte de traître, peut-être même la jugerait-il coupable d'avoir fourni aide et réconfort à l'ennemi, car à la façon dont il considéra Bruce, c'était exactement à cela qu'il l'assimilait : un ennemi. Il se ressaisit cependant très vite, et s'éclaircit la voix avant de s'adresser à un des P.M. :

— Mitchell, faites sortir ma fille. Je la rejoindrai dans une minute.

Ma fille. Pas « le docteur Ross », pas « Betty », pas « la jeune femme ». Non, il avait choisi d'établir clairement et d'entrée de jeu qui possédait qui, et qui lui appartenait. Betty vit rouge, et voulut protester.

— Mais…

— Immédiatement ! l'interrompit-il. Betty… cette affaire est grave, ajouta-t-il d'un ton plus paternel que militaire.

Elle se tourna vers Bruce, déterminée à rester auprès de lui s'il jugeait que sa présence l'aiderait à surmonter cette épreuve. Quitte à les obliger à la traîner de force dehors s'il le fallait.

Mais Bruce secoua la tête.

— Ça ira, Betty, dit-il d'un ton doux mais ferme.

Ce n'est pas ce qu'il lui semblait. Mais alors qu'elle renâclait encore à partir, il l'y encouragea d'un nouveau signe de tête, affirmant cette fois qu'il serait préférable qu'elle sorte.

Elle jeta un dernier regard dédaigneux à son père – histoire de bien lui signifier que son départ ne répondait pas à ses ordres mais au désir de Bruce. On ne pouvait pas franchement appeler cela une victoire morale, mais il lui faudrait bien s'en contenter.

Bruce voyait Betty sur les traits de Ross.

Et il trouvait ça amusant. Il avait tant entendu Betty récriminer contre son père et répéter qu'elle n'avait aucun point commun avec lui… Pourtant la ressemblance était frappante. Oui, évidemment, Betty était beaucoup plus jolie. Mais le nez, la forme générale du visage, et les yeux – bon sang, ils avaient les mêmes yeux. Sans oublier cette conviction bien enracinée qu'ils détenaient la vérité sur… eh bien sur tout. Chez Betty, il avait choisi d'interpréter ce trait de caractère comme une

manie plutôt charmante. Chez son père, cette certitude
lui apparaissait déjà beaucoup moins plaisante.

Ross cachait quelque chose dans son dos. Une
seconde, Bruce craignit que ce ne fût une arme. Le vieux
général était-il prêt à le descendre, ici et maintenant ?
Attendait-il que Betty ait tourné le dos pour accomplir sa
sale besogne ?

— Bruce Krenzler ? demanda-t-il.

La question était bizarre. Ross connaissait pertinemment son nom ; il cherchait donc uniquement à jouer au
chat et à la souris avec lui. Bruce soupira mentalement.
Ce type avait besoin de lui démontrer qui était le plus
fort. D'accord…

— Oui, répondit Bruce.

— Tiens tiens… Ainsi vous êtes Bruce Ba…

Il s'interrompit ostensiblement, en quête d'une réaction de Bruce, quelle qu'elle soit. Mais celui-ci demeura
impassible.

— … Krenzler, termina-t-il avec une fugace déception.

Bruce ne lui avait pas donné ce qu'il attendait ; cet
autre nom que Ross avait « failli » prononcer ne lui avait
pas même arraché un clignement d'yeux.

Mais Ross, on s'en doute, n'en avait pas fini avec lui.

— Je crois que vous avez oublié quelque chose dans
votre laboratoire, hier soir.

Il exhiba alors un morceau du jean de Bruce, le fond,
déchiré, et, de la poche arrière, en sortit son portefeuille.
Alors, sans rien dire, il regarda Bruce d'un air interrogateur.

Bruce, une fois encore, demeura parfaitement immobile, le regard insondable. Il comprenait très bien où
Ross voulait en venir. Certaines personnes, confrontées à
une situation délicate conjuguée à un silence insupportable, débitaient pêle-mêle explications et justifications

qui ne contribuaient qu'à les enfoncer un peu plus dans le pétrin où elles s'étaient déjà fourrées. Ross, cela allait de soi, espérait un semblant d'éclaircissement sur la façon dont ce lambeaux de pantalon avait échoué au labo. Trois ou quatre versions se présentèrent à l'esprit de Bruce qui auraient pu raisonnablement satisfaire la curiosité de Ross quant à cet étrange phénomène, mais aucune ne serait la vérité, puisque lui-même n'était pas certain de la connaître. De plus, cela fournirait un prétexte à Ross pour mettre en doute tout ce qu'il dirait par la suite, ce qui ne servirait assurément pas ses intérêts. Il garda donc le silence.

Plusieurs minutes s'écoulèrent jusqu'à ce que Ross ne pût plus contenir son exaspération.

— Surveillez-le, ordonna-t-il aux P.M. Je reviens.

Quand il fut sorti, Banner observa les hommes de la police militaire, dont les visages sérieux auraient aussi bien pu être taillés dans un bloc de marbre.

— Je suis sûr que c'est un homme adorable une fois qu'on le connaît, remarqua Bruce, pince-sans-rire.

Personne ne moufta, mais les gars n'avaient pas l'air tout à fait d'accord.

Quand Betty Ross était petite, elle avait toujours l'impression que son père pouvait lire ses pensées. Et que, quel que soit son sujet de réflexion, ses yeux pouvaient se vriller un chemin dans sa tête et sélectionner les renseignements dont il avait besoin. Aussi, alors qu'elle s'avançait vers sa voiture, sursauta-t-elle en entendant la voix de son père l'appeler. Et elle eut beau essayer de se rassurer – à moins d'être un champion de la téléphathie, ce dont elle doutait fortement, son père n'avait aucun moyen d'aller piocher des informations dans son esprit – elle ne s'en figea pas moins, avec la crainte qu'il devine ce qu'elle avait l'intention de faire, et qui elle avait l'intention d'aller voir.

Tu es une adulte. Alors comporte-toi en tant que telle. Prenant une forte inspiration, elle se tourna pour l'affronter.

— Quoi ?

— Ecoute-moi, dit-il.

Il tendit les mains pour la prendre par les épaules, mais y renonça devant le refus catégorique que lui opposait son langage corporel. Il eut une seconde d'hésitation maladroite, puis laissa retomber ses bras.

— J'ai besoin que, même pour quelques jours seulement, tu me fasses confiance, dit-il avec ferveur. Je vais faire tout ce qui est en mon pouvoir pour élucider cette situation. Et je te jure que... qu'on s'occupera bien de ton ami, quel que soit son rôle dans l'histoire.

Cette promesse lui donna envie de rire. Il y avait des années que Thunderbolt Ross ne s'était pas soucié de sa fille, mais il comptait déverser le lait de la tendresse humaine sur son ex-petit ami ? Elle avait du mal à être convaincue.

— Mais à partir de maintenant, il est au secret, poursuivit Ross avec fermeté. Et pendant quelque temps, tu éviteras de venir ici.

Et en plus il lui donnait des ordres. Mais qui croyait-il donc être pour... ?

Puis elle remarqua les officiers de la P.M. tout autour de la maison, armés jusqu'aux dents, et qui ne semblaient pas plaisanter. Alors elle se rendit compte qu'à moins de lui trouver un avocat, elle ne pourrait plus approcher Bruce. Et c'est exactement ce qu'elle ferait... dès qu'elle se serait occupée d'un autre problème. Un problème qui, une fois résolu, pourrait apporter des réponses à de nombreuses questions sur Bruce Krenzler

— ou Bruce Banner... et probablement aussi sur Betty Ross.

Elle haussa les épaules et, sans même gratifier son père d'une rebuffade, monta dans sa voiture et s'éloigna rapidement.

Elle échafaudait son plan dans sa tête quand son mobile sonna. Elle le prit distraitement, sachant que ce ne serait pas Bruce et se fichant comme d'une guigne de l'identité de son interlocuteur.

— Oui ?

— Arrêtez-vous, ordonna une voix sèche.

— Qui... ?

Soudain elle la reconnut, cette voix, et elle ralentissait déjà en longeant le trottoir avant même d'avoir totalement intégré l'information.

— Est-ce que vous êtes... ?

— Oui.

— Et comment... ?

Nerveusement, elle regarda autour d'elle en quête de quelque signe de lui, anxieuse à l'idée qu'il pût être derrière elle ou adossé à un arbre avec ces chiens bizarres que Bruce lui avait décrits.

— Vous... vous m'observez ?

— Non, docteur Ross, mon satellite personnel est malheureusement en panne, rétorqua-t-il avec sarcasme.

— Comment avez-vous obtenu mon numéro de mobile ?

— Vous avez appelé le labo, hier soir. Votre numéro était donc inscrit sur l'appareil. Le progrès est une chose merveilleuse, vous ne pensez pas ?

— Vous étiez là, hier, quand Bruce... ?

Elle s'interrompit, redoutant tout à coup de trop en dire.

— Absolument, répondit-il d'une voix sirupeuse. J'y étais. Un spectacle inoubliable. Je suppose que vous aimeriez tout savoir, n'est-ce pas ? En fait, vous étiez même sur le point d'enquêter sur moi. Vous aviez l'intention d'aller au labo, de vérifier les dossiers du personnel, ce genre de choses… Et je vous en prie, faites-moi la grâce de ne pas le nier.

— Je ne le nie pas, dit-elle fermement. Encore que je sois curieuse d'apprendre comment vous avez pu le deviner.

Agacée, elle découvrit que ses doigts étaient crispés sur l'appareil qu'elle pressait beaucoup trop fort contre son oreille.

— C'est une malédiction avec laquelle il me faut vivre, soupira-t-il tristement avant de pouffer. Docteur… Je vais nous faire gagner du temps, à vous et à moi, d'autant plus que vous ne trouverez jamais les informations désirées de la manière dont vous comptez les chercher. Croyez-moi si je vous affirme que les dossiers du personnel ne vous seraient d'aucun secours. J'ai été bien trop méticuleux pour ça. Mais nous pouvons nous rendre mutuellement service, au nom de l'affection que nous portons à Bruce. Jusqu'à présent, nous le faisons chacun à sa manière, chacun de son côté. Mais si nous unissons nos efforts… alors tout le monde pourra en bénéficier. Vous avez de quoi écrire ?

— Oui.

— Bien. Notez l'adresse suivante…

Ce qu'elle fit. C'était quelque part sur Jones Street, à Oakland. Elle connaissait ce quartier, assez mal famé, à vrai dire. Elle avait dû changer une roue là-bas, un jour, et les quinze minutes qu'il lui avait fallu pour ça avaient été les plus longues de sa vie. Elle ne trépignait donc pas de joie à l'idée d'y retourner délibérément. Mais elle n'envisageait pas non plus d'autre solution sur le moment.

— Je serai là pour vous accueillir, dit la voix. Et… docteur Ross ?

— Oui ?

— Vous êtes une chercheuse. Et ce voyage sera pour vous une source de découvertes. Alors… souriez.

La communication fut coupée.

Elle espéra que sa dernière heure n'était pas venue.

OBJECTIFS INCOMPATIBLES

Le quartier était aussi déplaisant que dans son souvenir. *Tu es complètement folle, tu vas te faire trucider, fiche le camp d'ici,* lui criait la voix de la raison alors même qu'elle coupait le moteur et descendait de voiture. Pour plus de sûreté, elle fixa un antivol sur le volant, et comme elle installait la barre d'acier, elle décida que, en fin de compte, il y avait de quoi rire – quoique d'un rire un peu grinçant… Son corps déchiqueté pourrirait pendant des semaines dans le jardin d'une horrible masure, festin royal pour les chiens du voisinage et source de distraction pour les longues soirées solitaires d'un vieux psychopathe. Mais sa voiture, elle, serait toujours là à narguer les voleurs. Oui, fantastique. Jusqu'à ce qu'elle soit décarcassée – comme elle.

Elle avait brièvement envisagé d'amener quelqu'un avec elle, mais qui ? Son père ? Un de ses hommes ? Hors de question. La police ? Mais à quel titre ? Personne n'accusait cet homme, même s'il était réellement le père de Bruce, d'être l'auteur d'un délit. Les flics n'avaient aucune raison de l'interroger, et elle imaginait mal devoir leur expliquer toute l'histoire.

Ce qu'il lui faudrait, c'est un détective, un de ces grands costauds qu'on trouve dans les polars. Le genre qui adore voler au secours des femmes – de préférence séduisantes – en détresse. Mais Betty ne se classait pas vraiment dans cette catégorie, et de toute façon elle n'avait pas le temps d'éplucher l'annuaire pour essayer de trouver quelqu'un ayant le profil désiré. Il se passait trop de choses, trop vite, et c'étaient de l'avenir de Bruce, de sa vie même qu'il s'agissait. Aussi, bien que terriblement mal à l'aise et consciente de l'enjeu de la rencontre, elle s'avança lentement jusqu'à la maison.

Elle s'arrêta pour inspirer profondément, et s'apprêtait à frapper quand la porte s'ouvrit avant même qu'elle l'eût touchée.

C'était bien lui. L'agent d'entretien qui l'avait informée de la mort de Benny. *Je me demande s'il l'a tué*. Elle s'empressa d'oublier cette idée qu'elle attribua à une paranoïa aiguë.

Le sourire sincère avec lequel il l'accueillit la surprit. Elle aurait pu retrouver un peu de Bruce en lui, sauf que Bruce, lui, ne souriait presque jamais, et qu'elle avait donc du mal à établir une comparaison.

Il s'inclina légèrement comme s'il avait affaire à une duchesse en murmurant d'une voix presque douce :

— Docteur Ross… Je vous en prie…

D'un geste, il l'invita à pénétrer dans la demeure, et, l'espace d'un instant, elle eut l'impression d'entendre une voix prononcer la célèbre repartie avec un accent transylvanien à couper au couteau : « Entrez librement et de votre plein gré. » Mais l'homme connu sous le nom de Banner se contenta de sourire de nouveau en l'encourageant à franchir le seuil.

Elle entra donc, mais il y avait peu de lumière et ses yeux mirent quelques secondes à s'adapter.

Court-circuitant les formules de politesse, elle plongea sans préambule dans le vif du sujet.

— Ainsi vous êtes… son père.

— Il vous a dit.

Elle ne put déterminer s'il était satisfait ou contrarié qu'elle soit au courant.

— Il a… mentionné que vous lui aviez parlé, dit-elle prudemment, jugeant préférable, dans un premier temps, d'être aussi évasive que possible avec lui.

Elle ignorait toujours si elle pouvait ou non accorder sa confiance à cet homme, mais son instinct penchait nettement pour la négative.

— Et ça m'a intriguée, poursuivit-elle. Parce que j'ai toujours pensé que s'il pouvait retrouver son passé, et donc lui-même…

— … il serait un compagnon bien plus adéquat pour vous, dit le père.

Il y eut une électricité presque palpable dans l'air, une hostilité qui plana fugacement avant de s'évaporer quand elle se tourna vers lui qui la considérait de son regard tranquille.

— Oui, c'est possible, admit-elle.

Elle avait remarqué son ton presque câlin et enjôleur. Nul doute celui de Satan quand il voulait persuader un pigeon qu'une âme était un fardeau inutile dont il se ferait un plaisir de le décharger.

— Oui, mais d'abord, vous voulez connaître ses travers, vous voulez le guérir. Le changer.

— Je…

Elle s'interrompit, refusant d'envisager avec lui la possibilité de faire entrer Bruce dans un moule qui n'était pas le sien. C'était un vieux conflit qui, chaque fois qu'elle l'avait soulevé en son for intérieur, avait engendré une vive culpabilité. Elle aurait tant voulu que Bruce soit plus ouvert, plus émotionnel…

— Je veux l'aider, dit-elle simplement.

— Et c'est pour ça que vous avez lâché votre père sur ses basques, rétorqua-t-il avec une amertume et un mépris patents.

Et Betty ne put l'en blamer, parce que c'est ce qu'elle éprouvait elle-même. Il avait raison, elle ne pouvait le nier. Son intérêt pour Bruce, leur collaboration professionnelle, avaient attiré l'attention de son père et de Talbot sur lui. Et voilà où ils en étaient, à présent…

Elle ne reportait quand même pas toute la faute sur elle, non plus. Elle avait le sentiment que des forces bien au-delà de la volonté humaine étaient à l'œuvre. Ce qui ne l'empêchait pas de se sentir quelque peu responsable, et Banner était assez intelligent pour en jouer.

— Votre compréhension est décidément très étroite, mademoiselle Ross. Et votre ignorance est devenue très dangereuse.

Elle fronça les sourcils, perdue par cette logique obscure.

D'un signe de la main, il lui désigna une chaise où elle s'assit. Le siège n'était pas des plus confortables, mais elle saurait s'en contenter. Ses yeux s'habituaient peu à peu à la semi-pénombre et elle distinguait désormais une sorte de console, ou de table de travail, et des photographies… de Bruce. Une odeur flottait dans la pièce. Une odeur de chiens. Elle ne les voyait pas, ne les entendait pas, mais leur présence était indiscutable. Ce qui, s'il en était besoin, confirmait la véracité des descriptions de Bruce quant à son visiteur nocturne…

Il faisait chaud, aussi, presque étouffant, et Betty ôta son manteau et l'écharpe drapée sur ses épaules pour les suspendre au dossier de la chaise.

Le vieux ne s'assit pas. Normal, il n'y avait pas d'autre siège. Il s'accroupit donc en face d'elle, et sa forme ramassée évoquait à s'y méprendre une de ces gargouilles grimaçantes des cathédrales. Il plissa les yeux, et son regard perdit tout semblant de bienveillance. Quelque chose d'effrayant paraissait tapi derrière lui.

— Mon fils est... unique, dit-il, baissant la voix comme s'il craignait qu'on ne les espionne.

Son expression inquiète, limite paranoïaque, n'était pas sans rappeler à Betty celle de Bruce quand il lui avait confié ses rencontres et ses expériences de la veille.

Elle brûlait de demander à Banner ce qui s'était passé cette nuit-là, quel genre d'étrange métamorphose avait subie Bruce, qui lui avait conféré assez de force pour laisser derrière lui un quartier dévasté. Mais elle se tut, fascinée par la ferveur croissante de l'homme.

— Et parce qu'il est unique, le monde ne peut tolérer son existence J'ai bien peur que nous arrivions tous les deux trop tard pour l'aider. Je ne peux plus rien pour lui, ni pour vous. De plus, il a été très clair : il ne veut plus avoir affaire à moi. C'est son choix.

Ses genoux craquèrent quand il se leva.

— Maintenant, si vous voulez bien m'excuser, mademoiselle Ross, j'ai du travail.

C'était tout ? C'est pour ça qu'il avait demandé à la voir ? Pour lui annoncer que Bruce était condamné ? Ça ne devait pas tourner très rond, dans sa tête...

Et puis elle vit la lueur dans ses yeux, et comprit que la folie du vieux devrait être le moindre de ses soucis. De nouveau, il laissa échapper un aperçu de la chose larvée derrière son regard – un vrai cauchemar, un nid de serpent grouillant sous le rocher que l'on soulève. Et Betty eut conscience que, si elle ne filait pas immédiatement, elle risquait de ne plus jamais pouvoir le faire.

— Bien sûr, dit-elle en se levant d'un bond pour attraper son manteau.

Dans sa hâte, elle ne remarqua pas l'écharpe tombant à terre. Elle s'apprêtait à prononcer des mots aussi futiles qu'absurdes étant donné les circonstances, du style « Passez une bonne soirée » ou « Ravie de vous avoir connu », mais ces formules conventionnelles restèrent coincées dans sa gorge comme elle se précipitait vers la porte.

Elle l'entendit ricaner alors qu'elle la refermait derrière elle, et s'attendit à voir quelqu'un ou quelque chose se jeter sur elle quand elle courut vers sa voiture. Après avoir ôté l'antivol de ses mains tremblantes, elle démarra en trombe, anxieuse de quitter ce quartier maudit.

Elle avait valsé avec le diable et survécu à une nouvelle danse... mais ignorait totalement que le malin détenait son carnet de bal.

Bruce éprouva une bouffée de colère devant le mépris et le doute de Ross et des autres officiers. Ce n'est qu'à son exceptionnelle maîtrise qu'il put empêcher sa rage d'exploser.

La mise en scène semblait tirée d'un mauvais polar de série B. Bruce en aurait presque ri s'il n'avait pas été le sujet de l'interrogatoire. Ils avaient même apporté une lampe avec une ampoule puissante qu'ils braquaient sur lui pour que... quoi ? qu'il bronze ?

Ross poussa un gros, un très gros soupir, afin que nul n'ignore qu'il avait épuisé ses réserves de patience.

— Messieurs, demanda-t-il aux autres officiers, croyez-vous un instant à ce syndrome de mémoire refoulée ?

— Je ne me souviens de rien, répéta Bruce sans se départir une seconde de son équanimité.

Rien en lui n'indiquait qu'il pût même être ne serait-ce qu'agacé par leur scepticisme. Pour eux, il n'était qu'un menteur. Mais ils pouvaient bien penser ce qu'ils voulaient, ça ne le dérangeait pas. On l'avait traité de bien pire, et dans des circonstances beaucoup plus éprouvantes.

— Combien de fois faudra-t-il que je vous le dise ? J'aimerais vous aider, mais je n'en sais pas plus que vous.

Il avait presque l'air de s'excuser.

Ross se pencha vers lui.

— Vous savez qui je suis, n'est-ce pas, Banner ?

— Pas vous ?

— Banner… gronda Ross.

Le seul sourire que Bruce s'autorisa était intérieur.

— Peut-être souffrez-vous aussi du syndrome de mémoire refoulée. Sale truc, non ? Mais on s'y fait, vous verrez. J'y suis bien arrivé.

— *Banner !*

Bruce n'avait pas l'habitude de répondre à ce nom, mais il eut conscience d'avoir poussé le bouchon un peu loin.

— Vous êtes le père de Betty, dit-il. Un général de haut rang.

— Ce n'est pas ce que je vous demande ! aboya Ross en envahissant de plus en plus son espace personnel.

Bruce ne broncha pas. S'il essayait de l'intimider, c'était raté. Aux dernières nouvelles, aucune loi n'interdisait de ne rien savoir, et jusqu'à présent, c'était le seul crime qu'on pût lui reprocher. Un détail qui, cependant, n'arrêtait manifestement pas l'offensive de Ross.

— Je suis celui qui a débarrassé le monde de votre père, et de bien d'autres comme lui. Et j'en ferai autant pour vous si ça me chante. Est-ce que je me fais bien comprendre ?

Bruce dut reconnaître que Ross était parvenu à éveiller son intérêt.

— Mon père… Et vous disiez que son nom était… Banner ? dit-il, bien conscient que le type aux chiens avait prétendu s'appeler ainsi.

A ce niveau-là, ce n'était plus de la coïncidence.

— Ah… nous allons peut-être enfin nous entendre, dit Ross, soupçonnant Bruce de vouloir coopérer quand il ne souhaitait que clarifier ses propres idées. Ne m'avez-vous pas confié plus tôt que vous n'aviez jamais connu vos parents ?

— Jamais, en effet, confirma Bruce.

— Ne me prenez pas pour un idiot ! Vous aviez quatre ans quand ça s'est passé…

A ces mots, quelque chose se figea en Bruce. Brusquement, il eut l'impression d'être devant une porte qui, si on l'ouvrait, le mènerait à l'endroit où tout deviendrait limpide. Où le gouffre béant en lui serait enfin comblé. Seulement… il n'était pas certain de vouloir la franchir, cette porte, car il savait instinctivement qu'il ne pourrait plus revenir en arrière. Or, ne prétend-on pas parfois que l'ignorance est la clé de la tranquillité d'esprit ?

Il tergiversa, ne voulant pas tomber dans le piège, et y tomba pourtant en posant la question qui lui brûlait les lèvres.

— *Qu'est-ce* qui s'est passé ?

Ross le considéra avec incrédulité :

— Enfin, quoi, vous y étiez ! Comment pourriez-vous *oublier* une chose pareille ?!

— Mais *quelle* chose ?

Le général ne prêta pas suffisamment attention à la colère qui montait chez son interlocuteur ; il se contenta de répondre avec un mépris souverain.

— Oh… encore un souvenir refoulé, c'est ça ?

Et Bruce s'imagina en train de sauter de sa chaise, de bondir sur Ross, de le renverser par terre et de lui marteler le visage de son poing, un poing qui devenait plus gros, plus puissant à chaque coup, et la tête de Ross n'était plus qu'une bouillie infâme, mais il s'en foutait, car il hurlait de rage en riant comme un damné et en cognant, en cognant encore…

Se tassant sur sa chaise, il ferma les yeux et s'évertua à chasser la vision que son imagination venait de lui fournir. Son corps se mit à trembler sous l'effort qu'exigeait la répression de sa fureur.

— Dites-moi… parvint-il seulement à articuler d'une voix étranglée.

Quelque chose dans son attitude, et aussi dans la façon dont il s'était exprimé interpella Ross. Du moins un petit peu. Un semblant de sympathie adoucit fugacement ses traits.

— Désolé, mon vieux, soupira-t-il en lançant un coup d'œil frustré aux autres officiers. Vous êtes encore plus déglingué que je le pensais.

Bruce comprit que, venant de Ross, cette simple remarque était ce qui pourrait se rapprocher le plus de la compassion. Il n'était pas certain que le vieux militaire acceptait ses protestations d'ignorance, mais il semblait en tout cas renoncer à le harceler à propos de quelque chose que, bien que ça parût extraordinaire, Bruce ignorait totalement.

Ross se racla ostensiblement la gorge en redressant les épaules. Le bref instant d'humanité s'était envolé.

— Jusqu'à ce que nous ayons réglé le problème, votre laboratoire a été déclaré zone militaire, et vous n'aurez plus jamais l'autorisation d'y retourner… ni dans aucun autre dont les recherches concerneraient un sujet plus dangereux que la prochaine génération de shampooing aux herbes.

Il s'avança, très près, son visage à quelques centimètres seulement de celui de Bruce. Son haleine empestait le cigare.

— Une dernière chose… Si vous approchez encore ma fille dans un rayon de moins de cent mètres, je vous fais boucler pour le restant de vos jours.

Bruce ne répondit pas. Aucune repartie ne lui semblait pertinente pour ce genre d'information…

Ma vie me glisse entre les doigts.

C'était la conclusion à laquelle venait d'arriver Betty alors qu'elle cherchait ses clés pour ouvrir la porte de chez elle. Sa tâche, en tant que scientifique, était de découvrir des moyens de maîtriser son environnement. De le réduire à des unités quantifiables, de l'étudier, de le mesurer, et de faire des expériences réplicables que ses pairs pourraient utiliser comme autant de jalons pour leurs propres recherches. Si Bruce estimait sa capacité à se maîtriser, Betty était fière de sa propre aptitude à appréhender le monde et à en démonter le mécanisme. Or, à présent, non seulement elle n'y comprenait plus rien, mais elle n'était même plus certaine qu'il tournait rond.

Elle n'avait pas encore inséré la clé dans la serrure que la porte s'ouvrit à la volée. Elle bondit en arrière, terrorisée. Mais sa peur céda la place à l'incrédulité quand elle vit les deux agents de la P.M. sortir de chez elle avec son ordinateur et un carton de papiers. L'un deux parut embarrassé d'avoir été pris en flagrant délit. L'autre n'en avait visiblement rien à faire ; de toute évidence, il l'aurait volontiers envoyée voir ailleurs s'il y était.

— Mais que faites-vous ici ? demanda-t-elle.

— Désolée, mademoiselle, dit le premier. Ce sont les ordres. Nous devons embarquer tout ce qui concerne le labo.

Il avait franchement l'air dans ses petits souliers. Elle en remarqua un troisième, assis dans la voiture de l'autre côté de la rue, en train de manger un doughnut.

— Et lui ?

C'est le deuxième P.M. qui répondit.

— Pour votre protection, mademoiselle, dit-il d'un ton monotone de robot militaire.

— J'aurais dû me douter, dit-elle sèchement.

Elle n'était pas d'humeur à se faire protéger par son père. Et à cette seconde, elle n'aurait rien tant aimé que de le voir se coucher obligeamment derrière sa voiture pour qu'elle puisse reculer et assouvir ainsi une légitime rancœur envers lui.

Tournant les talons, elle remonta dans sa voiture et repartit en sens inverse. Dans son rétro, elle aperçut comme de juste le P.M. qui déboîtait pour la suivre. Apparemment, les ordres du général Ross avaient priorité sur le doughnut.

— Parfait, marmonna-t-elle.

Elle avait trouvé un exutoire tout indiqué pour déverser son trop-plein de bile. Le soleil se couchait – une heure toujours hasardeuse pour conduire. Tant mieux.

Elle approcha tranquillement le carrefour, ralentit alors que le feu passait à l'orange… et écrasa l'accélérateur quand il vira au rouge. Elle franchit le croisement juste au moment où deux voitures s'y engageaient, lesquelles pilèrent comme elle leur coupait la route.

La brusque accélération prit le P.M. au dépourvu ; il passa lui aussi la vitesse supérieure, mais le carrefour était à présent bloqué par les deux autres véhicules dont les conducteurs, outrés, le klaxonnaient furieusement. Dans son rétro, Betty le vit qui manœuvrait périlleusement pour traverser la rue en dépit des invectives des témoins et se lancer à sa poursuite.

Bien, songea-t-elle. *J'aurais été déçue que ce soit déjà fini…*

Son petit coupé de sport était à boîte de vitesses manuelle, et elle avait jusque-là roulé en seconde afin de lui laisser le temps de chauffer. Elle rétrograda en première, accéléra à fond, et détala comme un lièvre. Les occasions de s'amuser n'étaient pas légion, depuis des années. Pour tout dire, elles étaient même inexistantes…

Quand elle devrait se battre pour sauver sa peau, plusieurs heures plus tard, en regrettant amèrement d'avoir lâché le P.M. au terme d'une course délirante, de celles qu'on ne voit généralement que dans les films, elle trouverait l'expérience déjà beaucoup moins drôle…

PROVOCATIONS MALAVISÉES

Glen Talbot était d'une humeur exceptionnelle.

Alors que le soleil descendait sur l'horizon, il se gara devant la maison de Bruce Banner et, jovialement, salua les P.M. de faction.

— Comment va notre garçon ? demanda-t-il.

Sans un mot, l'un des types indiqua la fenêtre. Et ce que Talbot vit alors ne lui plut pas. Le store s'ouvrait, se refermait, s'ouvrait de nouveau, se refermait encore, tour à tour révélant et occultant la lumière du salon. C'était comme si Bruce tentait d'envoyer un message à quelqu'un par le truchement du morse ou d'il ne savait quel langage codé. Mais Talbot connaissait le morse (et le code des sémaphores, dont tout le monde se foutait). Or les lettres que Bruce émettait, mises bout à bout, ne signifiaient rien.

A moins que... Peut-être était-ce un code qui n'avait rien à voir. C'était tout à fait possible. Bruce Banner avait pu inventer une version totalement nouvelle d'un code existant, qu'il utilisait à présent pour adresser un message désespéré à un comparse.

Ou alors ce petit manège n'avait aucun sens, et Banner s'efforçait tout bonnement de les embrouiller. Talbot se détendit sensiblement, jusqu'à ce qu'il comprenne que c'était peut-être précisément ce que Banner *voulait* qu'ils pensent, ce qui, autrement dit, signifierait que…

… que…

Glen Talbot sentit sa belle humeur le déserter. Il était soudain très, très irrité par Bruce Banner… et le meilleur moyen, c'était encore de s'en prendre au responsable de son irritation.

Bruce s'interrogeait sur le but qu'ils poursuivaient en le laissant seul chez lui. Sans doute espéraient-ils qu'il se mettrait à avoir sérieusement les chocottes à la perspective des choses épouvantables qui allaient lui tomber dessus…

Ils ne comprenaient rien à rien. Ce n'était certainement pas le confinement et la solitude qui pouvaient l'inquiéter. Un coup d'épée dans l'eau de leur part… L'idée qu'ils allaient lui supprimer son laisser-passer, l'empêcher d'accomplir son boulot, etc. n'avait aucun sens. Absolument aucun.

Ses inquiétudes étaient aux antipodes de leurs priorités. Elles concernaient des voix qu'il entendait dans sa tête, et une rage qui le pilonnait de l'intérieur. Une rage qui semblait de plus en plus dotée d'une vie propre. Leurs menaces à l'encontre de son existence quotidienne n'exerçaient pas le moindre effet sur lui, pour la bonne raison que, intuitivement, il savait que cette vie-là était finie. Son seul souci était à présent de déterminer à quel point.

C'est à cet instant de ses réflexions qu'il entendit le téléphone.

Il ne réagit pas immédiatement parce que la sonnerie n'était pas celle à laquelle il était habitué. Il pensa que, peut-être, Ross ou un des P.M. avait oublié son mobile, mais il n'en voyait aucun. Par acquis de conscience, il décrocha son téléphone, mais la sonnerie continua.

D'ailleurs, il aurait été surprenant que ce soit le sien, dans la mesure où le fil en avait été coupé. Ross et son équipe étaient des gens très scrupuleux.

Le son persistait, et Bruce commençait à en être passablement énervé. Finalement, il en trouva la source sous le coussin de sa chaise. Un minuscule mobile dont il pressa le bouton d'appel avant de le porter à son oreille.

— Allô ? dit-il en hésitant, certain que l'appareil était celui de Ross ou d'un de ses sbires.

Il fut ébahi de reconnaître la voix de celui qui se prétendait son père, et de l'entendre prononcer son nom d'un ton dangereusement doucereux.

— Bruce ?…

Bien qu'il ne répondît pas, le vieux continua de parler, comme si la participation de Bruce à la conversation était tout à fait superflue.

— Alors ils s'imaginent qu'ils peuvent t'éliminer de la circulation comme ils l'ont fait avec moi, hein ?

Banner s'avança jusqu'à la fenêtre. Les gardes circulaient autour de la maison ; aucun ne s'était aperçu qu'il discutait au téléphone.

— Qu'est-ce qui cloche, chez moi ? demanda-t-il à voix basse. Qu'est-ce que… vous m'avez fait ?

David Banner – si c'était bien lui – choisi d'ignorer la question. Au lieu de ça, il l'informa d'un ton neutre, avec le ton d'un speaker délivrant un bulletin météo :

— J'ai eu une visite, aujourd'hui. Une très désagréable visite. J'ai bien peur qu'on me force la main.

Bruce refusa d'être dévié du sujet de ses préoccupations.

— Qu'est-ce que vous m'avez fait ? insista-t-il.

Le ricanement, à l'autre bout du fil, le fit grimacer.

— Tu voudrais bien le savoir, hein ? Mais aucune explication ne vaudra l'expérience. Et de toute façon…

je ne le comprends toujours pas moi-même, admit-il. Si seulement ils m'avaient laissé travailler en paix… Mais bien sûr, ils ne voulaient pas en entendre parler…

— Alors vous êtes devenu votre propre cobaye, n'est-ce pas ? devina Bruce entre ses dents serrées.

Ce n'était pas vraiment une idée lancée au hasard. Il avait eu tout le temps voulu pour reconstituer ce qui avait pu se passer, en supposant naturellement que le vieux soit bien son père. Pour l'instant, il n'avait aucune raison d'en douter. Il hésita, redoutant de poursuivre.

— Et vous m'avez transmis… quoi ?

Le silence qui succéda à sa question menaça de s'éterniser. Bruce commença de penser que la communication avait été interrompue, mais le vieux reprit la parole, et Bruce se rendit compte que son « père » avait simplement pris plaisir à le faire languir.

— Une difformité… si l'on peut dire. Mais une force étonnante, aussi, ajouta-t-il, et Bruce put presque l'entendre sourire. Et maintenant qu'elle est libérée, je peux enfin en moissonner les avantages.

Le choix de mots n'aurait pu être plus alarmant pour Bruce.

— N'y comptez pas, dit-il sèchement. Je vais l'isoler et la traiter moi-même. L'extraire, l'éliminer – avant qu'elle ne devienne réellement destructrice.

Cette fois-ci, il n'y eut ni pause ni arrogance. David répondit immédiatement, et rageusement, la voix chargée de fiel et de sarcasme.

— Oh, je me doute que toi et ta Betty aimeriez la détruire. Mais seriez-vous *vraiment* prêts à le faire, sachant que ça pourrait te tuer, *toi* ? Je ne crois pas.

Bruce n'en était pas aussi sûr. Il prenait peu à peu conscience de ce qui circulait dans son sang, tiré de son sommeil par l'association des nanomeds et du rayon gamma. Sans incident de parcours, il lui aurait été possible – avec sa capacité à réprimer ses émotions – de mener une vie normale. Une vie de solitude et de carence émotionnelle, sans doute, mais normale. Enfin… *presque* normale.

Mais il était désormais clair que les nanos et les rayonnements avaient déclenché une sorte de réaction catalytique en lui, provoquant des modifications biologiques qu'il ne pouvait qu'imaginer. Mais si ces modifications étaient à l'origine d'une sorte de remodelage de son système biologique, alors peut-être pouvait-il envisager une manière d'en inverser l'effet. Tout ce qui était fait pouvait être défait. C'était aussi simple que ça.

Mais la réflexion que David Banner trouva opportun de glisser alors se chargea de tout compliquer.

— Quant à Betty, dit-il avec ce même ricanement exaspérant de suffisance, je lui envoie une petite visite-surprise à quatre pattes. Des amis à moi…

La pièce, le monde, parurent brusquement s'assombrir et basculer autour de Bruce. Des coups lui martelèrent les tempes, et il dut lutter pour entendre la suite.

— Tu vois, j'ai réussi à faire une culture de ton propre ADN, et les résultats, même s'ils sont instables, sont très puissants.

— Qu'avez-vous fait avec mon ADN ? demanda Bruce.

Son père ignora la question.

— Voyons déjà comment Betty se débrouillera avec le résultat…

— Non ! hurla Bruce. Vous êtes fou ! Je ne vous laisserai pas faire ! Je…

Mais la petite fenêtre du mobile indiqua que la communication venait d'être interrompue. Son père avait raccroché.

Paniqué, Bruce courut jusqu'à la porte d'entrée et

l'ouvrit toute grande… pour se trouver nez à nez avec
Glen Talbot.

— Demi-tour, connard, dit son visiteur avec un sourire mauvais. Je veux te parler.

David Banner sifflotait une vieille mélodie des années
cinquante, *Betty My Angel*, tandis qu'il retirait son
casque audio pour sortir dans la cour. Tout se déroulait à
la perfection, chaque pièce du puzzle prenait tour à tour
sa place, et c'était un de ces instants bénis où il éprouvait
le sentiment que tout ce qui lui arrivait relevait d'une
intention supérieure. De quelque pouvoir transcendant
usant de procédés très mystérieux. C'était bizarre ; il ne
s'était jamais considéré comme un homme particulièrement croyant, ni porté sur le surnaturel. Mais avec tout
ce que la providence plaçait sur son chemin, peut-être
que… Peut-être qu'il y avait bien un Dieu, après tout, et
que son sort ne Lui était pas indifférent…

Et pourquoi pas ? L'homme était bien censé avoir été
façonné à l'image de Dieu, non ? Dans ce cas, l'homme
devait être tout aussi capable que Lui de créer. Et
l'exemple de David Banner illustrait avec brio cette
théorie.

Dans la cour, il fut accueilli par de dangereux grognements évoquant davantage un énorme semi-remorque
emballé qu'une créature vivante. Il continua cependant à
chantonner *Betty My Angel*, alors même qu'il caressait le
noir dessein de transformer pour de bon la jeune femme
en ange. Cette perspective lui procurait une indéniable
satisfaction. Dieu saurait mieux que lui s'occuper
d'elle…

Il tenait à la main l'écharpe de Betty. Depuis qu'elle
l'avait oubliée, il l'avait soigneusement isolée dans un
sac de plastique afin qu'aucune odeur ne vienne se
mélanger à celle qui l'imprégnait. A présent, il l'agita

sous le nez des chiens, gardant le grand triangle de soie sauvage hors de leur crocs, ce qui déchaîna un concert d'aboiements furibards.

Quand il les jugea suffisamment excités, il lâcha l'écharpe. Les crocs puissants s'arrachèrent le fin tissu jade qui, en quelques secondes, se retrouva complètement déchiqueté.

— Maintenant... Cherche ! ordonna-t-il.

Ils n'eurent pas besoin de dessin. D'abord en raison du dressage rigoureux auquel ils avaient été soumis, et ensuite parce que le traitement qu'il leur avait infligé les avait rendus plus intelligents... et aussi bien plus féroces.

— Cherchez... et ne laissez aucun obstacle vous barrer le chemin !

Le soleil n'avait pas encore tout à fait disparu, mais la lune, ronde comme une tarte aux pommes, se levait déjà sur l'horizon. Les chiens, tels des loups géants nourris aux rayons gamma, s'arc-boutèrent sur leurs pattes arrière et, d'un bond puissant, filèrent droit en direction de l'astre déclinant.

Si Glen Talbot avait entendu le chœur de joyeux clabaudages, il y aurait peut-être bien joint les siens.

Tout ce qu'il avait fait... les minutieuses préparations, les manipulations, les anticipations de longue date, ses efforts pour réunir Bruce et Betty et pour que le père cinglé de Bruce soit viré de l'asile afin que la machine soit encore mieux huilée... Tout se mettait parfaitement en place, avec la précision requise, comme les dents acérées d'un engrenage. Dans son esprit, Talbot imaginait Bruce Banner écrasé par ces dents, relâchant à cette occasion l'énorme potentiel d'une énergie encore inexploitée.

Evidemment, il n'avait pas pu prévoir l'accident qui déverserait un tombereau de nanomeds et de rayons gamma dans le sang de Banner. Mais là résidait la véritable beauté d'un grand plan : constater que, quel que soit le grain de sable qui vient se glisser dans la machine, il s'y insère en souplesse et sans provoquer le moindre raté dans le système.

Aussi, à cet instant, alors qu'il affrontait le scientifique affolé, Talbot eut du mal à ne pas éclater de rire au nez de ce brillant chercheur – qui, de toute évidence, se jugeait bien plus intelligent que lui, Talbot – et de lui révéler qu'il n'était qu'un misérable pion dans un vaste jeu d'échecs dont c'était lui, Talbot, qui déplaçait les pièces.

— Talbot, écoutez-moi ! dit Bruce avec un débit accéléré. C'est mon père… Nous avons très peu de temps. Je crois qu'il en a après Betty.

Talbot entra, referma la porte derrière lui et s'approcha de Banner. S'assurant d'insuffler la dose adéquate de colère dans son ton, il répondit par une attaque qui n'avait rien à voir avec les préoccupations de Banner, histoire de le déséquilibrer.

— Alors comme ça vous croyez pouvoir me faire un enfant dans le dos, et pousser Ross à m'éliminer ?

Banner cligna des yeux, comme un hibou pris dans le faisceau d'une torche.

— De quoi parlez-vous ? demanda-t-il. Je vous dis que nous devons aider…

D'un geste vif du pied, Talbot lui faucha les jambes. Banner tomba à la renverse et Talbot lui écrasa la figure sous sa semelle.

— Espèce de sinistre détraqué, dit-il entre ses dents serrées par une fureur qui, celle-ci, n'était pas forcée. Demain, dès que j'aurai convaincu Ross, tu seras envoyé dans un trou à rat pour y passer le reste de ta vie. Et je reprendrai ton travail. Mais en attendant – sa voix se fit plus intense – tu vas me dire ce qui est arrivé dans ton labo. Tu n'y aurais pas volé quelque chose d'important, hier soir, par hasard ?

Son talon rentrait presque dans la bouche de Bruce. Mais Talbot lui-même dut admettre qu'il était impressionné par la constance de sa victime qui ne pensait visiblement qu'à une chose…

— *Je vous jure, c'est vrai, Betty va être assassinée !*

S'il n'était pas sûr de devoir le croire, Talbot était en revanche certain de n'en avoir rien à cirer, et il se contenta donc de presser un peu plus son pied sur la joue de Banner.

— M'est avis que, dans la situation présente, c'est plutôt ta santé à toi qui m'inquiéterait…

Désespérément, Bruce attrapa la jambe de son bourreau à deux mains, en grognant, en soufflant, mais ses tentatives ne faisaient pas le poids devant la force et l'habileté de Talbot qui maintenait son pied sur son visage avec une froideur calculée que même un scientifique expérimenté lui aurait enviée – dans la mesure où ledit scientifique ne se trouverait pas sous le pied en question, cela va de soi…

Talbot avait étudié le dossier de Bruce Krenzler, alias Banner, avec bien trop d'attention pour se livrer gratuitement à une telle démonstration de brutalité. D'accord, il y prenait plaisir, mais ce n'était qu'un petit plus qui n'avait pas été prévu dans le programme. Selon toute vraisemblance, les incidents étranges qui avaient jalonné la vie du jeune Banner avaient été source de grand stress. A telle enseigne que Banner, au cours de sa croissance psychologique, avait refoulé tout ce qui pourrait, de près ou de loin, le replonger dans un état similaire. A présent, toutefois, les événements en décidaient autrement. Talbot avait donné le coup de pouce nécessaire pour lancer la machine ; son seul souci désormais était de surveiller qu'elle ne grippe pas.

L'ennui, c'est qu'il ne faudrait pas que Banner perde connaissance ; il aurait du mal, dans ce cas, à obtenir ses informations. Aussi, après un dernier coup de pied, pour le plaisir, il renonça à essuyer sa semelle sur le visage de Banner. Bruce roula sur lui-même en gémissant, puis se redressa.

— Talbot... marmonna-t-il entre ses lèvres gonflées et maculées de sang.

Talbot haussa un sourcil amusé.

— Oui ?

— Vous m'avez mis en colère.

Talbot trouva cette remarque véritablement irrésistible.

— Oh, c'est vrai ?

Banner esquissa un hochement de tête douloureux.

— Oui. Et je ne pense pas que vous m'apprécierez une fois que je serai vraiment en rogne.

En chancelant, il se remit sur ses pieds, et Talbot s'avança pour lui assener un direct dans l'estomac.

Son poing s'arrêta à mi-course.

A cet instant, alors que sa main était immobilisée par une force qu'il ne pouvait combattre et qui croissait de façon exponentielle à chaque seconde, Talbot comprit que la théorie boomerang selon laquelle on reçoit un jour ou l'autre ce que l'on émet n'était peut-être pas aussi extravagante qu'il l'avait toujours pensé...

(Mal mal fais-lui mal démolis-le sors va-t'en détruis sors oui oui...)

Le corps de Banner dégoulinait de sueur, trempant sa chemise, laquelle se déchira brusquement, et...

(... mal, tellement mal bon de sortir déchire démolis...)

... il éprouva un sentiment d'exultation et de libération intense. Bruce Banner avait été frappé de cécité toute sa vie et, soudain, il recouvrait la vue, et son regard neuf était empli de joie, de soif de vivre et de fureur, une fureur débridée à l'état pur, volcan en pleine éruption, lame de fond que rien ni personne ne peut contenir, et Talbot tremblait, visiblement terrifié, et ça n'avait plus d'importance, plus rien n'avait d'importance sauf…

(… Betty)

… et le nom, le nom le transperça à travers la douleur, marqua sa rage au fer rouge, lui donnant la forme et le but et la direction…

(… démolis-le démolis DÉMOLIS…)

Talbot, un soi-disant adulte, pleurnichait comme un gosse.

Malgré toutes ses recherches, malgré sa conviction qu'il avait couvert tous les angles et anticipé tout ce qui pourrait raisonnablement se produire, il n'avait pas une seule seconde imaginé ce qu'il avait sous les yeux.

En un éclair, il eut un aperçu de ce que les scientifiques qui avaient travaillé sur la bombe atomique avaient dû vivre en se retrouvant face au potentiel de destruction sans précédent que leurs études avaient permis de libérer.

La grosse différence était que, dans ce cas présent, l'explosion ne serait pas nucléaire mais colérique, et d'une coloration tirant franchement sur le vert.

Le visage de la créature ressemblait encore vaguement à celui de Bruce Banner, mais il continuait de s'élargir et de s'aplatir. Talbot avait l'impression de voir l'Homo Sapiens dégringoler l'échelle de l'évolution en se réjouissant toujours plus à chaque étape du plongeon. Ses vêtements furent arrachés, déchirés ; sa chemise craqua dans le dos, les manches ne furent bientôt plus que des lambeaux. Le pantalon de jogging, grâce à son élasticité, tenait encore le coup, quoique les coutures eussent rapidement pété aux chevilles.

Banner hurlait, mais il était impossible de deviner si ses cris traduisaient sa douleur ou l'ardente jouissance de l'affranchissement. La teinte de sa peau, de rosâtre, était passée au vert pâle, puis au jade profond. Un rire dément, primal et puissant monta de sa gorge, tandis que la métamorphose se poursuivait. Et il grandissait, et il souffrait, et il grandissait toujours plus. Et ce fut cette fois un rugissement assourdissant qui jaillit de sa bouche.

Talbot n'était pas venu directement chez Banner. Il était d'abord passé par le laboratoire, et il avait surpris un mot murmuré sous l'effet manifeste de la terreur par un des gardes. Un mot répété par d'autres hommes qui avaient affirmé avoir entraperçu la silhouette d'une créature bestiale aux épaules tombantes. Talbot avait mis ces histoires de « Hulk » sur le compte d'hallucinations ou de visions fantasmagoriques. D'accord, Banner avait vraisemblablement subi une sorte de transformation qui lui avait insufflé une bonne dose d'énergie, mais il fallait, comme toujours dans les témoignages, savoir réduire les choses à leurs justes proportions. Les gens, c'était plus fort qu'eux, avaient toujours tendance à exagérer…

Or, cette fois-ci, ils n'avaient pas exagéré. Hulk était bel et bien réel.

(… cogne mal fais mal cogne cogne démolis cogne…)

Talbot s'affala sur le canapé, relevant les bras dans le pathétique espoir de se protéger du Goliath vert qui avançait vers lui. Hulk, sans même ralentir, donna un furieux coup de pied dans le divan qu'il envoya, et Talbot avec, valdinguer à travers la fenêtre et s'écraser sur la pelouse.

(… sortir sortir Betty sortir…)

Propulsé par des impératifs qu'il eût été bien incapable de formuler ou de comprendre, Hulk sortit de la maison par le chemin le plus expéditif qui soit : il traversa tout bonnement le mur de façade. Les débris de bois et de ciment volèrent autour de lui sans l'arrêter une seule seconde, mais il s'immobilisa toutefois, couvert de plâtre, juste le temps de hurler dans le crépuscule telle une immense créature anthropoïde jaillie d'un repli de la préhistoire.

Les agents de la police militaire avaient à peine eu le temps de réagir devant l'arrivée explosive de Talbot et de son canapé sur le gazon quand ils furent confrontés à un monstre hurlant qui promenait autour de lui un regard chargé d'une intensité sauvage, comme s'il cherchait quelque chose à lacérer de ses énormes battoirs.

Comme un seul homme, ils braquèrent leurs armes sur lui et tirèrent. Hulk tressaillit, un réflexe causé davantage par les détonations qu'autre chose, et par quelque mémoire résiduelle selon laquelle les petites balles métalliques qui sifflaient à ses oreilles étaient censées être mortelles. En fait, pas du tout. Elles étaient au plus agaçantes, et rebondissaient sur sa cuirasse verte sans même l'égratigner, et Hulk agitait les bras avec irritation comme pour chasser un essaim de guêpes.

(… mal un peu mal leur faire un peu mal…)

Quelque part dans les tréfonds de son cerveau, Hulk établit la relation entre les picotements de plomb et les hommes face à lui avec leurs morceaux de ferraille dans les bras pointés sur lui. Ils se tenaient à trois, quatre mètres de lui, une distance qui ne leur fut d'aucun secours quand le géant la franchit d'un seul bond pour retomber au milieu d'eux en les écartant d'un simple balancement du bras. L'un d'eux s'étala par terre en se brisant quelques côtes, un autre, en essayant de s'échapper, fut arrêté par un bras aussi gros qu'un tronc d'arbre, mais plus dur ; il se retrouva projeté au-delà de la pelouse qu'il survola en rase-motte avant d'aller s'écraser quelques mètres plus loin.

Talbot, pitoyablement tassé sur son canapé, s'évertuait à se faire aussi petit que possible. Il n'osait même pas respirer ; à force de cogner aussi fort, son cœur allait finir par le faire repérer…

Il n'avait pas à s'inquiéter. Cette première offensive terminée, Hulk les oublia complètement pour renifler l'air…

(… Betty Betty Betty…)

… tandis que le nom lui martelait l'esprit. Il n'avait plus du tout conscience de la menace que représentait son père, et pas davantage qu'une femme nommée Betty, qu'il aimait, se trouvait en danger de mort. Non. Ce son lui évoquait simplement certaines sensations comme la faim, la douleur ou la colère – et cette association était pour lui le processus de pensée optimum dont son cerveau était capable.

(… Betty…)

… et il aurait été impossible à Bruce Banner, en dépit de son brillant esprit analytique, de déterminer si Hulk avait connaissance ce qu'il allait faire ensuite, car – en raison de l'hyper-activation de ses sens consécutive à la transformation – il parvint à isoler l'odeur de Betty dans l'air, si tant est qu'il était sensible à de vagues réminiscences d'un temps meilleur.

Bref, le talent de Bruce pour l'analyse n'était d'aucune utilité à Hulk. Aucune.

Le géant observa les alentours un moment alors que les réverbères s'allumaient, mais eux aussi sombrèrent aussitôt dans l'oubli.

Le sol sous ses pieds commença de gronder, comme à l'approche d'un tremblement de terre, et sa respiration s'accéléra. Son corps tout entier se raidit, puis il s'accroupit, renversa la tête en arrière et poussa un hurlement explosif de joie primale totalement débridée.

Et il s'envola. Le décollage en lui-même fut provoqué par une force colossale. Un quartier entier en un seul bond. Les maisons tremblèrent sur leurs fondations, la vaisselle tinta dans les placards, les planchers tanguèrent et les gens crurent à un bouleversement sismique.

C'en était un. Mais ce bouleversement avait agi sur la nature même de ce que l'homme était capable d'accomplir. C'était l'affranchissement d'une énergie qui, à sa manière, était aussi dévastatrice que les bombes lâchées sur Hiroshima et Nagasaki. Ces gens avaient survécu, mais ignoraient à quoi, précisément, ils avaient échappé, et n'avaient pas davantage conscience de la chance qu'ils avaient d'être encore en vie.

Hulk ne comprenait rien non plus, et ne se posait d'ailleurs pas de question. Il continuait simplement sur sa lancée, franchissant ses deux ou trois kilomètres à chaque saut. Ses aires d'atterrissage frappaient au hasard autoroutes, carrefours, voies ferrées… avant qu'il ne s'élance de nouveau dans les airs. Seules deux idées fixes lui occupaient l'esprit.

… *Betty… démolis… Betty…*

Mais de là à savoir si sa détermination visait à démolir tout ce qui pouvait menacer Betty ou à la massacrer lui-même, c'était une autre histoire.

Les étoiles se réflétaient sur sa peau en d'étranges miroitements alors qu'il se fondait dans la nuit tombante.

CHIENS DE GUERRE

Le calme. C'était ce qu'elle préférait, dans ce chalet. Pas de sirènes, pas de bébé qui pleure, pas de télé qui braille. Le calme et la sérénité. Les seuls bruits alentours étaient ceux de la nature, même si, elle devait en convenir, elle avait eu quelques difficultés à s'y accoutumer, au début. Elle avait bien souvent été réveillée par les cris des coyotes ou les hululements des chouettes. En fait, parler de « calme » était sans doute un peu abusif, car la forêt ne dormait jamais tout à fait. Mais elle avait fini par s'habituer à ses bruits, et même à les apprécier jusqu'à inclure ce constant murmure animal dans son sommeil. Et ce soir ne faisait pas exception.

Elle avait préparé un bon feu dans la cheminée et, en T-shirt et survêtement, s'était confortablement installée sur le tapis pour observer les flammes en réfléchissant aux récents événements. L'éventualité qu'un officier de la P.M. vienne à tout instant frapper à sa porte n'était pas exclue. Ce n'était pas comme si son père ignorait l'existence de ce refuge.

Mais étant donné qu'elle avait largué son ombre indésirable dans une rafraîchissante course-poursuite avec, à la clé, des records d'excès de vitesse, notamment – et ce fut le clou du show – le franchissement *in extremis* d'un passage à niveau au moment où la barrière s'abaissait, il était probable que son message, assez clair, avait été compris de tous, même des militaires…

Si son regard était fixé sur les flammes, son esprit l'était sur Bruce et son père. Elle se rappelait ce week-end que Bruce et elle avaient passé ici. Elle s'était nichée dans ses bras durant un trop bref instant où elle avait voulu croire que tout, entre eux, était possible. Que restait-il aujourd'hui de ces espoirs, de ces attentes ?…

Elle revenait sans cesse, aussi, à sa rencontre avec David Banner, et ne pouvait s'empêcher de penser qu'elle l'avait échappé belle. Mais pas tout à fait. En fait, elle n'avait pas été confrontée à un réel danger. Cependant elle éprouvait un malaise diffus, l'impression qu'elle avait négligé quelque chose. Un détail qui pourrait se retourner contre elle…

Vainement elle tenta de se définir un plan d'action. Ses pensées étaient trop éparpillées, trop floues… L'effet hypnotique des flammes finit par lui fatiguer les yeux, et elle sombra bientôt dans un profond sommeil.

Ce ne fut pas le bruit qui la réveilla, quelque temps plus tard.

Ce fut son absence.

Elle ne s'en rendit pas compte tout de suite. Mais elle ouvrit les yeux en sursaut, consciente que quelque chose n'était pas normal. Le feu s'était éteint, mais la pleine lune glissait un rai de clarté laiteuse sous les rideaux.

Un peu de lumière, de chaleur, de sécurité… Elle avait tout pour se sentir bien, et pourtant une sourde menace planait.

Et puis elle comprit. La forêt était silencieuse.

Totalement silencieuse.

Toutes les proies, tous les prédateurs, tout ce qui marchait, rampait ou volait dans le sous-bois et dans les arbres ne faisait plus le moindre bruit. C'était comme s'ils avaient tous déserté la région… ou bien ils se taisaient et s'immobilisaient afin de ne pas attirer l'attention de…

… de quoi ?

Alors elle perçut un son, et en éprouva un bref soulagement parce qu'il signifiait que tout était bien normal, en fin de compte. Sauf que… c'était un bruissement. Mais un bruissement qui semblait produit par quelque chose de… de gros… de plus gros que ce qui habitait d'ordinaire la forêt. Un ours ? Peut-être même plus grand.

En dehors de ce frémissement des arbres, il n'y avait rien.

Des images de films d'horreur défilèrent dans son esprit – en l'occurrence celles où l'héroïne imbécile se jette candidement dans les bras du vampire ou du loup-garou en agitant sa torche. Adolescente, elle avait un moment été fana de ce genre de cinéma, mais n'avait pas été longue à le trouver ennuyeux comme la pluie, contrairement à ses amies qui s'accrochaient à leurs accoudoirs.

Elle fut donc vaguement surprise de se retrouver en train de chercher une lampe, de fourrer ses clés de voiture dans sa poche, d'allumer la lumière du porche et de sortir du chalet pour tenter de discerner ce qui secouait aussi bizarrement la forêt. A première vue, sa réaction semblait complètement idiote. Mais elle serait stupide de rester tapie à l'intérieur. Un très gros animal, s'il fallait retenir cette hypothèse, n'aurait aucun mal à entrer par une fenêtre et à la coincer s'il avait jeté son dévolu sur elle. Et dans sa voiture, au moins, elle serait mobile.

Cette solution valait aussi pour le cas où l'animal serait d'un type particulièrement dangereux… un être humain, par exemple. Aussi, après avoir passé toutes les options en revue, fut-elle forcée de se rendre à l'évidence : sa décision, aussi démentielle qu'elle puisse paraître, était encore la meilleure.

Rien ni personne ne lui sauta dessus quand elle mit le nez dehors et qu'elle promena le faisceau lumineux sur les arbres. Peut-être était-ce vraiment quelque animal lourdaud, que la lumière avait effrayé, finalement. Pour plus de sûreté, elle se dirigea néanmoins vers la voiture sans cesser de tourner lentement sur elle-même pour prévenir toute attaque surprise.

Une fois près du véhicule, elle s'y adossa pour scruter l'orée de la forêt et la surface noir d'encre du lac, l'un et l'autre directement face à elle.

— Il y a quelqu'un ? appela-t-elle doucement.

Elle se figea pour écouter. Le vent chuchotait à ses oreilles, et c'était le seul son qui lui parvenait. Même le bruissement qu'elle avait entendu plus tôt s'était tu. Le rayon pâle de la lampe isola l'un après l'autre les troncs massifs des séquoias qui entouraient le chalet. Toujours rien.

Secouant la tête, Betty se mit à sourire. Elle avait l'air malin… Elle avait été prête à s'enfuir comme si elle avait eu le diable à ses trousses alors qu'il n'y avait strictement rien.

Tranquillement, elle revenait sur ses pas vers la maison quand elle s'arrêta de nouveau. Il lui avait semblé capter un mouvement du coin de l'œil alors qu'elle balayait une dernière fois les arbres de sa torche. Elle n'était pas certaine de ce qu'elle avait perçu, mais quelque chose clochait.

Les sourcils froncés, elle maintint le faisceau lumineux braqués sur les arbres.

— Qu'est-ce que c'est que ça ? murmura-t-elle en s'avançant.

Il y avait deux gros troncs de séquoias, mais autre chose, aussi – un arbre ou de la végétation bizarroïde –

entre eux. Aussi massif que les arbres eux-mêmes, mais la surface en était lisse. Ce n'était pas de l'écorce. Et c'était d'une étrange nuance de vert. Et en plus…

Ça respirait.

C'était… vivant.

Impossible. Monte dans la voiture, tire-toi d'ici.

Ses pieds refusèrent de bouger. Elle était clouée sur place. Son bras, cependant, fonctionnait encore, et elle orienta doucement la lampe vers ce qui, à sa grande horreur, n'était ni plus ni moins qu'un torse se soulevant au rythme de respirations régulières. Le rayon de lumière éclaira des pectoraux larges comme un buffet et des bras plus gros que des canons de 305. Au-dessus, logiquement, devait se trouver la tête, et à ce point de son exploration, Betty ignorait complètement à quoi elle pouvait s'attendre. Si la torche avait révélé une gigantesque citrouille au sourire démoniaque, sans doute aurait-elle frôlé la crise.

Mais le visage de l'être vert était perdu dans l'obscurité. Elle avait cependant une bonne idée de sa silhouette générale, et même plus que ça. La lumière se reflétait dans les yeux brillants fixés sur elle, et qui s'étrécirent sous l'effet d'une sorte de légère confusion. Il l'observait avec attention, comme s'il la reconnaissait… à moins que, plus prosaïquement, il vît en elle de quoi remplir son hot-dog.

Ce fut alors, comme il s'avançait vers elle, qu'elle recula en hurlant, et que la torche lui échappa des mains. Son pied se prit dans une racine et, n'ayant rien pour se rattraper, elle commença de tomber à la renverse. Et le monstre fut aussitôt sur elle pour la rattraper avant qu'elle ne s'affale dans l'herbe. Il allait sûrement ne faire qu'une bouchée d'elle et…

Non. Il la soutint, c'est tout.

Il la maintenait à un angle de quarante-cinq degrés au-dessus du sol. C'était dément… Ils devaient avoir l'air d'un couple de danseurs figés par un arrêt sur image au beau milieu d'une gracieuse figure de tango. Sauf que son cavalier ne la tenait pas par la main mais *dans* sa paume.

Elle voulut bouger, mais s'en sentit incapable. Pas à cause de lui, non. Il ne la retenait pas, mais elle était tout bonnement trop terrifiée pour esquisser le moindre geste. Et lui la regardait avec fixité, comme si ce qu'il cherchait, quoi que ce fût, était caché dans ses yeux à elle.

Ils restèrent un long moment ainsi. Puis, avec la délicatesse d'une mère couchant son enfant dans son berceau, il la releva. Sans la quitter du regard une seule seconde. C'était vraiment curieux. Et insensé. Il paraissait la reconnaître. Mais où l'aurait-il déjà vue ? Betty n'avait pas pour habitude de fréquenter les monstrueux habitants verdâtres des forêts…

Un cri étouffé lui échappa alors que le géant la hissait précautionneusement sur le toit de la voiture. Sa force était manifestement prodigieuse ; il aurait pu l'écraser comme une mouche. Mais il la manipulait au contraire avec une douceur presque touchante.

A situation nouvelle, perspective nouvelle. Betty était désormais beaucoup plus proche du visage de son étrange visiteur qui l'observait toujours avec insistance, comme s'il tentait de comprendre quelque chose…

Et puis soudain l'expression du géant se modifia. Terreur et colère s'imprimèrent sur ses traits grossiers. Se détournant d'elle, il leva la tête, les narines dilatées pour flairer quelque odeur qu'elle-même ne pouvait bien sûr percevoir. Il était aberrant de s'adresser à cet être bestial, et pourtant elle lui demanda ce qu'il se passait. Rapidement, il la bâillonna de sa main, puis, sans se formaliser de la résistance qu'elle s'efforçait de lui opposer, il la souleva de nouveau pour la presser contre lui d'une façon terriblement protectrice.

Le silence était total. Tel qu'il l'avait été plus tôt. Comme si la planète avait été stoppée dans sa course, et qu'ils n'étaient plus que tous les deux sur la surface de la terre.

Betty les vit avant lui.

Et son sang parut se retirer de ses veines alors qu'ils se matérialisaient brusquement comme des spectres glauques à la lisière de la forêt. Trois chiens, si l'on pouvait encore les nommer ainsi. Ils étaient énormes, trois monstres couleur de mousse sombre, les mâchoires pendantes, les yeux étincelants de haine envers un monde qui autorisait de telles atrocités, et les babines barbouillées de bave. Des grondements terrifiants et aussi forts que le tonnerre montaient de leurs gorges.

Ils attaquèrent sans une seconde d'hésitation.

Opérant de concert, les trois bêtes s'élancèrent vers Betty et son protecteur, couvrant les six mètres qui les en séparaient en un seul saut spectaculaire. Betty avait à peine eu le temps de comprendre ce qui se passait quand le géant recula rapidement et, d'un bond, se retrouva de l'autre côté de la voiture. Il le fit avec une telle aisance que Betty devina qu'il n'aurait probablement aucun mal à esquiver l'agression des trois molosses ; peut-être même pourraient-ils tous deux leur échapper.

Mais le râle de colère qu'elle entendit rouler dans son torse la convainquit qu'elle faisait fausse route. Fuir n'était sûrement pas dans son caractère.

Les chiens monstrueux dépassèrent leur cible, comme s'ils n'étaient pas encore accoutumés à la puissance dont ils jouissaient désormais. Alors qu'ils passaient autour d'eux, le géant reposa Betty contre sa voiture à l'intérieur de laquelle elle se réfugia précipitamment. Il referma la portière pour elle, et le métal se froissa sous l'impact. Puis il se tourna pour affronter les chiens avec un rugissement chargé de défi.

Les molosses atterrirent à quelques mètres de là et pivotèrent pour lui faire face, les babines retroussées, prêts à répondre à sa provocation. Il s'accroupit alors, comme s'il prenait son élan pour leur sauter dessus, mais s'éleva soudain comme une fusée. Betty se tordit le cou pour tenter de suivre sa trajectoire à travers le pare-brise, mais il avait disparu.

Les chiens firent de leur mieux pour le suivre, mais leurs bonds paraissaient pitoyables comparés au sien. Betty n'en fut pas étonnée : leurs corps étaient conçus pour couvrir des distances horizontales, et non verticales. Les êtres humains, eux, se tenaient debout, et Betty était de plus en plus convaincue que son sauveur mystérieux était bien plus humain qu'il ne le paraissait au premier abord.

La manœuvre du géant avait laissé les trois chiens dans la confusion. Ils tournèrent un instant sur place, indécis, puis, avec un ensemble parfait, ils reportèrent subitement leur attention sur la voiture, et elle eut l'impression que son cœur cessait de battre. Les crocs luisant à la lueur de la lune, les yeux brûlant d'un feu mauvais, ils s'avancèrent vers elle.

Alors de quelque part juste au-dessus, le géant redescendit pour atterrir sur le dos d'un des prédateurs qui s'enfonça dans la terre, broyé sous le poids. On entendit un craquement sec, et la créature poussa un tel cri de douleur et de peur que Betty eut un élan de pitié pour elle – de courte durée, toutefois. Les deux congénères de la malheureuse victime convergèrent vers le géant, mais il avait déjà redécollé.

A la fois horrifiée et fascinée, Betty vit un nuage de vapeur se dégager de la chair du chien mort qui commença de fondre. On aurait dit que la nature avait hâte de se débarrasser d'une telle abomination. Les deux autres bêtes s'agitaient avec une nervosité croissante car, entre leur proie dans la voiture, leur compagnon en pleine décomposition accélérée et leur adversaire volant, elles ne savaient plus où donner de la tête.

Brutalement, l'une d'elles détala sur sa droite pour une raison qui devint très vite évidente : le géant atterrissait de nouveau en faisant trembler la forêt. Cette fois-ci, cependant, sa cible avait évité de justesse le sort de son semblable.

Les deux chiens ne lui laissèrent pas l'occasion de repartir. L'un d'eux planta ses crocs dans la cheville du géant qui poussa un hurlement propre à défeuiller tous les arbres alentours. Alors qu'il tentait de se débarrasser du premier, le second lui sauta à la gorge.

Betty poussa un cri épouvanté. En quelques minutes, la situation s'était complètement retournée. Le cauchemardesque intrus qui lui avait semblé si menaçant quelques instants plus tôt était devenu pour elle son sauveur, sa seule chance de se sortir vivante de cette situation insensée…

… et désespérée. Le géant titubait, pliait sous l'attaque des deux bêtes dont l'une lui enserrait toujours la gorge de ses mâchoires puissantes.

Enfin, d'un coup de son pied libre, il repoussa l'un des chiens, puis parvint à ouvrir la gueule de l'autre. Betty distingua la chair écrasée à la base de son cou et le sang vert qui coulait de la plaie tandis qu'il envoyait l'animal valdinguer. Puis, portant la main à sa blessure, il regarda avec surprise l'épais liquide vert dont sa paume fut aussitôt maculée.

Le chien qui l'avait agrippé à la cheville s'intéressa brusquement à Betty qui hurla de nouveau. Le géant voulut se porter à son secours, mais l'autre chien lui bloquait le passage. Sa fureur prenant le pas sur son instinct de survie, il recula avant de s'élancer pour ricocher sur le toit du chalet d'où il atteignit le sommet d'un arbre tout proche.

Sans plus s'intéresser à lui, les deux bêtes tournèrent autour de la voiture. Fébrilement, Betty chercha les clés dans sa poche… et les repéra à trois mètres de là, sur la plaque de mousse où elles étaient tombées.

— Oh, génial… marmonna-t-elle, consciente que son abri n'était rien de plus qu'une mince coque de métal et de verre qui volerait en éclats sous l'attaque concertée de ces… ces…

… organismes exposés aux rayons gamma. Force et résistance exceptionnelles. En quelque sorte fabriqués de toutes pièces, comme dans nos expériences. S'il était seulement possible de procéder à des études…

Elle n'en revenait pas. Non sans fierté, toutefois, elle constata l'étonnante capacité de son esprit scientifique à réfléchir alors même qu'elle risquait de finir déchiquetée sous les crocs de deux abominables molosses. C'était de peu de réconfort, mais ce n'était pas le moment de se montrer difficile.

Tout à coup elle sursauta, se tassant dans son siège alors qu'une énorme patte s'abattait sur le pare-brise. Puis son champ de vision fut totalement obscurci par des crocs menaçants et une longue langue pendante. Une autre patte rejoignit la première et les griffes s'acharnèrent sur le verre en provoquant d'insupportables crissements. Des toiles d'araignées opaques s'imprimèrent sur le pare-brise qui commença à céder.

Puis il y eut un bruit sourd, et la tête du chien s'aplatit sur le verre brisé, projetant des éclaboussures de sang vert un peu partout. Tout d'abord interloquée, Betty ne fut pas longue à comprendre.

Le géant n'avait pas du tout fui les chiens ; il était simplement allé chercher une arme. Et celle qu'il avait choisie était d'une simplicité redoutablement efficace :

un séquoia déraciné dont il s'était servi avec la précision
d'un joueur de base-ball pour éliminer le prédateur
canin.

Betty tenta de suivre ce qui se passait à travers le sang
qui coulait à présent dans la voiture, et vit son protecteur
regarder autour de lui, sûrement en quête du dernier
chien. Il n'eut pas à chercher longtemps : le mastiff lui
atterrit sur le dos, et il eut beau agiter le tronc dans tous
les sens, ses efforts demeurèrent stériles. Rejetant
l'arbre, il s'évertua à attraper le molosse qui esquivait
habilement ses mains tâtonnant au hasard. Devant son
insuccès flagrant, il se laissa tomber sur le dos dans l'espoir évident de l'écraser sous son poids.

Théoriquement, c'était une manœuvre parfaite, sauf
que le chien parvint à repasser devant *in extremis* et qu'il
s'ingénia, une fois encore, à lui planter ses crocs dans la
gorge. Mais le géant l'attrapa juste à temps et tous deux
roulèrent sur le sol couvert d'aiguilles dans un âpre
corps-à-corps ponctué de grondements féroces, de râles
et de halètements.

Et soudain le chien étalé sur le pare-brise reprit vie.
La lueur qui s'était presque éteinte dans ses yeux redevint brasier ardent alors que, dans un ultime effort, il pul-
vérisait la paroi de verre étoilée. Betty n'eut que le temps
d'actionner la manette du siège dont le dossier bascula
brusquement en arrière. Les mâchoires de la bête claquè-
rent dans le vide à quelques centimètres de son visage.
Betty ferma les yeux, en partie pour éviter de recevoir
des morceaux de verre, mais surtout pour ne pas voir la
gueule hideuse de l'animal se refermer sur elle.

Elle se raidit, priant que ce soit rapide…

Ce ne le fut pas.

Au bout de quelques secondes, elle osa rouvrir les
yeux. La tête du chien pendait, inerte. Son attaque
n'avait été qu'un dernier sursaut de vie. Il avait juste à

temps succombé aux lésions que le géant lui avait infli-
gées. Son corps se mit à frémir, puis à fumer et à fondre,
comme celui de son congénère, et Betty se recroquevilla
pour éviter que les lambeaux de peau ne la touchent, de
crainte que ce ne soit toxique.

Le combat, dans la clairière, faisait toujours rage. Elle
entendait les hurlements sauvages et ne pouvait discerner s'ils provenaient de l'animal ou du géant. Le chien
n'était assurément pas humain, et elle avait toujours du
mal à imaginer que le géant avait pu l'être un jour.

Les cris montèrent crescendo avec la férocité croissante de l'étreinte mortelle entre les deux adversaires,
jusqu'à ce que retentisse une plainte aiguë qui ne pouvait
venir que de la gorge du molosse. Betty essaya de voir à
travers le pare-brise en miettes, mais elle n'osait pas toucher le cadavre du chien qui la gênait. Enfin elle parvint
à distinguer la forme du géant qui tenait manifestement
son assaillant à bout de bras. Le plus incroyable, c'est
qu'il semblait encore plus grand qu'auparavant. Oui…
oui, ce n'était pas une illusion, car il était à présent
capable, d'une seule main, de faire le tour du cou de
l'animal. Et soudain les doigts se resserrèrent, et la
plainte du chien devint un pathétique hurlement de terreur, auquel succéda un horrible craquement spongieux
de chair et d'os.

Si elle avait été dans son état normal, Betty aurait sans
doute vomi tripes et boyaux sur le siège de la voiture.
Mais elle avait le sentiment d'avoir franchi un niveau où
plus rien, jamais, ne la choquerait…

*(Morts morts plus tuer de chiens Betty sauvée Betty
Betty)*
(Sauvée)
(Fini fatigué si fatigué mais…)
(… mais… Betty… est…)

(… sauvée… Betty est… sauvée…)

— Betty… est sauvée…

Il prononça les mots sans toutefois en comprendre tout à fait le sens. Ce besoin, cet impératif avait été profondément enraciné en lui mais il eût été bien en peine de s'en expliquer la signification.

L'esprit embrumé, il tituba et tomba sur la rive du lac, se rattrapant de ses bras puissants avant de basculer tête la première vers l'eau. Ses yeux se fixèrent sur son reflet, ses pensées s'efforcèrent de percer le cocon blanc de sa conscience, et l'eau s'agita, troublant l'image flottant à sa surface, sauf que… ce n'était pas l'eau qui tremblait. C'était son visage. Pas celui qu'il connaissait, qui n'était pas aussi large, ni vert, ni déformé. Non, c'était le visage de l'ombre et de la colère que tout homme porte en lui mais qu'il choisit simplement d'ignorer.

Et ce visage qui lui retournait son regard se rétrécissait, ondulait et se transformait ; il avait désormais sous les yeux un masque mouvant de faiblesse et de profond étonnement, et de le voir l'enragea, mais l'emplit aussi d'un soulagement immense, tel qu'il n'en avait jamais connu. La teinte verte de sa peau s'effaça, céda la place à une coloration normale…

Et une voix résonna dans sa tête, et c'était à la fois la sienne et une autre, plus gutturale. Mais, un bref instant, toutes deux exprimèrent la même inquiétude…

Betty…

La pluie rebondissait sur ce qu'il restait du pare-brise, le lavant du sang qui le souillait. Betty commença à voir un peu plus clair à travers.

Elle avait vu le géant se diriger vers l'eau, et craignait qu'il n'ait été mortellement blessé. Mais au moins ne se tenait-il plus la gorge là où la chair avait été arrachée. La plaie aurait pu le tuer, mais au lieu de ça, l'hémorragie paraissait s'être arrêtée d'elle-même. Comme s'il y avait eu autoguérison.

… autoguérison… rayon gamma…

Oh mon Dieu.

Oh… mon Dieu.

Alors même qu'elle voyait le géant tomber à genoux, l'explication de ce dont elle venait d'être le témoin, la folle réalité de ce que son univers était devenu lui sautèrent de plein fouet à la figure. Pourtant, même si elle pouvait constater de ses propres yeux la métamorphose qui s'opérait à cet instant – la peau qui se ride comme l'eau sous la pluie, qui se rétracte en défiant toutes les lois physiques, tandis que l'énorme masse du géant fondait comme une noix de beurre dans une poêle chaude – elle la niait, même si elle savait n'avoir d'autre choix que de l'accepter.

Mon Dieu, qu'avons-nous libéré ? songea-t-elle, tant révulsée que fascinée.

Le monde s'arrêta alors que l'homme se relevait, vacillant sous l'averse qui semblait avoir emporté avec elle le costume monstrueux pour ne laisser que l'acteur qui l'avait endossé. Un baptême, en quelque sorte, pour lui rendre son humanité. Et quand il se tourna vers elle, quand Betty découvrit sans surprise le visage de son sauveur, la frontière fragile qui séparait la fiction de la réalité se brouilla, se plia, avant de se briser net. Une vieille comptine monta à sa mémoire, avec son refrain : « La vie n'est qu'un rêve ».

Il arriva en chancelant vers elle, tel un homme ivre, et une fois devant la voiture, chercha à en ouvrir la portière dont le géant avait froissé la tôle rien qu'en la refermant. Il avait été si puissant, invincible, et maintenant il était là, dégoulinant de pluie, tirant de toutes ses forces disparues. Ses efforts pitoyables finirent par payer. La portière céda et Betty tomba à moitié hors de la voiture. Elle paniqua une seconde devant le sang qui éclaboussait sa chemise avant de se rendre compte qu'il provenait de ses propres blessures causées par le verre brisé et l'ultime coup de griffes de la bête agonisante.

Ils roulèrent sur le sol que l'averse rendait boueux, cramponnés l'un à l'autre, s'agrippant mutuellement comme à une ancre de réalité dans un monde en plein délire. Elle le tint serré très fort, le berça dans ses bras, et il baissa les yeux sur ses propres mains, comme un nouveau-né les découvrant pour la première fois. C'est à cette seconde seulement qu'il parut prendre conscience que son alter ego géant s'était évaporé, qu'il était à nouveau lui-même. Ce devait être épouvantable, pour lui, de comprendre qu'il était la fureur incarnée, une force incontrôlable…

Brusquement, il éclata de rire.

Cette réaction n'était pas du tout celle à laquelle Betty s'était attendue. Ce n'est pas seulement qu'elle la prenait au dépourvu. En fait… aussi étrange que cela puisse paraître, ce rire l'alarmait encore plus que l'attaque des chiens irradiés. Il lança en avant le poing qu'il observait. Le coup passa très près de la tempe de Betty, et le pire est qu'il ne s'en aperçut même pas. La pluie coulait sur son front, dans ses yeux, glissait sur ses cheveux sans qu'il y prête la moindre attention. Il rit encore, avec cette fois quelque chose de dément. Comme… un savant dérangé.

Instinctivement, elle se recula. Tout à sa jubilation et à son autosatisfaction, il ne s'en formalisa même pas. Il n'était ni choqué, ni terrifié, ni consterné par ce que ces événements présageaient. Il était heureux. *Heureux !* Plus heureux qu'elle l'avait jamais vu. Pire… Plus heureux qu'il ne l'avait jamais été grâce à elle.

— Je ne rêve pas ? demanda-t-il. Je suis bien réveillé, dis ?

Elle confirma que oui d'un hochement de tête hésitant.

— Alors c'était moi ? Je les ai *tués*, c'est ça ? *Je les ai tués !*

Bruce Krenzler, en dépit de la sévère répression qu'il exerçait sur ses émotions, avait toujours fait preuve d'une extrême attention envers les sentiments de Betty. Mais Bruce Banner, lui, s'en souciait manifestement comme d'une guigne, car il lui posa la main sur la gorge sans réfléchir pour illustrer ce à quoi il faisait allusion.

— Comme ça ! dit-il. Je leur ai brisé le cou !

De plus en plus angoissée, Betty le repoussa brutalement. Il parut interloqué.

— *Bruce !*

Il cligna des yeux, la regardant à travers les gouttes de pluie ruisselant sur son visage, puis se pinça la base du nez comme pour se contraindre à reprendre pied avec la réalité – en l'occurrence, à savoir exactement *qui* il était, et *où* il se trouvait.

Hésitante et effrayée, elle se pencha vers lui pour murmurer :

— Tu ne peux rien maîtriser, n'est-ce pas ?

Elle ne parlait pas seulement de la métamorphose, et sut qu'il le comprenait. Il ne pouvait pas davantage contrôler l'euphorie enivrante à laquelle il succombait en découvrant qu'il avait sauvagement ôté la vie à d'autres créatures. Mais elle jugea préférable, sur le moment, de se concentrer sur la transformation en laissant de côté son état émotionnel.

— Te rappelles-tu… comment ça débute ?

Enfin une lueur de vraie frayeur passa dans son regard. Il prenait soudain conscience de la pleine signification de ce qui lui était arrivé. L'ombre de la lune s'éloignait du soleil ; l'éclipse se dissipait. De nouveau, il étudia ses mains, cette fois sans joie tandis qu'il contemplait le pouvoir de vie et de mort dont elles avaient été les instruments.

Avec douceur, elle les prit entre les siennes.

Lentement, Bruce secoua la tête.

— Je ne sais pas, dit-il, toute exultation évanouie. C'est seulement la colère, la rage. Je ne sais plus… Je suis juste… fatigué… très fatigué, et j'ai peur.

Elle l'étreignit encore et il se laissa aller contre elle, les yeux clos. Se relevant, elle l'entraîna jusqu'au chalet tandis que, peu à peu, la forêt autour d'eux recommençait à résonner des mille petits bruits de ses habitants.

Betty veillait sur le sommeil de Bruce en songeant au géant. A la puissance qu'il avait manifestée, au plaisir qu'il y avait pris. Elle réfléchit aussi que la fureur, dans son expression la plus brute, était indomptable. Il était impossible de savoir quelle forme, quelle direction elle pourrait prendre, ou contre qui elle pourrait s'exercer.

Elle frémissait *a posteriori* en pensant à la façon dont il l'avait bâillonnée de sa main, cette même main qui, quelques minutes plus tard, avait écrasé le crâne du redoutable mastiff. Elle considéra celles de Bruce, mais ne parvint pas à les voir autrement qu'énormes et vertes, et se refermant sur sa gorge, la condamnant à subir le même sort que les molosses. Elle observa son torse nu se soulevant paisiblement, et vit le poitrail massif du monstre vert tel qu'elle l'avait éclairé de sa torche dans la forêt.

La force la plus dévastatrice, la plus imprévisible qui eût été créée au cours des cinquante dernières années dormait sur son canapé…

Quoi d'étonnant à ce qu'elle cédât à la panique ? Se précipitant sur son mobile, elle passa en revue les numéros enregistrés jusqu'à trouver celui de la *Joint Tactical*

Force West Base. Mais l'appareil demeura muet. Pas de ligne.

Sur la pointe des pieds, elle se rendit dans la cuisine, décrocha le téléphone mural et composa le numéro aussi discrètement que possible.

Son père put être joint en un temps record.

— Papa ? chuchota-t-elle avec la même hésitation qu'une bigotte s'assurant que le prêtre est bien de l'autre côté du confessionnal.

— Betty ! s'exclama-t-il.

Jamais elle n'avait été aussi contente de l'entendre.

— Est-ce que ça va ? demanda-t-il.

Sa voix sonore contrastait avec le murmure prudent de Betty.

— J'ai peur et je… *nous* avons besoin de ton aide. Il faut que…

Elle s'interrompit. C'était sans doute la chose la plus difficile qu'elle ait jamais eu à dire, et c'est autant à elle qu'elle l'avouait qu'à lui.

— Il faut que je puisse avoir confiance en toi.

— Où es-tu ?

Elle pressa l'appareil contre son oreille.

— Bruce n'est pour rien dans tout ça. Il faut que tu me croies. Son père a essayé de me tuer, et Bruce…

Bruce bougea légèrement sur le canapé et elle se tut pour l'observer.

— Oui ?… Betty ? Betty !

— Nous sommes au chalet, dit-elle d'une façon abrupte. Et nous y resterons. Alors prends ton temps. Prépare-toi bien. Et surtout, quoi que tu fasses…

— Oui ?

— Ne le mets pas en colère.

TRAHISON OU DÉLIVRANCE ?

La pluie de la veille avait eu un effet purificateur sur la forêt. Quand le soleil se leva, il était difficile de croire que la clairière avait été le théâtre d'un combat mortel entre de cauchemardesques créatures. L'eau avait lavé le sang et dissout les cadavres des chiens tueurs. Le séquoia déraciné était toujours là, mais sa présence n'avait rien d'exceptionnel. Des arbres, après tout, il en tombait régulièrement, dans une forêt. Quant à la voiture défoncée… elle était un peu comme un bouton de fièvre sur un visage lisse et paisible.

Bruce était assis sur le canapé, enveloppé dans une couverture puisqu'il n'avait pas de vêtements de rechange. Il avait encore beaucoup de mal à assimiler ce qui s'était passé et qui lui apparaissait plus relever d'un rêve qu'autre chose. Et pas seulement sa métamorphose. Les faits lui apparaissaient par séquences, par impressions évanescentes, par flashes. La seule différence était que, dans le monde onirique, tout se passe dans la tête et dans les limites des éléments visuels fournis par la mémoire. Dans le cas présent, toutefois, Betty avait tout vu, et elle avait même discuté avec son père détraqué qui s'était prétendu à l'origine d'au moins certains aspects de ce qui était arrivé. Aussi était-elle en mesure de l'aider à tout reconstituer.

Elle était assise dans un fauteuil en face de lui, les

mains dans son giron. Elle acceptait tout ça bien mieux qu'il n'en aurait été capable lui-même si la situation avait été inversée. Elle lui souriait, lui parlait gentiment, ne disait rien qui pût l'énerver. Evidemment, son instinct de survie n'y était pas étranger ; elle n'avait pas franchement intérêt à le faire sortir de ses gonds. Mais ce n'était pas sa seule motivation. Betty était réellement inquiète pour lui. Inquiète de ce qui lui était arrivé, et de ce qui lui arriverait si la situation ne pouvait être maîtrisée.

Elle était sans conteste dans son camp. A cent pour cent pour lui, et tant que ce serait le cas, Bruce garderait l'espoir. Ensemble, ils surmonteraient les difficultés et se sortiraient du pire.

Le soleil matinal couronnait ses cheveux d'un mince halo doré, lui conférant un aspect presque angélique alors qu'elle revenait une fois encore sur le déroulement des événements pour tenter de rassembler les pièces du puzzle et de les mettre en pleine lumière.

— Ta colère, disait-elle, doit susciter une sorte de signal et si le brin d'ADN se rompt aussi rapidement, il doit y avoir une libération d'énergie considérable.

— Que, d'une manière ou d'une autre, j'absorbe, répondit-il pensivement.

— Et que tu transformes. Comme tu l'as fait avec le rayon gamma. C'est tout simplement... à l'intérieur de toi.

Elle marqua une pause pour tenter de trouver la réponse à sa question suivante avant même de l'avoir formulée.

— Mais qu'est-ce qui l'arrête ?

— Oui... Qu'est-ce qui stoppe le processus, qui l'empêche d'enclencher une réaction en chaîne ? renchérit-il. Peut-être que, la prochaine fois, plus rien ne lui fera obstacle.

Cette hypothèse la fit frémir. Bruce aurait eu mauvaise

grâce de le lui reprocher. L'idée de devenir… quoi ? Le roi Hulk, déambulant dans la ville, renversant les immeubles et menaçant les avions en tenant une beauté hurlante dans son énorme main… ? Superbe perspective. Mieux valait encore qu'il explose, comme Freddie la grenouille.

Il fronça les sourcils. Il y avait autre chose qui le tracassait, mais qu'il lui était difficile d'admettre. Il ignorait comment elle réagirait, et aurait instinctivement préféré le garder pour lui. Seulement il s'efforçait d'être honnête avec Betty, de s'ouvrir totalement à elle. S'il lui cachait quelque chose, elle le devinerait. Il ne savait pas comment, mais elle le ressentirait, c'était certain.

Et l'essentiel, c'est qu'elle voulait sincèrement l'aider. Elle se tourmentait pour lui. Elle l'aimait. Or comment pourrait-elle l'aider s'il ne s'ouvrait pas complètement à elle ?

Il se pencha vers elle, l'invitant d'un signe de la main à en faire autant. Il la vit hésiter une seconde, puis s'avancer vers lui. Alors il s'exprima à voix très basse, comme un sorcier sur le point d'entonner une formule magique.

— Tu sais ce qui m'effraie le plus ?… C'est que, quand ça se passe, quand ça me prend tout entier, quand je perds le contrôle…

Leurs regards étaient soudés l'un à l'autre, et il plongea profondément dans son âme pour en remonter la vérité qu'il lui offrit autant qu'à lui-même :

— … ça m'excite terriblement.

Son aveu fut suivi d'un long silence. De toute évidence, Betty ne savait comment réagir, ce qui était compréhensible. C'était un territoire neuf que Bruce explorait, et Betty avait toutes les raisons d'en être angoissée. Il devait déjà lui reconnaître un courage certain pour avoir jusqu'à présent…

Ses réflexions se figèrent. Il y avait eu un bruit à l'extérieur. Comme si quelqu'un shootait dans une poubelle. Peut-être un raton-laveur en train de fourrager dans le coin en quête de nourriture…

D'un geste, il ordonna à Betty de ne pas bouger. Elle le suivit de ses yeux limpides tandis qu'il ouvrait discrètement la fenêtre afin de vérifier son hypothèse sans autre intention que de chasser l'intrus affamé.

Mais alors qu'il se penchait sur le rebord, il fut surpris par un *pop* d'air comprimé et une douleur soudaine dans le plexus solaire. Baissant les yeux, il découvrit une fléchette de narcotique plantée dans son estomac.

Comprenant immédiatement de quoi il retournait, il voulut l'arracher, mais son bras refusa d'obtempérer et se contenta de pendre le long de son corps, sans vie. Le gauche ne se montra pas plus coopératif que le droit, et Bruce tomba lentement à genoux.

— Qu'est-ce que…

Il s'arrêta là, incapable d'en dire plus.

Le monde se brouilla, et le visage de Betty emplit soudain son champ de vision. Doucement, elle l'aida à s'allonger par terre.

— Tout ira bien, murmura-t-elle, rassurante. Tu vas juste t'endormir.

Il voulut secouer la tête, mais ses muscles ne répondaient déjà plus à ses injonctions.

— Tu me pardonneras, Bruce. J'ai confiance. Je ne savais plus quoi faire…

C'est à cet instant qu'il comprit. Il n'avait pas fait le rapport entre la fléchette et Betty, pour la bonne raison que jamais il ne l'aurait soupçonnée d'une telle trahison. Mais à présent qu'il en prenait conscience, il ressentit les premières manifestations de la brume verte. Il la voyait, flottant autour de lui, lui insufflant colère, libération et possibilité de se venger de ses attaquants et de celle qui l'avait trahi.

Lui pardonner ? *Lui pardonner ?* Il allait… allait…

— Pour t'aider, d'accord ? continua-t-elle, bien qu'il pût à peine l'entendre car si la brume l'enveloppait, elle commençait aussi de se déliter.

Il se rendit compte que c'était une course contre la montre. L'anesthésique se ruait dans son organisme tandis que son esprit s'évertuait à le combattre, à l'éliminer afin que sa rage puisse prendre le dessus et le nourrir.

— Nous allons nous réfugier quelque part où personne ne pourra te harceler, insista-t-elle. Je ne savais pas quoi faire, tu comprends ? Je ne pouvais pas te laisser repartir comme ça…

C'est pourtant ce qu'il ferait… Il allait lui montrer… *leur* montrer… tous autant qu'ils étaient… ce que… *du mal à me concentrer… il faut que… que je… me rappelle… me rappelle… quelque chose… mais quoi… ?*

La porte s'ouvrit à la volée et plusieurs hommes, équipés de masques à gaz et de fusils, chargèrent dans la pièce. Quoiqu'il ne pût plus bouger la tête, il tourna les yeux vers eux et le monde se fondit dans un brouillard verdâtre. Un épais brouillard qui lui parut comiquement approprié.

Une dernière fois, il regarda Betty qui retint une exclamation de surprise car elle la vit dans ses yeux, la lueur ardente de la fureur, et s'il avait été capable de rester conscient trois secondes de plus, il serait sans doute parvenu à surmonter son engourdissement et à redevenir celui qu'il savait pouvoir résoudre son problème. Quelque chose qui faucherait tous ces corps olivâtres autour de lui telle une gigantesque moissonneuse, et il…

(détruis… détruis-les… dormir… dormir…)

Et il sombra malgré lui, englouti par une obscurité frangée de jade.

Betty Ross n'avait jamais été aussi affreusement déchirée de sa vie.

Elle s'était dit qu'elle avait agi pour le mieux. Qu'elle n'avait pas le choix. Que c'était pour son bien à lui. Et elle se l'était répété jusqu'au moment où les soldats attrapèrent le corps inconscient de Bruce avec moins d'égards que s'ils avaient chargé un sac de pommes de terre.

— Arrêtez ! cria-t-elle.

— On le met sur le ventre… dit l'un des gars avec brusquerie alors qu'un autre la repoussait sans ménagement.

Ils le ballottaient dans tous les sens, le menottaient, l'attachaient avec rudesse. Bruce gémit dans son sommeil artificiel, et elle vit une large ecchymose se former sur son épaule nue là où l'un des militaires l'avait cogné contre le bord du canapé.

— *Je vous ai dit d'arrêter !*

— M'dame… dit l'un d'eux avec une politesse forcée qui l'encourageait vivement à s'écarter de leur chemin sinon…

— Bouclez-la, soldat, et garde-à-vous tout le monde ! *Immédiatement ! Vous allez comprendre très vite qu'on ne plaisante pas avec la fille de Thunderbolt Ross !*

Elle s'amusa intérieurement en s'apercevant que sa propre voix n'était à cet instant pas loin d'évoquer celle de son père. En tout cas, les hommes en restèrent complètement baba, et l'opération fut interrompue sur-le-champ.

Elle enchaîna sans une seconde d'hésitation – le moindre signe de faiblesse aurait ruiné l'effet.

— A présent écoutez-moi bien… Je suis le docteur Elizabeth Ross. Quel est le plus gradé d'entre vous, ici ?

Un des militaires s'avança d'un pas, visiblement dans ses petits souliers.

— Lieutenant Simmons.

— Simmons, cet homme est sous ma responsabilité, et je veux qu'il soit manipulé avec soin, sinon je m'assurerai que le premier que je prends ne serait-ce qu'à proférer des insultes à son propos devra en répondre en cours martiale. Son bras est plus puissant que tout votre arsenal, et si, par vos provocations, vous permettez à la force qui l'habite de se libérer, alors Dieu vous vienne en aide, parce que personne d'autre ne le pourra, pas même votre mère. Me suis-je bien fait comprendre ?

Simmons répondit avec raideur, mais avec la retenue nécessaire.

— Oui, docteur.

— Bien. Maintenant, montrez-moi votre matériel.

Il haussa les sourcils.

— Pardon ?

— Pour le transport et l'immobilisation, précisa-t-elle en levant les yeux au ciel. N'oubliez pas que cet homme était tout récemment un géant vert de près de trois mètres que tous vos bataillons ont été incapables de retrouver. Autant dire que vous ne sauriez même pas repérer votre cul avec vos deux mains. Vous êtes ici parce que j'ai appelé mon père et que je lui ai dit où venir et quoi faire. En d'autres termes, c'est moi qui mène le jeu, O.K. ?

— Oui, docteur, répéta-t-il.

Betty avait l'impression d'être en pleine séance médiumnique. Ces mots qui se déversaient de sa bouche n'étaient pas les siens, mais ceux de son père qu'elle admirait. Mais son numéro portait ses fruits : les militaires se mirent à la traiter avec déférence et à s'occuper de Bruce comme s'ils avaient affaire à un carton d'œufs frais. Intérieurement, elle jubilait.

Et l'espace d'un instant, elle comprit ce que Bruce avait pu ressentir sous l'effet grisant du pouvoir qui l'avait investi...

DÉSÉQUILIBRE DES FORCES

Le calme du ciel qui surplombait Desert Base fut anéanti par les pales puissantes de l'hélicoptère Sikorsky H-60 Blackhawk, et de deux autres, plus petits, des Apaches, qui volaient très haut au-dessus des nuages. La grande activité déployée au sol aurait pu passer pour un chaos total, mais elle relevait en fait d'une organisation minutieusement planifiée. Un camion de transport arriva juste au moment où les patins du Blackhawk touchaient le tarmac, et l'aire de chargement de l'hélico s'ouvrit pour se délester sur une grue de sa cargaison, laquelle consistait en un grand conteneur cylindrique, sorte d'éprouvette géante... ou de cercueil high-tech.

Le convoi, formé du camion entouré d'autres véhicules, se dirigea vers la section principale de la base... des bâtiments d'où membres du congrès et inspecteurs de tout poil pouvaient entrer et sortir à tout moment, histoire d'impressionner le simple contribuable. Mais, en l'occurrence, la destination du convoi en question était un peu plus... secrète.

A une époque reculée, une entreprise privée avait installé non loin de là un cinéma en plein-air. Le *drive-in* avait été, quelques décennies plus tôt, un lieu de rendez-vous populaire pour les militaires qui venaient se garer là afin de flirter avec leurs petites amies pendant un médiocre film d'horreur de série B. Curieusement, quand la base avait explosé, plus de trente ans plus tôt, le cinéma figurait parmi les rares endroits à avoir résisté à la destruction intégrale. Ce n'est pas pour autant qu'il était en bon état.

Progressivement, l'endroit, livré à la corrosion du temps, devint une façade pour des recherches considérées un peu plus délicates que le tout venant.

Le convoi remonta jusqu'à l'écran détérioré où il s'arrêta. Rien ne se passa pendant quelques minutes. Puis, lentement, avec un grincement d'engrenage, le sol commença de trembler. Un témoin innocent aurait immédiatement pensé à un séisme, et se serait attendu à ce qu'une crevasse s'ouvre sous ses pieds. Mais quelques secondes plus tard une plaque métallique se souleva, révélant un profond tunnel où s'enfonçaient des rails sur lesquels se reflétait le soleil matinal.

En moins de temps qu'il n'en faut pour le dire, les militaires avaient déchargé le tube métallique du camion pour le mettre sur les rails. Aussitôt, lentement mais régulièrement, celui-ci descendit dans les replis du laboratoire souterrain.

Une petite chaîne de montagnes se dressait non loin de là, et il aurait été impossible à l'œil non averti de deviner que tout une partie en avait été évidée pour dissimuler une base aérienne. Et une fois que la rampe d'accès se retirait de nouveau sous le sol désertique, il n'était pas davantage possible de suspecter l'organisation qui régnait en profondeur.

Quelques instants plus tard, le tube fut réceptionné dans le vaste hall souterrain, cœur d'une étoile dont scientifiques, techniciens et militaires affairés empruntaient les multiples branches.

Un centre de contrôle était perché au-dessus du hall, avec de larges baies vitrées permettant de surveiller la grappe humaine qui entoura aussitôt le tube tel un essaim de bourdons se démenant à l'arrivée de la reine.

Et de là-haut, Betty Ross regarda le tube glisser sur ses rails en direction de la cellule de contention où Bruce, toujours inconscient, serait enfermé. Elle se mordait les lèvres, essayant de contenir la tristesse et l'incertitude qui la minaient avec une force similaire à celle que Hulk avait manifestée pour combattre les chiens...

Hulk.

C'était le nom qu'elle avait entendu prononcer, celui que les gens commençaient de se répéter entre eux. Elle ignorait qui l'avait employé le premier, mais il semblait être resté. D'ailleurs, elle-même l'utilisait.

D'une certaine manière, c'était logique. L'esprit scientifique voulait que chaque chose reçoive systématiquement une appellation. Toute nouvelle découverte ne devenait réellement légitime qu'à partir du moment où elle était baptisée. Alors pourquoi pas Hulk ? Le colosse ressemblait plus à une bête monstrueuse qu'à Bruce Banner, c'était certain...

Et pourtant.

Pourtant, elle avait découvert dans ses yeux plus de pureté et d'honnêteté que chez n'importe quel homme. Les pensées de l'être doué d'entendement étaient enfouies sous des couches et des couches de culture, de logique et de bon sens. Mais Hulk... Hulk regardait le monde à travers une émotion pure, sans autre motivation que ses désirs et besoins immédiats. A beaucoup d'égards, c'était la façon la plus louable de vivre. Elle lui enviait presque sa vision immaculée de leur univers.

Quelqu'un se racla la gorge derrière elle, et elle n'eut pas besoin de se retourner pour savoir de qui il s'agissait.

Le général Ross se tenait droit comme un i, avec le visage marqué d'un homme qui n'a pas dormi depuis longtemps. Betty n'avait d'ailleurs pas meilleure mine.

Tous deux échangèrent un bref sourire désabusé en voyant leur propre fatigue reflétée sur les traits de l'autre.

— Et maintenant ? demanda-t-elle.

— Maintenant, nous devons parler. Pas de… de toutes ces choses dont nous aurions dû discuter depuis longtemps. Mais il faut que nous parlions. Pas ici, cependant.

— Je te suis, dit-elle.

— Une fois n'est pas coutume, ironisa-t-il.

Elle s'éloigna de la baie vitrée et de la vue de la cellule dont la grande porte venait de se refermer, isolant le poids plume le plus dangereux que la terre ait jamais porté.

Ross arpentait son bureau sous les yeux de Betty, parfaitement immobile sur sa chaise. Elle avait choisi de faire en quelque sorte contrepoids au trop-plein d'énergie qu'il manifestait en tournant furieusement comme une panthère encagée.

— Que sais-tu de tout ça, exactement ? demanda-t-il.

Betty, dont les jambes étaient élégamment croisées, accorda à la question toute l'attention qu'elle méritait.

— Je peux expliquer le principe de la chimie nucléaire à la base de la transformation, dit-elle enfin, et j'ai une certaine idée de la façon dont ses cellules peuvent engranger autant d'énergie.

— Des principes et des idées… répéta Ross, contenant visiblement son agacement.

Il était clair que la théorie du phénomène lui importait peu.

— Nous n'avons pas beaucoup de temps, ajouta-t-il. Et s'il représente un danger immédiat…

Betty ne pouvait nier que l'inquiétude de son père était légitime. Quand quelqu'un vous pose un revolver sur la tempe, vous n'avez pas franchement besoin de

savoir si le chargement s'effectue par un système bascu-
lant ou une portière latérale. Vous n'avez qu'une envie :
qu'on vous en débarrasse.

— Alors aide-moi à reprendre tout de suite le travail,
dit-elle vivement.

Elle se pencha en avant, s'accouda à la table et posa le
menton sur ses doigts croisés.

— D'abord, il faut que tu comprennes que le déclencheur est somatique, mais également émotionnel. Il a
besoin de relier ces émotions aux souvenirs auxquels
elles se rattachent. Et il existe bien des souvenirs ici,
pour lui, n'est-ce pas ? Avec son père ?

Ross hocha lentement la tête.

— Oui, Betty, acquiesça-t-il à contrecœur. Mais honnêtement, ce ne sont pas les *souvenirs* de son père qui
m'inquiètent, pour l'instant. C'est le fait qu'il soit à nouveau dans la nature, et qu'il en sait sans doute autant que
nous sur cette affaire, sinon plus.

— Dans ce cas, il ne faut pas le laisser en liberté.

— D'accord… Alors voilà ce que je te propose : nous
allons expédier des hommes… au moins une centaine…
pour passer la région de Berkeley au peigne fin. On
finira bien par lui mettre la main dessus. On montrera les
dernières photos de lui à tous les voisins qui auraient pu
le voir. On enquêtera dans le labo où il se faisait passer
pour l'agent d'entretien ; ils auront peut-être une
adresse, ou autre chose qui nous mettra sur sa piste…
Qu'en penses-tu ?

Elle lui tendit un morceau de papier.

— Tiens. C'est son adresse. Tu as juste à aller frapper
chez lui.

Ross étudia quelques secondes les trois lignes griffon-
nées.

— Oui, ça pourrait marcher aussi, dit-il avec un sourire inattendu.

Elle lui répondit de même, et fut surprise de constater combien il était facile de lui sourire.

Les agents du FBI, arme au poing, surgirent dans la maison de David Banner. Leurs yeux s'adaptèrent rapidement à l'obscurité tandis qu'ils braquaient les faisceaux de leurs torches autour d'eux en ordonnant d'une voix forte à quiconque se trouvait sur place de sortir les mains levées et sans résistance.

La menace n'impressionna pas du tout la créature qui surgit dans la pièce en poussant des couinements aigus, lesquels figèrent le sang dans les veines de l'agent Lee, plus proche de lui. Son cerveau lui affirmait que les cris ne pouvaient en aucun cas provenir d'une bouche humaine, mais le temps d'une brève seconde, il fut terrifié à l'idée d'être attaqué par un enfant. Son instinct de survie eut toutefois raison de ses réticences, et il tira sur la forme rapide qui se précipitait vers lui en songeant, atterré : *Oh bon Dieu, j'ai tué un gosse. Bon Dieu de bon Dieu…*

La victime tomba et tressaillit et se tortilla, et les agents s'avancèrent en hésitant. Lee laissa échapper un soupir de soulagement, même s'il avait du mal à croire à ce qu'il avait sous les yeux. En tout cas, ce n'était pas un gosse, c'était sûr, mais plutôt une sorte de rat. Mais un rat de la taille d'un gamin de deux ans. Il n'avait jamais rien vu de tel… surtout quand la bestiole se mit à fondre en une petite flaque de truc gluant.

— Mon vieux, j'en connais un qu'a dû se shooter sérieusement aux stéroïdes… Willard peut aller se rhabiller.

— Willard ? Qui c'est celui-là ? demanda son collègue, l'agent spécial Thomas.

— Un rat qui jouait dans un vieux film.

— Oh oui, je m'en souviens… Mais je croyais que c'était le type qui s'appelait comme ça.

— Non. Willard, c'était le rat.

Thomas secoua la tête.

— Non, non. Willard, c'est le gars qui dressait le rat. Le rat, lui, s'appelait Ben.

Lee fronça les sourcils.

— Thomas… ?

— Ouais ?

— Fouille cette baraque, et fissa, si tu ne veux pas finir avec le cul farci aux pruneaux.

David Banner arborait un sourire satisfait.

Il adorait avoir un coup d'avance sur ses poursuivants. Il était sûr que, en ce moment même, quelqu'un – des militaires, des fédéraux, ou d'autres – passait la maison au crible dans l'espoir de l'arrêter. Mais ils ne trouveraient rien d'autre que les vestiges de son travail. Vestiges parce qu'il avait pris soin de tout détruire lui-même. La seule chose digne d'intérêt serait un ou deux rats hypertrophiés. Les premiers cobayes de ses expérimentations.

Les roues du chariot d'entretien grinçaient dans le couloir. L'endroit était presque désert. Rien d'étonnant. A l'instar de toutes les rumeurs, celles qui avaient succédé aux événements s'étaient déformées, à telle enseigne que le bruit courait désormais que des terroristes – qui s'étaient eux-mêmes baptisés « les Hulks » – avaient fait sauter une bombe dans le laboratoire pour protester contre les essais nucléaires. Résultat : quatre-vingt-dix pour cent du personnel s'était fait porter pâle jusqu'à la fin de la semaine, et la direction, apparemment, avait décidé de fermer les yeux. Si bien que David Banner était pratiquement seul dans les locaux, ce qui, bien entendu, tombait à pic pour ce qu'il mijotait.

Il gara son chariot devant le labo de son fils et sortit un assortiment d'outils de leur boîte. A l'intérieur, il découvrit que la porte de la gammasphère était ouverte. La salle était restée dans le même état chaotique que le jour où il avait affronté le géant vert qu'était devenu son fils.

Une grosse partie de la sphère avait été éjectée par le toit, conséquence de la force herculéenne de Hulk. Mais il restait assez de matériel pour que le système soit encore fonctionnel. Le labo serait probablement irradié, mais quelle importance ?

Dans la mesure où il ne savait pas de combien de temps il disposait, il s'efforça de ne pas en perdre. Ses bébés, ses magnifiques chiens de l'enfer, n'étaient pas revenus. Ce qui laissait à penser que leur expédition sur Betty Ross avait fait chou blanc. D'un autre côté, c'était une victoire tout de même, puisque leur échec signifiait que son fils était parvenu à affronter seul les trois bêtes et à en venir à bout. Ce fils, qui avait enfin consenti à jouer ce rôle glorieux auquel il était destiné, avait comblé toutes ses espérances. Aucun père n'aurait pu souhaiter mieux.

Et puisque le fils avait tracé le chemin, le père pouvait désormais suivre ses brisées.

Rapidement, mû par l'énergie de celui qui a attendu cet instant toute sa vie, il installa une série de réflecteurs de fortune tout autour de la chambre. Une fine couche de transpiration apparut sur son front ; sa respiration s'accéléra. Il caressa les miroirs et effleura amoureusement les instruments avant de brancher le circuit et de pianoter les commandes sur le clavier.

Alors qu'il se plaçait au centre de la chambre, sitôt le compte à rebours enclenché, il eut la sensation que le temps ralentissait. Le monde se liquéfiait et il s'y mouvait comme dans un rêve. Il n'avait vécu sa vie, toute sa vie, que pour ce moment précis, et il était là à compter mentalement, à attendre, à attendre, et finalement un grand *clic* lui apprit que tout s'était mis en place, exactement comme il l'avait prévu… Bon sang, encore *mieux* qu'il l'avait prévu. Ecartant les bras, il s'offrit à la lumière et au rayonnement qui emplirent la gammasphère tandis que les nanomeds se déversaient eux aussi dans la grosse bulle endommagée.

Des images se bousculèrent dans son esprit. Il vivait et mourait simultanément. Sa vie défilait sous ses yeux comme s'il était sur le point de la perdre, et, dans un sens, c'était exactement ce qu'il se passait. L'être qu'il avait été était mort. Il serait d'ici peu aussi différent de l'homme ordinaire que celui-ci l'était du pithécantrope. Car, contrairement à son fils qui possédait la force mais non la détermination, il exploiterait ces énergies désormais présentes dans son corps et les utiliserait pour accomplir…

… tout.

Il serait capable de tout accomplir. Rien ne l'arrêterait. Il deviendrait plus puissant que Dieu Lui-même, parce que Dieu avait tellement peur de Sa création qu'il se réfugiait dans Son paradis. David Banner aurait les pouvoirs d'un dieu, mais lui déambulerait au milieu de ses sujets, et sa vengeance serait redoutable.

Un sourire béat illuminait son visage quand, brusquement, la gammasphère s'éteignit. La lumière redevint normale. Lentement, il ouvrit les yeux, regarda autour de lui et tomba à genoux. Tendant les bras devant lui, il les étudia. Aucun signe d'irradiation, pas de trace de brûlure, rien. Rien qui indiquât la moindre lésion physique. Et cette absence totale de plaie et d'ulcération lui disait à elle seule tout ce qu'il désirait savoir, car jamais il n'aurait pu survivre au rayonnement gamma si l'expérience n'avait pas fonctionné.

Or elle *avait* fonctionné.

— Oui, triompha-t-il à voix haute.

S'agrippant au rebord d'une table métallique pour se relever, il s'égratigna la main contre un bout de fer qui dépassait. Sortant son mouchoir, il le pressa sur la petite estafilade rouge…

… et la peau autour de la coupure commença à prendre l'aspect blanc cotonneux du carré de tissu.

Ebahi, Banner repoussa son mouchoir et secoua la main avant de l'observer de nouveau. La peau était à présent redevenue normale. Il avait encore du mal à y croire, craignant d'avoir été victime d'une hallucination.

Puis, par curiosité, il posa fermement sa paume sur la table. Au début, il ne passa rien. Puis il sentit des picotements bizarres ; le sang, la chair et les tissus modifiaient leur composition. Une lueur métallique particulière se manifesta, qui persista cette fois quand il secoua la main.

Sans perdre une seconde de crainte que les effets ne se dissipent, il se tourna pour écraser son poing sur le mur qu'il traversa non seulement sans effort, mais sans même ressentir l'impact.

Il n'avait vraiment rien prévu de tel… Mais dans le monde de la science, le chercheur devait toujours être préparé à affronter des variables inattendues. Son cerveau passa immédiatement en overdrive pour envisager les possibilités qui s'offraient à lui, et il éclata d'un rire joyeux en retirant sa main du mur pour l'étudier à la lumière. Les propriétés métalliques étaient encore là. L'assimilation avait duré plus longtemps, cette fois. Cet état se prolongerait-il ? Et s'il touchait autre chose, les nouvelles caractéristiques remplaceraient-elles celles qu'il avait déjà acquises, ou s'y additionneraient-elles ? Le temps de rétention s'accroîtrait-il chaque fois un peu plus, ou y avait-il un plafond ?

Des questions, par dizaines, se télescopaient dans sa

tête alors qu'il refermait sa main en s'imaginant écraser le monde d'une poigne d'acier.

La porte du labo s'ouvrit sur ces entrefaites, et il se tourna pour découvrir un garde figé sur le seuil, l'air ahuri. C'était un homme à la cinquantaine bedonnante, qui clignait des yeux sous la vive luminosité et considérait avec un étonnement compréhensible ce qui avait tout l'air d'être un agent d'entretien en train de rire tout seul comme un malade mental.

— Qu'est-ce qui se passe, ici ? demanda-t-il.

Banner s'avança en exhibant sa main sous le nez de l'intrus.

— Regardez ! Ma main ! dit-il avec excitation. Vous voyez ? La force de l'ADN de mon fils, combinée à l'énergie radiante... Ça a transformé mes cellules, si bien que, une fois exposées à d'autres structures cellulaires, elles peuvent les absorber et les répliquer...

Il aurait dû se douter que vouloir partager une telle découverte scientifique avec un individu pathétiquement ordinaire serait voué à l'échec. La réaction du garde, en accord avec le rôle pour lequel on le payait, fut en effet d'une prévisibilité à faire pleurer : sa main se posa sur la crosse de son revolver.

— Vous allez gentiment lever les bras, mon vieux, O.K. ? Et pas de gestes brusques, hein ?

Banner n'avait jamais rien entendu de plus drôle, et son éclat de rire décoiffa visiblement le garde qui, cependant, renonça à dégainer. Après tout, Banner ne tenait aucune arme lui-même et à part ses fous rires horripilants, il ne semblait pas plus dangereux que ça. Une grave erreur d'appréciation, encore que, au bout du compte, la différence, s'il avait effectivement tiré sur lui, eût probablement été dérisoire.

Sans cesser de rire, Banner s'avança encore et, rapide comme l'éclair, lança son poing en avant. Le bruit ne fut pas loin d'évoquer le froissement métallique du mur qu'il avait démoli. Il retira vite sa main de la tempe du garde, de peur d'absorber aussi son sang.

Le type s'effondra par terre, le sang jaillissant du trou béant dans son crâne défoncé. Banner ignorait s'il était toujours vivant, et ne s'en souciait pas particulièrement. Ravi de constater que l'effet d'assimilation ne s'était toujours pas résorbé, il remuait ses doigts métalliques, tel un marionnettiste jouant avec sa nouvelle création.

Le monde se spiralisait autour de Bruce Banner et des images étranges qu'il ne pouvait interpréter se carambolaient dans sa tête. Il avait l'impression d'avoir été dans une colère incroyable, mais sans pouvoir mettre le doigt sur le pourquoi, le où, ou le comment. Il éprouvait un sentiment de désorientation, similaire à celui qu'il avait vécu près du lac, après qu'il eut recouvré son état normal, mais en même temps différent. Il inspira l'air ambiant et sut qu'il n'était plus dans la forêt, car l'odeur des arbres, des feuilles, et de la terre imbibée de pluie n'était plus perceptible. L'air était stérile, inodore, comme l'intérieur d'un avion, mais en pire, et alors qu'il entrouvrait les yeux, ce fut pour découvrir un univers métallique d'une luminosité implacable.

Alors quelque chose lui caressa les cheveux, tendrement, et il perçut fugacement un souçon de parfum familier. *Son* parfum. Son merveilleux parfum qu'il n'avait jamais été plus heureux qu'à cet instant de respirer.

— Tu aurais toujours besoin d'une bonne coupe de cheveux, dit-elle doucement.

Il voulut s'asseoir, mais ses muscles refusèrent de coopérer. Betty devina son désir, mais parvint à l'en dissuader d'une simple pression de la main sur son épaule.

— Je parie que tu te demandes où tu es, dit-elle.

Il acquiesça d'un battement de cils.

— Tu es revenu chez toi, répondit-elle avec autant de ménagement que possible.

Au début, il ne saisit pas ce qu'elle voulait dire. Ce n'était sûrement pas la chambre dans laquelle il avait grandi sous l'œil vigilant de sa mère adoptive, Monica Krenzler. Alors que pouvait-elle bien vouloir…

Et soudain il comprit, et l'importance de cette révélation lui tomba dessus comme une masse. Sans plus chercher à se redresser, il regarda le plafond de ce qu'il savait à présent être une cellule de contention. Des larmes perlèrent à ses yeux.

Depuis aussi longtemps que remontaient ses souvenirs, Bruce Banner s'était évertué à réprimer ses émotions. Et aujourd'hui il se trouvait dans un endroit qui appartenait à la partie obscure de sa vie, avec toutes les réponses et la possibilité d'une existence pleinement compréhensible à la clé… et il ignorait ce qu'il devait ressentir.

Devant ses yeux humides, devant les larmes qui roulaient sur ses tempes pour disparaître dans ses cheveux, Betty parut sur le point elle aussi d'éclater en sanglots. Du bout des doigts, elle lui essuya ses joues mouillées.

— Tu veux voir ? proposa-t-elle.

Il était incapable de hocher la tête, mais elle savait ce qu'il voulait. Plus que cela… elle savait ce dont il avait besoin.

ON RENTRE CHEZ SOI... OU NON ?

— Hors de question.

Dans un couloir à quelques mètres de la cellule de contention, Betty Ross affrontait son père dont le cigare jaillissait agressivement de ses dents serrées. Le panneau « Interdit de fumer », de toute évidence, ne le concernait pas.

— Papa... commença-t-elle.

Mais Thunderbolt Ross continua de secouer la tête, et les cendres de son cigare par la même occasion.

— J'ai dit « hors de question » ! Cette unité de contention pourrait immobiliser un troupeau d'éléphants en colère. Si tu le sors d'ici et qu'il se métamorphose en géant vert, nous aurons un sacré problème sur les bras ! Et il faudrait qu'on s'estime heureux qu'il n'aille pas démolir Tokyo ou autre chose !

— Papa, la transformation ne survient que quand il est la proie d'une rage incontrôlable.

— Ah oui ? Et comment peut-on savoir ce qui la provoque, cette rage ? insista-t-il en croisant les bras pour la toiser avec défi. L'autre jour, quand j'ai découvert que le litre de lait avait augmenté d'un *quarter*, j'ai failli tout casser dans la boutique. Mais lui... ? On ignore complètement ce qui pourrait le déclencher.

— Je suis raisonnablement certaine qu'un voyage à

l'épicerie ne fera pas sortir Bruce Banner de ses gonds, rétorqua-t-elle.

Elle avait encore du mal à se faire à l'idée que Bruce avait changé de nom du jour au lendemain. En hésitant, elle posa la main sur le bras de son père.

— Papa… l'autre jour, au téléphone, je… je t'ai dit que j'avais besoin d'avoir confiance en toi. C'était…

— Difficile, soupira-t-il. Oui, je sais. Et j'apprécie que tu aies pu être et désireuse, et capable de formuler cette requête. C'était un… un grand pas en avant. Pour tous les deux.

— Oui. Mais l'important, c'est que… cette confiance ne doit pas rester à sens unique.

— Betty… gémit-il.

— Envoie autant d'hommes que tu veux pour nous suivre, si tu veux, suggéra-t-elle. Arme-les d'une douzaine de fusils anesthésiants pour endormir Bruce au premier froncement de sourcils. Tu ne m'empêcheras jamais de penser que cet endroit, Desert Base… et surtout la zone qui n'a jamais été reconstruite, demeure un trou énorme dans sa vie. Son aspect… « Hulk »…

— Hulk, répéta Ross avec mépris. C'est ainsi qu'ils l'appellent, hein ? Moi, je l'ai baptisé « l'Homme en Colère ». Ça aide à se souvenir de ce qui donne son pouvoir à l'ennemi.

— Il n'est pas ton ennemi, papa, pas plus que le mien. Ce que je voulais dire, c'est que Hulk représente le vide émotionnel de Bruce causé par l'amnésie qui recouvre ses premières années. S'il veut espérer pouvoir un jour contrôler Hulk… se contrôler lui-même… et vivre une existence à peu près normale… alors il a besoin de découvrir la partie de lui-même qui lui est refusée depuis si longtemps. Papa… ajouta-t-elle en enroulant ses bras sur le sien, je sais que tu tiens son père en grande partie pour responsable. Dieu sait que moi aussi, à plus forte raison depuis qu'il a essayé de me réduire en pâté pour chiens. Mais je t'en prie… je t'en supplie, ne punis pas le fils pour les crimes de son père. Le fils m'a sauvée. Il n'était peut-être pas lui-même sur le moment, mais c'est tout de même lui qui m'a sauvée. Tu ne peux pas l'ignorer…

Thunderbolt laissa échapper un long soupir de frustration.

— Je te préviens, jeune fille, que tu as tout intérêt à ne pas te tromper, dans cette histoire…

— Je suis ta fille, papa, dit-elle en souriant. Comment pourrais-je jamais commettre la moindre erreur ?

Un des plus anciens souvenirs de Bruce remontait à l'époque où il devait avoir environ neuf ans. Sa mère l'avait emmené faire un court voyage, et ils s'étaient arrêtés dans une ville qu'une pancarte proclamait être une authentique *ghost town*. Le jeune Bruce avait trouvé ça terriblement fascinant et s'était aussitôt attendu à voir spectres et ombres glisser d'une bâtisse à l'autre en poussant des miaulements glaçants accompagnés d'effroyables bruits de chaînes. Il avait été très déçu de découvrir que ce n'était en définitive qu'un parc d'attractions, un piège à touristes avec des employés moches déguisés avec des costumes encore plus moches. Sans rien montrer de sa désillusion, il avait cependant assuré à sa mère que c'était un endroit vraiment très chouette, et était même allé jusqu'à simuler à deux ou trois reprises une frayeur tout à fait convaincante.

Mais il avait gardé de cette expérience l'idée tenace que le concept de « ville fantôme », pour attrayant qu'il fût, n'était pas plus ancré dans la réalité que les mythes de toute civilisation.

Il avait tort. Tandis qu'il déambulait avec Betty dans ce qui avait été, il y avait de cela plusieurs décennies, un quartier commerçant animé à l'extérieur de Desert Base, il comprit qu'il avait affaire à une véritable *ghost town*. Il pouvait presque entendre et voir les gens depuis long-temps disparus en train de circuler et de discuter, reliés entre eux par la grande famille de l'armée à laquelle ils appartenaient tous.

Ce n'était plus le cas aujourd'hui. La base avait été reconstruite au fil des ans, mais tout avait changé. Ce qui s'y déroulait l'était de manière quasi clandestine afin de ne pas alarmer les résidents des villes avoisinantes que les recherches qui y étaient menées rendaient nerveux. C'est du moins ce qu'on expliqua à Bruce.

Ses retrouvailles avec Betty, une fois qu'il eut recou-vré ses pleines capacités d'élocution, avaient été un peu gauches.

— Je suis désolée, avait-elle commencé à dire.

Il ne l'avait pas laissé aller plus loin.

— Non. Tu ne l'es pas. Tu savais parfaitement ce que tu faisais en appelant ton père. Et confrontée de nouveau aux mêmes circonstances, tu referais exactement la même chose, n'est-ce pas ?

Elle aurait manifestement aimé le contester… mais elle baissa les yeux, ne pouvant ni ne souhaitant répon-dre. Et ce silence l'avait conforté dans son opinion. Et puis, à leur grande surprise – celle de Betty et, dans une certaine mesure, la sienne –, il avait posé un doigt sous son menton pour lui relever la tête et l'inciter à affronter son regard.

— Depuis toujours tu me répètes que je suis trop rationnel… que je ne m'abandonne pas assez à mes émotions, avait-il dit. Si je me laissais aller maintenant, que je m'autorisais à exprimer ma colère, ma déception, ma douleur… à quoi est-ce que ça servirait ? Ce qui est fait est fait. Toi… tu as agi selon ta conscience. Préten-dre que j'approuve ta décision serait un peu abusif – j'en suis sans doute la victime – mais je la respecte. Alors tu vois, Betty… cet aspect de ma personnalité, que tu as toujours jugé désastreux pour notre relation, a eu au moins le mérite de m'éviter les fléchettes de tranquillisant et les cellules de contention. Une arme à double tranchant, je suppose.

— Alors… tout est O.K. entre nous ? avait-elle demandé avec hésitation.

Il s'était mis à rire, mais d'un rire teinté d'ironie.

— Betty !… depuis quand notre relation serait-elle *O.K.* ?

Elle avait accusé le coup, discrètement, mais c'était la vérité, elle le savait aussi bien que lui.

Ils remontaient à présent une des rues désertes entre deux rangées de maisons délabrées. Sans trop de discrétion, des militaires équipés de diverses armes et de véhicules d'assaut légers les suivaient à distance respectable. Bruce se forma une image du tableau qu'ils devaient offrir vus du dessus – rien qu'une femme et un homme se promenant paisiblement, et la cavalerie derrière. Le ridicule de la situation le fit de nouveau rire, mais cette fois en son for intérieur.

— Il y avait tant de monde ici, soupira Betty.

Remarquant ses yeux rieurs, elle fronça les sourcils.

— Qu'y a-t-il de drôle ? s'enquit-elle, étonnée.

— Rien…

D'un geste, il désigna le bataillon qui leur collait aux semelles.

— A ton avis, que feraient nos chaperons si je me penchais pour t'embrasser ?

— Je ne crois pas qu'aucun de nous y survivrait, dit-elle, amusée.

Ils s'arrêtèrent, leurs visages très proches l'un de l'autre, mais Bruce finit par s'écarter. Betty eut l'air un peu déçue, mais se garda d'insister.

— J'ai dû te voir, à l'époque, ou même te connaître, dit-il. Si seulement je pouvais me rappeler.

— Ça viendra, assura-t-elle. Ce sera douloureux, mais tu y arriveras.

Bruce se rembrunit.

— Je parie que *lui*, il se rappelle, dit-il, et Betty sut instantanément à qui il faisait allusion. Ce devait être un gosse, lui aussi, à l'intérieur de moi.

Lentement, il commença de se masser les tempes. Sans s'en douter, il ressemblait à un médium cherchant à communiquer avec un esprit.

— Je le sens, en ce moment même, il m'observe. Il me hait.

— Il te hait ? Pourquoi ?

Ses mains retombèrent le long de son corps.

— Parce qu'il sait que, d'une façon ou d'une autre, nous allons le détruire.

Il était déterminé, mais un peu effrayé, aussi.

Betty secoua la tête.

— Nous allons le comprendre.

— C'est la même chose, non ?

Il était clair qu'elle ne saisissait pas sa logique. Et pourtant… La créature puisait sa force dans la colère, et la colère ne provenait pas de ce que l'on possédait, mais de ce dont on manquait. La colère naissait d'une absence de contrôle, de compassion, d'amour… de compréhension. Toute forme plus douce d'émotion, tout ce qui cherchait à incorporer la créature dans l'esprit et le cœur de l'humanité lui était une abomination, au même titre qu'un crucifix pour un vampire. L'amour le spoliait de la haine, la compassion de la rage, et sans elles, il n'était rien. Il était un génie irradié sorti de sa lampe, et tant qu'il vivrait, aucun Aladin au monde ne serait capable de l'y réenfermer.

Absorbé par sa rêverie, Banner s'éloigna de quelques

pas. Betty continua de le suivre, mais à distance. Peut-être respectait-elle son besoin d'isolement… ou peut-être avait-elle simplement peur de lui. Et qui pourrait l'en blâmer ? *Lui-même* avait peur de lui.

Ils errèrent au milieu des maisons dévastées ; le vent, qui soulevait des nuages de poussière et des détritus, gémissait plaintivement. De nouveau, il songea à la ville-fantôme, et puis il entendit quelque chose qui éveilla un souvenir. Quelque chose si proche qu'il avait presque l'impression de pouvoir le toucher – un grincement régulier, presque rythmique. Se retournant, il vit Betty assise sur une balançoire abandonnée. Et derrière elle, une maison.

Une lumière inattendue parut soudain éclairer de longues ombres profondément enfouies dans les recoins obscurs de son esprit. Alors qu'il s'avançait vers la masure, le grincement cessa et les pas de Betty crissèrent sur l'allée de graviers. Elle le suivait, probablement sans savoir la raison qui la poussait à le faire. L'aveugle guidant l'aveugle…

Il poussa la porte de la baraque et entra. Une fois à l'intérieur, il se figea.

— Qu'y a-t-il ? demanda Betty très doucement, comme si sa voix pouvait déranger les occupants depuis longtemps partis.

Des images… une fuite… des cris, de la haine, des coups…

Repoussant violemment ces images mentales, il lui fit face.

— Pourquoi m'as-tu amené ici ? demanda-t-il, soudain furieux. A quoi ça rime ? Tu as vu ce que j'étais… et tu sais aussi bien que moi que ça ne sert à rien.

Son ton était chargé de hargne et d'écœurement.

— Ce n'est pas vrai, Bruce.

— Mais si, c'est vrai ! rétorqua-t-il.

Il se mit à arpenter le vestibule, écrasant des débris au passage, la voix chargée de sarcasme.

— Qu'est-ce que tu crois ?… Que je vais vivre une sorte de renaissance, maintenant ? Que je vais reprendre contact avec mon enfant intérieur, et exorciser mes vieux démons pour trouver mon vrai moi, et qu'ainsi tout rentrera dans l'ordre ? Ne te fais pas trop d'illusions…

— Et toi non plus ! repartit-elle.

S'il pensait avoir affaire à une petite fleur fragile, trop intimidée pour lui tenir tête, il s'était mis le doigt dans l'œil. Betty était prête à lui offrir tout le soutien moral qu'il nécessiterait, à se montrer patiente et attentionnée, oui, mais elle ne se laisserait certainement pas marcher sur les pieds.

— Au cas où tu l'aurais oublié, nous n'avons pas le choix. Au moins, ici, nous avons peut-être une chance…

— Une chance de quoi ? demanda-t-il, exaspéré. Tu ne vois donc pas ? Ce qu'il faudrait, selon toi, c'est que je rappelle à la vie quelque chose qui risque tout bonnement de… de me tuer !

Il se retint d'ajouter *et toi avec*.

Et c'était ça, sa plus grande peur. Si lui avait la possibilité de comprendre les décisions de Betty, et de les lui pardonner, il était certain que la créature en lui en était tout à fait incapable. Ce qu'elle lui montrait en ce moment n'éveillait pas seulement des souvenirs, mais son monstre intérieur, rampant sur ses phalanges vers les plus hautes régions de son esprit, telle la bête, son heure enfin venue, se traînant vers Bethlehem pour naître, ainsi que Yeats l'avait écrit dans *Le Second avènement*. S'il se libérait de nouveau… s'il y parvenait…

… il pourrait la tuer.

Le centre ne peut pas tenir, et une marée de sang est lâchée sur le monde.

Ce monstre ne pouvait pas savoir, bien sûr, que tuer

Betty serait se condamner lui-même... parce que s'il lui faisait du mal, alors Bruce se donnerait la mort sitôt qu'il reprendrait possession de lui-même. Jamais il ne pourrait vivre avec la conscience du crime qu'il aurait perpétré. Une solution radicale, évidemment, pour mettre un terme aux méfaits de la bête.

Il priait pour ne jamais en arriver là, pour elle... et pour lui.

Acculé, il cherchait à éviter son regard, mais elle ne lui laissait pas de répit.

— Ça pourrait te tuer, répéta-t-elle, d'accord. Mais ça peut aussi te sauver.

— Et si je ne veux pas être sauvé ? dit-il sombrement.

— Rien ne t'y oblige, en effet. Tu as le choix, Bruce. Mais pas moi, ajouta-t-elle tristement.

— Pourquoi ? s'enquit-il, perplexe.

— Parce que je t'aime.

Cet aveu le surprit. Vraiment. Après tout ce qui s'était passé, il n'aurait pas imaginé que ce put être encore possible. Malgré lui, il se demanda quelle part de cet amour était sincère... et quelle autre relevait des désirs que l'on prend pour des réalités. A son avis, elle s'efforçait simplement de *croire* qu'elle l'aimait parce que, compte tenu des circonstances, imaginer que ce sentiment ait pu se développer naturellement était absurde.

— Comment le pourrais-tu ? demanda-t-il, exprimant ses doutes à haute voix. Tu ne sais pas plus que moi qui je suis.

Il soupira, shoota dans les gravats. Il commençait à penser qu'il n'avait plus la moindre idée de ce qu'était l'amour, ni à quoi il rimait... et encore moins s'il le méritait. Il n'était même plus certain d'être humain. Sa psyché était tellement fêlée qu'il avait l'impression d'être sale rien que de sentir sur lui le regard d'autrui.

Betty s'avança vers la fenêtre brisée donnant sur le désert.

— Nous ferions mieux de rentrer, dit-il.

— Oui, acquiesça-t-elle sobrement.

Ils refirent le chemin en silence. A l'aller, Bruce avait admiré l'ingéniosité avec laquelle l'armée avait dissimulé ses laboratoires, ce qui lui avait procuré une fascinante distraction. Au retour, cependant, il ne pouvait penser à autre chose qu'à la terrible sensation de vide qui le creusait de l'intérieur.

Elle l'aimait. Et il souhaitait ardemment que ça ait un sens. Lui aussi voulait l'aimer. Il avait même *cru* l'aimer, dans le passé, mais ça n'avait pas suffi. Et aujourd'hui, était-ce suffisant au regard de ce qu'il avait à surmonter ?

Les militaires escortèrent Banner et Betty jusqu'à la cellule de contention. Là, ils s'arrêtèrent et Betty se tourna vers lui.

— A bientôt, dit-elle.

Comme déclaration d'amour passionné, on avait sûrement fait mieux. *Qu'est-ce que tu attends d'elle, bon sang ?* se révolta une voix en lui. Il n'avait pas de réponse. Et il doutait désormais de s'y reconnaître, dans ce monde chaotique. Elle s'éloigna avec un petit signe de la main, comme une copine d'école le quittant devant chez lui au terme d'une journée passée à écrire, à lire et à plancher sur les problèmes d'arithmétique.

La porte de la cellule se referma hermétiquement sur lui. Juste avant que Betty ne disparaisse à sa vue, il avait eu le temps de la voir s'éloigner. Elle ne s'était pas retournée. C'était bien. Il ne faut jamais regarder en arrière. Pendant qu'on rumine le passé, on oublie d'être sur ses gardes pour affronter ce qui se cache au coin du bois…

Betty pressait le pas dans un des couloirs menant à la salle de contrôle centrale. Convaincue que Bruce doutait de son amour, elle était de son côté raisonnablement certaine qu'il ne l'aimait pas. Ce qui, en soi, était déjà bien assez pour lester son cœur de plomb, mais cependant ce n'était pas sa préoccupation principale.

Laquelle était de percer la forteresse derrière laquelle il s'était réfugié, et de l'aider à se reconnecter avec le monde. Tentatives sur lesquelles elle s'était jusqu'à présent misérablement cassé le nez.

Elle était persuadée que l'origine de sa métamorphose en Hulk résidait dans son sentiment d'isolement. Tout – depuis les gosses qui se moquaient de lui pendant son enfance, jusqu'à Talbot et son attitude détestable quelques jours plus tôt – avait contribué à alimenter son impression que le monde était un perpétuel champ de bataille et qu'il n'y était qu'un pion que l'on déplaçait à sa guise... Un pion que tout un chacun haïssait et méprisait.

Betty posa son pouce sur le lecteur biométrique commandant l'ouverture de la porte de la salle Commande et Contrôle – connue sous le raccourci de C&C. La porte demeura fermée. Elle essaya de nouveau, toujours sans résultat. Agacée, elle essuya son pouce sur son chemisier pour en ôter la poussière, la transpiration ou quoi que ce soit qui pût bloquer le fonctionnement, et refit un essai.

Observant l'appareil avec plus d'attention, elle y découvrit alors une petite lumière rouge. Elle n'avait pas affaire à un problème d'identification. L'empreinte de son pouce était carrément rejetée.

— Mais, enfin... murmura-t-elle.

C'est alors que lui parvinrent des éclats de voix de l'intérieur. Et la porte s'ouvrit sur son père. Elle haussa des sourcils interrogateurs... et eut aussitôt la réponse à sa question muette.

Glen Talbot était derrière lui, dans la salle. Costume bleu, chemise blanche et cravate légèrement dénouée, il avait l'air vaguement hagard de quelqu'un qui vient d'en découdre avec Thunderbolt Ross. Il semblait même avoir été physiquement malmené. Mais il arborait également cette expression arrogante et dangereuse qu'elle lui connaissait bien.

— Tiens, Betty, dit-il. Ça m'aurait fait plaisir de bavarder un peu, mais je n'ai pas le temps, désolé. Je laisse ton père t'annoncer la nouvelle.

Inquiète, elle se retourna vers Ross qui secoua la tête.

— Pas ici.

La prenant par l'épaule, il l'entraîna dans le couloir. Et Betty sentit la peur se lever en elle, croître à chacun de ses pas.

La dernière fois où elle l'avait vu aussi contrarié était à l'occasion d'une sortie à la patinoire. Elle devait avoir une dizaine d'années, à l'époque ; elle avait tant insisté pour qu'il l'y emmène qu'il avait fini par céder. Mais il était tombé tellement de fois sur la glace qu'il lui avait dit sans ambages que si elle s'avisait d'en parler à quiconque, il la désavouerait. Quand elle avait évoqué l'épisode des années plus tard, il lui avait juré qu'il était on ne pouvait plus sérieux… et que la menace était toujours valable.

L'incident pâlissait cependant en comparaison de ce qui venait de se passer. Il le lui raconta en se laissant tomber dans le fauteuil de son bureau.

— Tu n'as plus l'autorisation de le voir. La NSA a décidé de confier l'étude de… du problème… à Atheon, et ils ont explicitement limité mes attributions.

— Mais c'est toi qui diriges cette base !

— Oui, j'en suis bien conscient, rétorqua-t-il sèchement. Tout comme ils le sont que je suis le père de la scientifique responsable des recherches en la matière, laquelle est romantiquement amoureuse d'une bombe atomique ambulante. Talbot leur a apparemment vendu l'idée que ma relation parentale avec un des acteurs principaux de ce petit drame présente un conflit d'intérêt dans la mesure où je ne saurai pas faire preuve de l'impartialité exigée.

— Mais c'est ridicule ! Ta relation parentale !… Toi et moi ne nous sommes pas parlés pendant plus de dix ans, et Bruce m'a confié que tu te chargerais toi-même de l'étrangler s'il osait encore s'approcher de moi !

— Oui… c'est une de ces circonstances bizarres où l'échec de mon rôle de père ne joue pas en ma faveur. Je m'étais toujours réjoui de ce fiasco lamentable, mais…

Betty grinça des dents devant son ton sarcastique.

— D'accord, désolée. Je ne voulais pas…

Il balaya ses excuses d'un geste de la main.

— Betty, ma vieille peau est devenue une véritable armure, et il te faudrait au moins un bâton de dynamite pour la percer. Donc, pour résumer, ce n'est plus moi qui commande.

Il eut une expression écœurée, comme s'il avait été personnellement trahi. Ce qui, pour lui, était vraisemblablement le cas.

— Je n'aurais jamais imaginé que Glen me poignarderait dans le dos comme ça. Je… je me suis complètement illusionné sur son compte, et j'ai manqué à mes engagements vis-à-vis de toi.

Elle riva son regard au sien alors qu'elle s'asseyait à son tour face à lui.

— Rassure-toi, soupira-t-elle. Je n'ai jamais compté sur toi, de toute façon.

Aussitôt, elle fronça les sourcils.

— Que tu le croies ou non, ce que je viens de dire était censé être réconfortant, mais ça n'est pas du tout comme ça que c'est sorti.

Une ombre de sourire étira la moustache poivre et sel de Ross.

— En effet. Mais ne t'inquiète pas pour ça, va. Tu

manques sûrement de pratique en ce qui me concerne, c'est tout.

— Sans doute, oui. Donc… qu'attend-on de moi, maintenant ?

Il haussa les épaules.

— S'il ne s'agissait que de moi, je t'inciterais à aller lui dire au revoir, mais j'ai déjà été informé que c'était hors de question.

Elle ne pouvait pas le croire. Si elle avait contacté son père – hormis le fait qu'elle avait été aux abois sur le moment –, c'était uniquement parce qu'elle pensait, en passant par lui, pouvoir jusqu'à un certain degré diriger les opérations. Mais grâce à la duplicité de Talbot, la seule personne capable d'empêcher cette situation épineuse de leur exploser à la figure venait d'être mise au placard avec la délicatesse réservée à un dissident russe envoyé au goulag.

— La seule chose que je peux te promettre, Betty, l'informa-t-il d'un ton qu'il s'imaginait sûrement rassurant, c'est que je serai en permanence sur le cul de Talbot. Au plus petit manquement à la règle, je me démènerai pour qu'il soit viré.

— Il sera trop tard, dit-elle froidement. Quoi qu'il fasse, ça ne fera qu'empirer les choses, et avant longtemps, tu n'auras plus du tout les rênes en main. Tous les chevaux seront déjà à dix kilomètres de là que tu seras encore occupé à réclamer une porte neuve pour l'écurie.

Elle se leva.

— Je vais voir Bruce. Et tout de suite.

Ross l'imita avec un soupir résigné dont elle ne comprit le sens qu'en ouvrant la porte. Deux gardes baraqués lui bloquaient le passage.

— Betty, je suis navré, dit Ross avec une indéniable sincérité. Il est temps que tu rentres chez toi.

Cinq minutes plus tard à peine, Betty, sanglée dans

son siège, contemplait mornement le désert que l'hélicoptère survolait.

*C'est la dernière fois que je vois tout ça en un seul
morceau*, songea-t-elle. *Ils ne pourront jamais maîtriser
Bruce. Jamais. Confier à Glen Talbot la surveillance de
Bruce Banner est aussi judicieux que d'ouvrir une bouteille de nitroglycérine avec un lance-flammes…*

JOUER AVEC LE FEU

Allongé sur son lit dans la cellule de contention, Bruce commençait à se souvenir.

Des fragments de ce qu'il avait vu se mettaient peu à peu en place, les uns après les autres, les uns *avec* les autres, et il comprenait au fur et à mesure que c'était une question de volonté : il s'agissait de *vouloir* accepter ce qui lui était présenté. Ce n'était pas seulement un problème d'amnésie ; en fait, son esprit se démenait pour tout bloquer. Et il ne pouvait s'empêcher de se demander jusqu'à quel point *l'autre* en lui en était responsable. L'autre qui serait prêt à tout pour maintenir ces souvenirs enfouis dans un puits d'oubli sans fond.

Quelle ironie, se dit Bruce. Cette vivante incarnation de la force, qui ne redoutait rien ni personne physiquement, avait peur de quelque chose d'aussi impalpable et éphémère que la mémoire. Bruce s'en sentait curieusement plus fort, comme s'il…

Une multitude de petites ouvertures apparurent mécaniquement dans les murs tout autour de lui. Se redressant, il vit les canons des fusils pointés sur lui de partout, couvrant tous les angles. Assez de fusils pour le transformer en passoire avant qu'il n'ait eu le temps de respirer. Et ils étaient également équipés de lasers pour la visée. Les petits points rouges étaient si nombreux et si concentrés sur lui qu'il avait l'air d'avoir contracté une rougeole virulente au point d'en avoir transpercé ses vêtements.

La porte s'ouvrit brusquement, le faisant sursauter. *Bon sang, mais qu'est-ce que c'est que ce cirque ?* se demanda-t-il, et quelque chose se tortilla au plus profond de lui, à l'instar d'un fœtus réagissant du fond de sa matrice à un bruit extérieur.

D'abord, Bruce ne sut que faire. Il hésitait entre étouffer la faible mais dangereuse révolte que son esprit fomentait déjà, et s'intéresser à ce qui se présentait comme un changement certain dans la situation.

Et puis Glen Talbot entra.

Et à cet instant, dans un éclair de lucidité, Bruce sut précisément ce qui allait se passer. Les détails restaient dans l'ombre, mais le résultat était très clair. La seule inconnue de l'équation était le temps que ça prendrait, et Bruce Banner, scientifique dans l'âme, songea presque en dépit de lui-même qu'il serait très intéressant de le découvrir.

Talbot tenait à la main ce qui avait tout l'air d'une canne électrifiée. Bruce en prit note d'une manière presque analytique, comme si les propriétés de l'accessoire ne le concernaient pas. Il remarqua aussi, avec un amusement sardonique, que Talbot était un peu cabossé. Sa lèvre supérieure, coupée, était enflée, et une énorme ecchymose s'étalait sur le côté gauche de son visage. Etant donné la dérouillée que lui-même avait prise lors de leur précédente rencontre, Bruce ne voyait rien là que de très mérité. Il regrettait seulement de ne pas en avoir gardé quelque souvenir juteux. Il ne se rappelait que très vaguement une histoire de canapé, mais rien de précis.

— Hello, Bruce, dit Talbot avec la jovialité feinte d'un gros bras conscient d'être en position de force. Comment vas-tu ? Le service de l'hôtel te convient ?

— Tu n'as pas très bonne mine, remarqua Bruce sans la moindre trace de remords dans la voix.

Talbot eut un haussement d'épaules faussement désinvolte.

— Tu veux rire, je suis en pleine forme, au contraire. J'aurai peut-être juste besoin d'un petit travail de chirurgie, pour mon index gauche. Mais j'ai une bonne assurance qui couvrira les frais.

Bruce acquiesça comme s'il était rassuré.

— Et qu'est-ce qui t'amène ici ? s'enquit-il, connaissant déjà la réponse.

— Bonne question, dit Talbot.

Il s'avança vers Bruce, mais pas trop près, ne voulant pas prendre le risque de se placer sur la trajectoire d'un des rayons rouges.

— J'ai besoin que tes cellules déclenchent certains signaux de détresse chimiques… et que tu verdisses encore une fois pour moi. Et alors je pourrai tailler un petit morceau du vrai toi, l'analyser, le faire breveter, et amasser une jolie petite fortune. Ça ne t'ennuie pas, j'espère ?

Nous y voilà, songea Bruce qui en aurait presque admiré la franchise de Talbot. Sauf qu'il y avait sûrement plus derrière tout ça qu'une puissante compagnie avide de brevets. Parce que si Talbot était là, et que les Ross, père et fille, avaient disparu de la circulation, c'est qu'il y avait eu un gros chambardement dans les données initiales.

— Avec qui es-tu réellement, Talbot ? demanda Bruce, doucereux.

— Tu sais déjà qui je représente, Bruce : Atheon – un laboratoire de recherches privé. Dommage que tu n'aies pas accepté ma proposition de collaboration d'entrée de jeu. Nous pourrions être dans le même camp, maintenant.

— Excuse-moi, mais j'en doute.

Pour quelqu'un qui avait plusieurs dizaines de rayons laser concentrés sur lui, sa voix était remarquable de décontraction. Ils n'allaient pas le tuer ; il savait désormais que c'était hors de question pour eux. Parce qu'ils n'obtiendraient jamais ce qu'ils désiraient sur son cadavre. Mais Talbot s'apprêtait à déverser une citerne d'essence sur un feu de camp en s'imaginant qu'il s'en sortirait sans une cloque. Un aveugle voyait plus clair que lui, même pendant une éclipse.

— Tout comme je doute qu'un laboratoire de recherches privé puisse imposer ses quatre volontés aux militaires. Ça ne colle pas. A mon avis, une autre branche du gouvernement s'est mise sur le coup. Atheon est une simple façade pour quelque chose de bien plus secret que l'armée, et de bien plus puissant aussi. Pour qui travailles-tu, Talbot ? La NSA ? La CIA ?

Talbot eut un sourire amusé. Visiblement, il trouvait les spéculations de Bruce très divertissantes.

— Je te le dirai plus tard. Pour l'instant… on va laisser sortir le grand garçon pour jouer un peu, d'accord ?

— Je ne te laisserai jamais faire, dit Bruce.

Il le pensait sincèrement, alors même qu'il échafaudait un plan dans sa tête. La réémergence de Hulk était inévitable. Banner était trop intelligent pour ne pas s'en rendre compte. Et Talbot ne le lâcherait pas tant qu'il n'aurait pas obtenu ce qu'il voulait. Le problème était que si Hulk apparaissait par étapes, il serait criblé de balles avant d'être totalement invincible. Talbot pourrait alors prélever les échantillons cellulaires qu'il convoitait et laisser le corps mi-humain, mi-bestial agoniser sur le sol bétonné de sa prison.

Bruce devait donc contenir Hulk… le contenir aussi profondément que possible, le temps qu'il faudrait… et le laisser jaillir tout d'un coup, une fois la métamorphose totalement accomplie. En d'autres termes, il serait contraint de subir tout ce que Talbot avait en réserve pour lui. Il aurait à supporter ses incessantes provocations jusqu'à ce qu'il soit prêt à y répondre de toute sa fureur intacte enfin libérée.

— Je ne suis pas certain que tu aies le choix, rétorqua Talbot qui, brusquement, lui enfonça sa canne dans l'estomac.

Comme prévu, elle était électrifiée, et la décharge propulsa Bruce en arrière. Les bras écartés, il s'arc-bouta contre le mur et s'efforça d'apaiser les battements frénétiques de son cœur. Malgré la gravité de la situation, il en perçut l'ironie. Des chocs électriques à répétition finiraient, tôt ou tard, par aboutir à un arrêt cardiaque. Et dans ce cas, Talbot auraient fait tous ses efforts pour des prunes.

— Allez, Bruce, insista-t-il, tu n'es pas un petit peu défrisé ? Après tout, tu n'as plus que moi pour jouer depuis que Betty t'a laissé tomber pour retourner à Berkeley.

Bruce n'y croyait pas une seconde. Si Betty était partie, ce qui était probable, c'était sous la pression de Talbot. En dehors de toute considération sentimentale, Betty était une scientifique avant tout, et Hulk constituait un projet bien trop passionnant pour qu'elle l'abandonne de son plein gré.

— Tu mens, répondit-il avec conviction.

Brusquement ses jambes, privées de force, se dérobèrent sous son poids. Un effet à retardement du choc électrique. Il eut du mal à ne pas tomber.

Talbot resta où il était.

— Tu sais, moi, j'ai tout à gagner dans cette histoire. Tu verdis, les gars te descendent, et je fais l'autopsie. Si tu y mets de la mauvaise volonté, je te réduis en miettes et... peut-être que, par accident bien sûr, ajouta-t-il sur

un ton de conspirateur, je montrerai un peu trop d'ardeur
à la tâche et que je te casserai les vertèbres cervicales.

Il marqua une légère pause.

— Pas très fair-play, d'accord, mais très gratifiant à
titre personnel. Maintenant que j'y pense, tu ne serais
pas un peu vert… de peur, toi ?

Banner, appuyé contre le mur, parvint tant bien que
mal à se relever. Il continuait de fixer Talbot, conscient
que la rage commençait de se manifester en lui, le désir
impératif d'écraser ce cafard, d'aplatir sous sa semelle
l'insecte nauséabond qu'il était. (*Détruis, démolis*)
résonnait dans sa tête. *Pas encore* lança-t-il dans ses neu-
rones. Son esprit en fut comme scindé, une moitié se
dressant contre l'autre, mais il parvint à se maintenir lit-
téralement en un seul morceau malgré les efforts déses-
pérés de son double pour prendre les choses en main.

— Allez, quoi… juste une pichenette, dit Talbot en
tendant son menton, défiant Bruce de le frapper. Voyons
de quoi tu es capable.

— Jamais, répondit faiblement Bruce.

Il essaya de bouger et tituba, les jambes toujours sans
force.

Et Talbot – qui manifestait une confiance que Bruce
savait très inopportune – rejeta la canne et le martela
directement de ses poings. Bruce se protégea le visage et
la tête de ses bras mais sans grand succès. Franchissant
sa garde sans difficulté, Talbot lui asséna un direct du
droit sur le menton. Bruce s'effondra. Alors que l'obscurité se refermait sur lui, il songea que, peut-être, il avait
été trop zélé pour supprimer son double furieux, parce
que sa stratégie ne fonctionnait pas exactement tel qu'il
l'avait prévu.

Mais, encore une fois, il était toujours vivant, alors un
bon point pour Bruce, et *maman, je peux avoir de la*

glace, je te promets que je finirai mes devoirs, puis il oscilla à la lisière de l'insensibilité.

De très loin, il entendit son bourreau marmonner.

— Tu peux peut-être le contrôler consciemment, mais inconsciemment, je te parie que c'est une autre paire de manches.

Et Bruce, toujours à la limite, put presque sentir son double qui l'observait, mais entravé par la rationalité, par la moralité, par les fonctions cérébrales supérieures – en bref, par le Super-Ego de Bruce Banner. Mais si Bruce était mis hors circuit, c'était la porte ouverte à de nouvelles possibilités, ce qui était exactement sur quoi comptait Talbot.

— Il y a quelqu'un ? lança-t-il juste avant de shooter dans le corps recroquevillé de Bruce.

La porte s'ouvrit soudain et Thunderbolt Ross fit une de ces visites-surprises qui lui avaient, entre autres, valu son surnom.

— *Talbot, ça suffit !*

— C'est au nom de la science, monsieur, répliqua Talbot avec un haussement d'épaules désabusé avant de contourner le général pour sortir.

Ross le suivit à l'extérieur et Bruce souleva une paupière gonflée pour les regarder quitter la cellule.

Un point pour toi, Talbot, pensa-t-il, en proie à une douleur insupportable, *mais ce n'était qu'une bataille... la guerre n'est pas gagnée pour autant... Pas besoin d'être soldat... pour savoir ça...*

Il perdit connaissance.

Dans un des laboratoires de la base, Thunderbolt Ross exprimait sa réprobation à Glen Talbot qui n'y accordait visiblement aucune espèce d'importance. Autour d'eux, les employés vaquaient à leurs occupations en fournissant des efforts louables pour avoir l'air totalement sourds et aveugles.

— Je vous répète que la provocation délibérée d'un incident *est* de mon ressort, dit Ross.

— J'ai prévu tous les systèmes possibles pour éviter les problèmes, répondit Talbot que ce qu'il considérait de façon patente comme un interrogatoire injustifié lassait au-delà des mots. Nous sommes en place pour contrôler ou neutraliser selon le cas.

Les bras croisés, Talbot était l'image même de la petite ordure suffisante quand il s'adressa à son ancien commandant avec une condescendance à peine dissimulée.

— Le fait est que, à moins que nous obtenions cette chose *in vivo*, nous ne possédons rien à partir de quoi construire. Le secret est en lui et je vais le lui arracher.

Il marqua un petit temps avant d'ajouter :

— Monsieur.

Puis il haussa un sourcil, défiant Ross de le contredire ou de poursuivre la discussion.

Ross le toisa encore quelques secondes, la moustache frémissante, puis tourna les talons et sortit. Talbot se retint de ricaner. Et dire qu'il avait à une époque sincèrement estimé ce pantin. « Idolâtré » serait même plus approprié. Et voilà où ils en étaient, aujourd'hui. Ross rapetissait à vue d'œil en regard de ses souvenirs. Et pour Talbot, c'était un rappel utile du danger de hisser qui que ce soit sur un piédestal.

Il attendit une minute pour s'assurer que Ross n'était pas de l'autre côté de la porte, à le guetter avec une massue ou un nouvel argument pour relancer la polémique. Puis l'un des employés d'Atheon accrocha son regard.

— Le sujet est dans la cuve, monsieur, lui dit-il.

Talbot acquiesça en silence et sortit. Ross n'était plus dans les parages, Dieu merci. Tandis qu'il se dirigeait vers le laboratoire d'immersion, Talbot ne pouvait qu'imaginer les affres que Betty, brutalement privée de son jouet préféré, devait endurer.

Lequel jouet était vraiment un empêcheur de danser en rond. Non content d'avoir résisté à la dégelée que Talbot lui avait infligée, il avait émis des hypothèses dangereusement exactes quant à la vraie nature d'Atheon. Il faudrait qu'il en réfère à ses supérieurs, et qu'il envisage avec eux un moyen pour Atheon et son organisme tutélaire de renforcer la sécurité afin que personne d'autre ne puisse flairer quelque chose de louche.

Il passait les possibilités en revue quand il entra dans le labo où, privé de toute réceptivité sensorielle et relié à tellement de machines qu'il avait l'air d'un arbre de Noël, se trouvait Bruce Banner.

Talbot sourit et s'avança vers les moniteurs pour en survoler rapidement les données.

— O.K., on lance le programme, annonça-t-il.

Des ondes électriques furent diffusées dans le corps de Bruce, stimulant des centres spécifiques du cerveau afin de provoquer une réaction de sa part. Bruce, agité de légers soubresauts, tressaillit.

Commence petit, Glen, se rappela Talbot. *Inutile de prendre un rouleau-compresseur pour écraser une mouche. Pas avant que notre gaillard se manifeste...*

Betty ne fut pas surprise de voir le van qui l'avait déposée devant chez elle se garer le long du trottoir. Elle se tourna sur le seuil pour l'observer avec une exaspération impuissante. Ils étaient sans doute en train d'installer un système d'écoute quelconque afin de s'assurer qu'elle n'appellerait pas les médias pour leur déballer toute l'histoire. C'était grotesque, d'ailleurs. Qui voudrait jamais accorder le moindre crédit à ses dires ? Un laboratoire de recherches militaire souterrain ? Et qui étudierait son petit copain capable de se transformer en un bon quintal de fureur quand on le décoiffait ? Oh oui. Ce serait sûrement un scoop…

Et puis, comme elle entrait dans la maison, elle se figea. Quelque chose clochait. Elle ignorait quoi, mais son instinct la mettait en garde. En hésitant, elle appuya sur l'interrupteur… et s'immobilisa.

David Banner était assis sur une chaise, au beau milieu du salon. Il semblait très à son aise, comme s'il avait envoyé Betty chercher des cigarettes et s'étonnait simplement qu'elle ait mis si longtemps pour revenir.

— Ma chère demoiselle Ross, dit-il. Bienvenue chez vous.

Betty recula aussitôt vers la porte sans prendre la peine de lui demander comment il était entré. Un homme capable de changer trois chiens en mortels engins de destruction ne devait avoir aucune difficulté à forcer une serrure.

— Il y a deux agents de la police militaire garés juste devant, l'avertit-elle. Il suffit que je crie, et…

Il balaya sa menace de la main.

— Ne vous inquiétez pas. Je ne vous en veux pas. Plus maintenant.

De la part d'un fou, ces mots n'étaient pas franchement de nature à la réconforter. Elle cessa toutefois de battre en retraite et s'arrêta juste sur le seuil du salon. Au moins, de là, elle pourrait toujours fuir s'il le fallait. Les deux mains de Banner étaient clairement visibles – et vides. Pas d'armes en vue.

— Je vous demande seulement de m'écouter, dit-il d'un ton apaisant. Je devine sans difficulté la raison de votre retour. Votre père vous a trahi, n'est-ce pas ? Il fallait vous y attendre. Ils m'ont fait la même chose.

Bien qu'elle s'en défendît, elle prêtait un intérêt, fût-il modéré, à ce qu'il racontait.

— Que voulez-vous ? s'enquit-elle sèchement.

— C'est bien le problème… Je ne le sais plus trop moi-même, soupira-t-il.

Il se pencha en avant sur sa chaise et, automatiquement, Betty se redressa, prête à bondir. Mais Banner garda les mains pendantes entre ses cuisses. Le plus étrange était que ses réflexions ne lui paraissaient pas adressées, même si elles la concernaient. Il donnait l'impression de monologuer.

— Je sais ce que vous voulez. Toujours la même chose : vous voulez le comprendre, n'est-ce pas ? Mais vous ne le pourrez jamais, ajouta-t-il tristement. Aucun langage scientifique à ce jour n'est capable de le déchiffrer.

Elle humecta ses lèvres devenues brusquement très sèches. Il n'avait plus l'air fou du tout, à cet instant. Il était au contraire incroyablement lucide. Peut-être pourrait-elle même communiquer avec lui dans une langue commune, sur un sujet commun. Ce n'était pas trop demander, non ? Même les malades mentaux traversaient des périodes de clairvoyance. Si c'était le cas pour lui…

— Mais il y a une cause à tout cela, n'est-ce pas ? demanda-t-elle. Un point de départ ?

Elle s'éclaircit la gorge, s'exprimant avec les précautions d'un policier essayant de dissuader un désespéré de sauter du vingtième étage.

— Au moins une série d'événements que je pourrais mettre bout à bout. J'ai une petite idée de la nature de vos recherches… des découvertes que vous avez expérimentées sur vous-même… Je crois que Bruce…

Il l'interrompit avec brutalité, mais sa colère était apparemment dirigée davantage sur lui-même que sur elle.

— Evidemment, Bruce est le résultat, l'erreur… *mon* erreur, dit-il d'une voix teintée de remords. Qu'est-ce que vous croyez ? Je n'ai pas vécu un jour de ma vie sans le regretter.

Il s'avachit sur sa chaise, comme si cet aveu l'avait drainé de son énergie.

— Je n'ai jamais imaginé le contraire, dit-elle douce-ment. Mais aujourd'hui, vous pouvez quelque chose pour lui...

— Que pouvais-je faire ? rétorqua-t-il sans l'écouter. Elle voulait tellement un bébé. Et je l'aimais tellement...

LE DIABLE QUE VOUS CONNAISSEZ

Ses souvenirs flottaient, éparpillés, dans un abysse et il les voyait qui dansaient devant lui, qui le narguaient, prêts à être reconquis…

Connexions… connexions des fils à son cerveau, de son cerveau à son passé, à son père, à sa mère… Le lien était là, depuis longtemps oublié, depuis longtemps ignoré, mais il était bien là, l'engloutissant comme des sables mouvants. Son passé n'était qu'un gigantesque gouffre, un vide, et la nature ayant horreur du vide, elle l'avait lui aussi en horreur, et elle venait de fixer son attention sur lui et elle l'attirait maintenant dans un immense réseau neural de filets réticulés qui formaient des écrans flottant et liquides d'images et de souvenirs inconscients. Un chœur inconnu de voix et de sons à l'intérieur de lui… il crut même entendre la voix de son père, tant il était désormais lié à lui…

— Je l'ai senti, à l'instant même où elle a conçu, dit David Banner qui avait à présent toute l'attention de Betty. Ce n'était pas un fils, que je lui avais donné, mais un monstre.

Sa voix s'enfla d'un accent de désespoir.

— Pour réparer cette erreur, j'aurais été prêt à renoncer

à tout – même à mon travail – pour que les choses rede-viennent comme avant… quand c'était juste elle et moi.

Et sa mère lui souriait, sauf que ce n'était pas Monica Krenzler, c'était sa mère, sa vraie mère, et elle était magnifique et belle et elle ressemblait un peu à Betty, ce qui, d'une certaine manière, n'avait rien de surprenant, et l'image flottante de sa mère se mêlait, se fondait avec celles de deux jouets en peluche, à laquelle se superpo-sait la vision de sa mère sous forme de peinture qui se mélangeait pour former une nouvelle palette de cou-leurs, et elle souriait, un sourire rassurant, et une porte s'ouvrit, noyant son image dans la lumière…

— Je me souviens de ce jour comme si c'était hier, dit David Banner. Je me rappelle toutes mes sensations, quand je suis entré dans la maison. Je sentais le manche du couteau dans ma paume. Ça devait être écrit, tout comme Abraham et Isaac, le fils, sacrifié par le père.

Betty ne comprit pas ce qu'il disait, au début, car cette allusion à un couteau venait d'elle ne savait où, et puis tout à coup elle sut, et elle porta la main à sa bouche, horrifiée, et…

… sa mère porta la main à sa bouche, horrifiée, et elle se rendit compte que son mari regardait son fils, et l'hor-reur céda la place à la détermination farouche d'une mère luttant pour la vie de son enfant, et elle se précipita pour se planter devant l'encadrement de la porte qui les séparait, et le petit Bruce pressa ses peluches sur sa poi-trine en essayant de voir sa mère, croyant qu'elle jouait, qu'elle lui cachait une surprise, oui, elle allait soudain se retourner et elle et son père s'écriaient « Surprise ! », mais elle ne se tournait pas, elle continuait de faire face à son père, et ils criaient, mais ce n'était pas ce qu'il

*imaginait, non, c'étaient des mots que lui, Bruce, n'était
pas censé dire, et ils étaient en colère, et soudain il y eut
un cri, et quelqu'un devait avoir eu une bouteille de ket-
chup dans les mains parce qu'une grosse tache rouge
commença de se répandre sur le côté de sa robe…*

— Mais elle m'a surpris. C'était comme si… comme
si elle et le couteau avaient fusionné. Vous ne pouvez pas
imaginer…

Betty, les yeux écarquillés, fixait sa main vide.

— … l'insupportable finalité de tout ça… sa vie, et la
mienne, suspendues au bout de ma main.

*… et il se rua sur son père, qui, dans un état de stu-
peur, contemplait toujours la lame dégoulinant du sang
de sa femme, la mère de Bruce, et il se souvint au dernier
moment de brandir le couteau, mais le garçon était déjà
sur lui, bondissant, et il envoya valdinguer le couteau, et
quoique le monstre en lui ne fût pas encore libéré, qu'il
fût encore loin d'avoir atteint sa pleine puissance, le
potentiel était là, et le père rencontra le regard du
garçon et éprouva une réelle peur alors que le gamin se
jetait sur lui comme un chat sauvage, et il perdit sa mère
de vue quand elle vacilla, sous le choc et en proie à une
confusion totale, et qu'elle franchit la porte d'entrée, et
puis son père voulut le repousser pour pouvoir récupérer
son couteau et…*

— Et à ce moment précis, j'ai perdu tout ce qui
m'était le plus cher…

*… Bruce planta ses dents, comme un animal, comme
un chien enragé, dans le cou de son père, il eut le goût
du sang de son père sur ses lèvres, et le père cria et ses
hurlements se confondirent avec ceux des sirènes…*

— ... et je l'ai transformé en rien de plus qu'un souvenir...

... tandis que la police militaire envahissait la maison, et que son père était emmené de force et poussé dans une voiture équipée d'un gyrophare, et Bruce hurlait et montrait la porte par laquelle il avait vu sa mère disparaître, mais personne ne comprenait parce qu'il ne parlait pas, qu'il ne formait que des sons inarticulés, comme un singe manifestant sa détresse, et quelqu'un essayait de le calmer, et il se débattait, et il criait, et la rage s'empara de lui et son corps commença de se déformer et bientôt quelqu'un sonna l'alarme : « Il est en train d'enfler, c'est énorme, que quelqu'un apporte de la glace ! » et « Il faut qu'on lui donne des calmants, il nous fait une crise ! »

— Mais on ne peut pas ignorer ce qu'on a créé, n'est-ce pas ? dit Banner, semble-t-il inconscient de la peur et de la révulsion imprimées sur le visage de Betty. Aussi affreux que ce soit. Mon fils... il était destiné à devenir... ce qu'il est aujourd'hui. Non, c'est fini pour lui, et pour moi aussi.

Et il les repoussa avec une force que personne ne l'aurait soupçonné de posséder, et il courut dans la maison, attrapant les peluches au passage, et il monta, monta dans sa chambre, suivi par une calvacade dans l'escalier, et il allait se cacher sous le lit quand il y eut une sorte d'explosion, un bruit énorme, et le ciel s'illumina, et il courut à la fenêtre pour regarder dehors, vit quelque chose qu'il ne comprenait pas du tout, quelque chose qui lui donna l'impression que le monde était tout neuf parce que ce qui avait été là avant avait disparu, soufflé, et il y avait un homme dans la rue, un homme en uniforme, et une petite fille qui le regardait, et il entra-perçu le visage de son père alors que tout le monde se figeait en un instantané qui se grava dans son esprit avant de s'y enfouir très profondément, mais les images revenaient à présent le tourmenter et tourbillonner dans sa tête, et soudain son père était vieux, la connexion réta-blie, ses cheveux grisonnaient, et la petite fille avait grandi, et c'était Betty, et son père était près d'elle, et tous le regardaient, et il ne pouvait pas le supporter, ne pouvait pas supporter la douleur, l'agonie, c'était injuste, si injuste, pourquoi est-ce que c'était arrivé, pourquoi n'avait-il pas eu une vie normale, pourquoi POURQUOI POURQUOI, parce que ça lui donnait envie nous donnait envie me donnait envie simplement de... de...

— C'est pourquoi je suis venu à vous... pour vous demander une simple faveur... la dernière...

La voix de Banner tremblait.

— Miss Ross, sauriez-vous persuader votre père – l'homme, père lui aussi – de me laisser voir mon fils une dernière fois, si je me rends de mon plein gré ? Et ensuite il pourra me faire enfermer pour le restant de mes jours. Croyez-vous que ce soit possible ? insista David Banner qui, soudain, se mit à pleurer.

... Démolis-le... démolis sa gueule grimaçante, en train de pleurnicher, je le vois, il est là, dans ma tête... dans mon âme... Je hais... je hais... détruis-le... écrase-le... fais couler le sang entre tes doigts, démolis, démolis tout, démolis tout...

Betty passa d'un pied sur l'autre, mal à l'aise.

— Je vais donner un coup de téléphone, dit-elle avant de quitter la pièce.

David Banner la suivit des yeux. Un sourire sinistre
avait remplacé ses larmes.

... *DÉMOLIS TOUT*...

Au-dessus de la cuve d'immersion, dans le labo aux
parois de verre, un des techniciens, Wein, étudiait les
moniteurs affolés.

— On a énormément d'activité neurale ! annonça-t-il,
tout excité. C'est dingue ! Il dégage un paquet de...

Glen Talbot le repoussa brusquement.

— Laissez-moi voir.

Il se pencha, étudia les données avec satisfaction.

— Bingo ! Il doit vivre un sacré cauchemar...

C'est alors qu'ils entendirent le rugissement sortant
de la cuve, étouffé mais audible, résonnant sourdement
dans le liquide. Le réservoir, incroyablement, ruait dans
ses fixations, et pulsait, et vibrait, et tout à coup Talbot
comprit son erreur. Une erreur catastrophique, fondamentale, qu'un étudiant de première année n'aurait pas
osé commettre. Mais le détail lui avait totalement
échappé, et aux techniciens aussi, et à tous les employés
de ce labo high-tech.

— Déplacement de liquide, marmonna-t-il.

Lorsque le corps de Banner commença de se déformer, de changer et de se métamorphoser en cette monstrueuse masse de muscles connue désormais sous le nom
de l'incroyable Hulk, il s'annexa l'espace précédemment occupé par le liquide. Lequel liquide était toujours
là. Or, de même que l'eau gicle de la piscine quand le
plongeur y entre, la violente croissance du corps de
Banner exigeait en contrepartie une expulsion tout aussi
violente du liquide. Mais la cuve étant déjà quasiment
pleine, le liquide, à l'arrivée inopinée de Hulk, ne pouvait aller nulle part – sauf *dehors*...

Ce qu'elle fit.

Les jointures étanches craquèrent et du liquide commença de fuser dans toutes les directions. Un autre rugissement succéda au premier, et une énorme main verte chercha à sortir. Le métal se tordit, craqua, les rivets sautèrent, et soudain la cuve se brisa comme une tirelire. Les crissements métalliques se mêlèrent aux hurlements des témoins, les parois d'acier plièrent, et Hulk, trempé, dégoulinant, se redressa au milieu du raz de marée qui déferlait dans le labo en poussant un beuglement qui aurait envoyé un T-Rex se blottir en tremblant au fond d'une caverne.

... mouillé... où... où... pas d'importance... détruis... tue...

En vrai professionnel, Wein, auprès de Talbot, ne céda pas à la panique. Ce self-control, dans l'instant, n'allait cependant pas de soi et requérait un effort certain. En fait, s'il avait eu la plus petite idée de ce à quoi il était confronté, il en aurait sûrement souillé son pantalon.

Mais dans l'immédiat, c'est avec calme qu'il demanda :

— Dois-je incinérer ?

Talbot, qui s'était tant bien que mal ressaisi, répondit avec un tel mépris qu'on aurait pu penser que cette question était la plus absurde qui eût jamais été posée.

— Non ! Les cendres ne me serviraient à rien.

Il pressa le bouton de l'intercom.

— Endormissez-le, ordonna-t-il.

Hulk, enragé, était en train de marteler les murs quand le gaz filtra dans la cellule d'immersion.

L'esprit de Bruce Banner était profondément enfoui, comme l'avaient été les souvenirs de son enfance, et celui de Hulk, bestial et destructeur, était maintenant aux commandes. Malgré cela, la conscience de Banner était encore assez présente pour qu'une pensée cohérente monte dans la tête de son double.

… *gaz*… *retenir la respiration*…

… et sans savoir pourquoi, et d'ailleurs sans s'en soucier, Hulk prit une longue inspiration et remplit ses poumons une seconde avant que le gaz n'atteigne le niveau de ses narines.

De son poste d'observation, Talbot se pencha, guettant avec impatience le moment où Hulk tomberait sans connaissance. Mais le géant ne réagit pas du tout selon ses prévisions. Il agita simplement les bras comme s'il était agacé par une mouche, sans plus, et dans ses mouvements désordonnés, passa une main à travers le mur.

— Oh bon Dieu, chuchota Talbot qui songea que ce n'était plus désormais qu'une question de secondes avant qu'il ne sorte tout entier de la cellule.

Et, une fois n'est pas coutume, il avait raison.

Hulk jaillit dans le couloir adjacent où les employés s'égaillèrent en hurlant tandis que des soldats armaient leurs fusils, prêts à tirer. Leurs efforts faiblirent rapidement, toutefois, car le gaz se répandait déjà dans le couloir. Si, pour Hulk, il n'avait guère plus d'effet que de lui piquer les yeux, il se révéla très efficace pour les autres. Hulk regarda autour de lui, énervé, puis descendit le corridor sans autre désir que de se trouver ailleurs.

Au labo, Talbot, atterré, fixait le nuage de gaz, le trou béant, et la direction par laquelle avait disparu Hulk. D'une voix qu'il parvint miraculeusement à maintenir ferme, il ordonna :

— Ne le tuez pas. Je dois prélever un échantillon d'abord. Envoyez-lui la mousse.

Alerté par les signaux d'alarme qui se déclenchaient de partout, le général Ross remonta le couloir en courant. Son aide, Lieber, avait beau avoir la moitié de son âge, il eut du mal à le suivre. Ross débloula dans la salle de Commande et Contrôle. Il y régnait une pagaille indescriptible. Tout le monde échangeait des informations incrédules dans un brouhaha assourdissant.

— Monsieur ! cria Lieber en montrant l'un des moniteurs intérieurs.

Ross releva les yeux et découvrit sur l'écran l'image instable en noir et blanc d'un mastodonte affrontant une unité spécialement entraînée de la sécurité d'Atheon. Rien de surprenant à ça : après que Ross eut coupé court à la petite séance musclée de Talbot avec Banner, Atheon avait exercé sa mystérieuse influence et obtenu ainsi l'aile bien isolée des secteurs X à Z, niveaux un à sept, dont seul le personnel d'Atheon avait dorénavant accès. Cette décision avait mis Ross en rage. Pour lui, c'était une erreur calamiteuse, mais personne n'avait voulu l'écouter. C'était une de ces rares occasions où il déplorait d'avoir eu raison.

— Nom de Dieu, souffla-t-il. Appelez-moi Talbot.

Le réseau intérieur était pris d'assaut, et tandis que Lieber essayait d'obtenir Talbot, Ross continua d'observer l'écran avec stupéfaction. Sous ses yeux, un des hommes s'avança avec un gros fusil relié à deux bouteilles fixées sur son dos. Il tira et un jet de liquide gélatineux couvrit de mousse poisseuse la créature que Ross avait baptisée « l'Homme en Colère ». Celui-ci se débattit alors que le produit se congelait instantanément sur lui. Il en secoua une partie qui atterrit sur l'un des hommes, lequel fut instantanément transformé en statue.

— Monsieur ! appela Lieber. J'ai Talbot sur la six !

Ross appuya sur la touche correspondante.

— Talbot, ici Ross, aboya-t-il. Je vous écoute.

— J'ai la situation en main, général. Je vous avertirai si nous avons besoin de vous.

Ross n'en croyait pas ses oreilles. La coupe était pleine.

— Inacceptable, décréta-t-il. Dégagez immédiatement le secteur. Evacuation complète. Lieber ! Qui avons-nous, là-bas ?

Lieber, qui avait anticipé les intentions de son supérieur, arriva avec son clipboard.

— J'ai déjà prévenu les unités Bravo et Laramie, général. Bravo vient du dessus, Laramie du dessous. Elles peuvent converger sur le site en trente secondes.

Cette initiative de Lieber était naturellement une entorse au règlement, mais Ross l'aurait volontiers embrassé.

— Bien vu. Envoyez-les !

— Bravo, Laramie, allez-y ! Ordre du général ! cria l'aide dans son casque.

Ross revint se planter devant l'écran avec un mélange de crainte et de fascination. L'Homme en Colère continuait de lutter contre la mousse avec un acharnement enragé. Le vieux bagarreur assoupi en Ross se réveilla brusquement. Ça au moins c'était un adversaire !

Il rejeta vite fait cette pensée. Il n'était pas devant un match de boxe. De braves types allaient devoir se battre contre la science déchaînée. C'était comme d'envoyer des troupes intercepter un missile atomique avec les dents.

— Talbot, nous arrivons ! lança-t-il dans l'appareil. Confirmez. Lieber, combien de temps ?

— Quinze secondes, général.

La ligne demeurait silencieuse.

— J'ai dit « confirmez », Talbot ! répéta Ross.

Et soudain, Lieber s'écria :

— Général ! Ils verrouillent toute l'aile !

— *Quoi ?!*

— Bouclez tout, dit Glen Talbot.

A cet instant, alors qu'il regardait le géant lutter contre la gangue de mousse qui l'enveloppait, il ignorait les limites de sa force. Il ignorait ce qu'il faudrait pour l'arrêter. Il ignorait combien d'hommes il pourrait perdre. En revanche, il y avait une chose qu'il savait sans le moindre doute possible : c'est qu'il était totalement hors de question d'abandonner la situation à Thunderbolt Ross, qui se ferait un plaisir de le faire passer pour un imbécile patenté.

Wein écarquilla les yeux avec incrédulité.

— Mais… vous n'avez pas entendu le général ?

Talbot n'était pas d'humeur à discutailler. Il dégaina son arme et la pointa sur le visage de Wein.

— J'ai dit « bouclez tout ».

Wein déglutit péniblement et actionna le mécanisme de verrouillage. Talbot guetta les signaux lumineux, puis se tourna vers les moniteurs où il put voir les portes coulissantes se fermer. Il approuva de la tête quand tout fut en place.

— Je vais te montrer, moi, qui va dégager, ricana-t-il. Envoyez-moi une unité de la sécurité. Je vais les conduire et disséquer moi-même cette saloperie de bulldozer vert.

Wein ne réagissant pas assez vite à son goût, il crispa son index sur la détente.

— Exécution !

Wein s'exécuta.

Le chef de groupe de l'unité Bravo aurait eu le temps de se glisser sous le volet métallique avant qu'il soit complètement descendu, mais il aurait été isolé de ses soldats. Il jugea donc plus sage de s'arrêter. Des grondements furieux retentissaient de l'autre côté, comme si un lion enragé avait été lâché… ou peut-être un rhinocéros, difficile à dire, les cris étaient assez bizarres. En tout cas, c'était gros.

— C2, dit-il dans son casque… Ici 04. Les portes sont verrouillées.

En C&C – répondant aussi au nom de C2 –, Ross explosa.

— Talbot ! cracha-t-il comme si c'était un juron avant d'attraper le micro. 04, ici C2. Essaie de débloquer. Ne bougez pas de 1.

En d'autres termes, 04 devrait rester sur place jusqu'à nouvel ordre. Ross reporta son attention sur l'écran.

L'Homme en Colère se débattait toujours contre la mousse qui, si elle le ralentissait, ne l'empêchait pas d'avancer à grand renfort de moulinets des bras et de rugissements. On se serait cru dans un remake de *Godzilla*. Les gardes d'Atheon avaient battu en retraite depuis longtemps. *Amateurs*, songea Ross en passant sur le radiophone.

En dépit de la crise qu'il avait à surmonter, sa voix était un modèle d'équanimité. En fait, il était dans son élément. Gratter des tonnes de paperasses, finasser avec les politiques et faire des courbettes devant les grosses huiles… – il détestait. En revanche, avec un ennemi à combattre, des troupes à manœuvrer et des stratégies à appliquer, il retrouvait une nouvelle jeunesse.

— Appel à toutes les unités, appel à toutes les unités, lança-t-il sur les ondes. Ici C2. Etat d'alerte, je répète : Etat d'alerte. Situation : Secteur Zoulou, niveau 4, zone 256. Le sujet est Banner, Bruce. Nom de code : Charlie… Je répète : Charlie. Unité Laramie, assurez position, neutralisation, et au rapport.

Il gardait Bravo en réserve, priant pour ne pas avoir besoin d'eux, mais redoutant le contraire.

Par un pur hasard, le géant vert qui avait été Bruce Banner se tourna à cet instant face à une caméra, et rugit tel un monstre depuis longtemps disparu bravant le temps pour ressurgir d'un repli miraculeusement préservé de la préhistoire.

— Ça risque d'être intéressant, marmonna Ross.

CE QUE L'HOMME A ENGENDRÉ

Talbot, accompagné d'une troupe d'hommes armés d'Atheon, approchait de l'endroit où Hulk était empêtré dans la mousse. Ils firent une brève halte en entendant le géant se débattre.

— On va prélever un échantillon, dit-il.

Tournant au coin du couloir, ils se retrouvèrent face à Hulk qui ne s'intéressa même pas à eux, trop occupé qu'il était à se désengluer de la substance rigidifiante. Il en était presque entièrement recouvert et avait manifestement de plus en plus de mal à se mouvoir. Une petite surface, à la base du cou, restait cependant encore à découvert.

Talbot s'avança prudemment.

— Allons-y en douceur, murmura-t-il.

Levant sa perceuse laser, il l'enfonça dans le cou de Hulk qui recula en hurlant. Devant sa fureur soudain décuplée, Talbot et les autres se replièrent précipitamment. Et puis, alors même que sa peau se détachait par lambeaux, la créature mi-homme, mi-bête parvint à se débarrasser de la gangue de mousse dure.

La carapace se craquela, et tomba bientôt par morceaux entiers, et brusquement Talbot s'aperçut que, en quelques secondes, Hulk serait complètement libéré. Et il y avait fort à parier que le premier à se trouver dans son collimateur serait le joueur de perceuse laser.

— Arrière ! ordonna-t-il.

Il n'eut pas à le répéter. Les hommes revinrent sur leurs pas à toute blinde tandis que, dégagé de sa gaine paralysante, Hulk se ruait à leur suite. Chacun de ses pas ébranlait les murs et le sol.

Comme il tentait de se mettre à couvert, Talbot entendit les verrous des volets métalliques cliqueter et le *clac-clac* des parois d'acier qui remontaient. Cette saleté de Ross avait trouvé le moyen de débloquer les verrouillages. En un rien de temps, les portes seraient ouvertes et les unités militaires envahiraient les lieux comme un essaim de frelons. Talbot n'avait pas fini de l'entendre, ce vieil emmerdeur.

A moins qu'il arrête le monstre d'abord.

S'il ne pouvait pas obtenir d'échantillon de la créature vivante, il se débrouillerait avec son cadavre. Il espérait seulement qu'elle ne redeviendrait pas Bruce Banner avant qu'il ait pu prélever les tissus mutés dont il avait besoin.

Un des gardes d'Atheon le doubla en courant, et Talbot lui prit son fusil des mains au passage. Il le savait équipé de balles 30-06 APM2 perforantes. Seul un gilet pare-balles de type IV pourrait les arrêter, or s'il y a une chose dont il était certain en ce qui concernait le géant vert, c'est qu'il ne portait *aucun* gilet pare-balles. Quant au garde, il ne semblait que trop heureux de se délester de son jouet. Il pourrait détaler plus vite.

Talbot se tourna pour affronter Hulk. Bien que le monstre le toisât de très haut, Talbot ne voyait en lui que le pathétique scientifique pleurnichard à qui il avait si aisément assené une bonne danse. La bête et l'homme se regardèrent un instant, et c'était curieux, mais – Talbot attribua cette impression à son imagination, bien sûr – Hulk semblait le reconnaître, et à voir en lui davantage qu'un ennemi.

(... mal... fait mal à nous... à moi... fais mal à lui... plus... PLUS mal à lui...)

Talbot jura et battit en retraite tandis que le géant s'avançait vers lui *en grandissant*. Comme si ses deux mètres cinquante et plus ne lui suffisaient pas, il devint plus immense encore. Quelques secondes plus tard, il emplissait totalement le couloir. Il était tout à coup moitié plus haut, et avait grossi en proportion, à tel point qu'il avait réussi à se coincer dans l'espace devenu trop exigu pour lui. Il regarda autour de lui, frustré, gronda et banda ses muscles jusqu'à ce que les murs se lézardent peu à peu afin de lui donner l'espace dont il avait besoin.

Talbot l'observait avec fascination. Puis il entendit le martèlement des bottes militaires, et se félicita que Hulk ait eu la complaisance de devenir une cible encore plus grosse qu'auparavant. Au moins, il ne risquait pas de le rater.

— A un de ces quatre, vieux, dit-il en lâchant une puissante rafale de fusil automatique.

Hulk ne bougea pas pour la bonne raison que les murs le maintenaient encore en place, mais son visage se tordit de douleur sous l'impact des balles, et l'espace d'un instant Talbot crut avoir gagné.

Il n'eut pas beaucoup le loisir de savourer sa victoire. Le couloir retentit du bruit assourdissant des balles rebondissant du poitrail de Hulk pour ricocher tous azimuts, et bon nombre d'entre elles se retournèrent sur Talbot qui s'effondra, les mains crispées sur sa poitrine. Il n'eut que le temps de sentir quelque chose de doux, de chaud et de dégoûtant sur ses mains qu'il tenta de repousser à l'intérieur, quoi que ce fût. Puis il comprit, et le choc acheva de le tuer.

Le reste des troupes, qui avait assisté à la scène, déguerpit ventre à terre.

Ross avait été témoin, lui aussi.

Il vit Talbot tomber, et le temps se ralentit. Thunder-bolt Ross revit un jeune officier déterminé à conquérir le monde. Il vit l'homme ambitieux pour lequel il avait nourri de grands espoirs, en lequel il avait décelé les qualités d'un battant qui irait loin. Et il avait vu cette ambition se dégrader, se transformer en arrivisme, avait vu l'argent, le cynisme et la soif de pouvoir pervertir ses aspirations.

A sa manière, Talbot avait été aussi corrompu par le pouvoir que tout porteur du nom de Banner. Il était plus habile à le cacher, c'est tout.

Tout cela traversa les pensées de Ross, puis Talbot s'écroula comme un phoque harponné en plein cœur. Alors l'esprit militaire aguerri de Thunderbolt Ross gomma Talbot, tourna la page et passa à l'action. Parce qu'au-delà de sa perversion et de sa duplicité, Glen Talbot avait au moins eu une action positive. Par sa mort, il avait laissé entendre à Ross qu'ils avaient affaire à une créature contre laquelle les armes conventionnelles demeuraient sans effet. Et le général avait sous ses ordres un bataillon de jeunes recrues impatientes d'en découdre avec le monstre et à donner l'assaut. Or toutes seraient envoyées *ad patres* sitôt qu'elles ouvriraient le feu.

— Faites-les se replier, dit Ross sombrement, ignorant délibérément le micro devant lui. Lieber, ordonnez le repli.

— A toutes les unités Laramie, ici C2, annonça Lieber dans le micro. Reculez. Pas d'affrontement avec le sujet Bruce Banner, je répète : pas d'affrontement.

(Cours cours ils courent démolis ceux qui courent démolis-les démolis démolis...)

Le colonel McKean de la sixième division Laramie répercuta l'ordre de repli. Les hommes n'avaient pas encore vu ce qu'ils étaient censés attaquer, mais ils avaient en revanche entendu les rugissements qui secouaient les murs des couloirs, et McKean songea qu'ils venaient visiblement d'échapper à un sacré adversaire qu'il n'était pas trop pressé de rencontrer.

Ils refranchirent les volets métalliques, ceux que C&C avait eu tant de mal à déverrouiller, et dès que le dernier homme fut passé, les portes se fermèrent de nouveau. McKean prit aussitôt contact avec les autres unités Laramie et Bravo afin d'obtenir un état de la situation dont il rendit brièvement compte au C&C.

— C2, ici Laramie 06. Repli général des unités Laramie. Le sujet est dans le secteur Yolk, niveau 4.

La voix de Thunderbolt Ross retentit dans son casque pour l'informer qu'il adoptait la désignation « Laramie 0-1 » en tant que chef de l'état-major. Tout ordre comprenant la mention 0-1, qu'il le donne lui-même ou qu'il soit retransmis, devait être considéré comme une priorité absolue.

— Concentrez les forces sur le secteur X, niveau 03, zone 185, terminé.

McKean confirma aussitôt et retransmis les ordres à toutes les autres unités Laramie à l'écoute.

— A toutes les unités Laramie, ici Laramie 01, concentrez les forces sur le secteur rayon-X, niveau 03, zone 185, terminé.

— Laramie 0-1, poursuivit la voix de Ross, activez tous les mécanismes de sécurité. S'il approche 2-Foxtrot, nous savons ce que nous avons à faire. Il pourrait faire de sacrés dégâts, dans le coin.

Un euphémisme s'il en fut. Les missiles Foxtrot étaient les têtes nucléaires stockées dans les entrepôts souterrains. Si le géant commençait de fourrager là-dedans, les radiations libérés auraient à elles seules la capacité de tuer tout le personnel dès l'instant où elles atteindraient les conduits d'aération. Sans parler des risques d'explosion nucléaire…

McKean enregistra l'ordre, mais bien qu'il fût émis par 0-1, ce n'était pas sa préoccupation première. Ce qui l'inquiétait davantage était que l'énorme volet métallique en face de lui semblait, contre toute attente, et quoique ce fût absolument inconcevable, trembler sous les coups répétés de… de poings énormes.

— C2, compris, confirma-t-il, les yeux rivés sur le spectacle de la porte qui se pliait. Mais le sujet ne prend apparemment pas cette direction. Il a plutôt l'air de venir droit sur nous, monsieur.

— Compris, répondit Ross, alors que d'autres troupes se déversaient dans le couloir principal. Préparez repli actif et restez sur place.

(… *attrape détruis démolis démolis si mal mal fais leur mal démolis-les tous… DÉMOLIS-LES TOUS…*)

Et soudain le volet qui isolait le monstre du couloir principal se déchira comme une vulgaire feuille d'aluminium, et Hulk passa au travers. A l'avenir, quand les participants à l'affrontement relateraient l'épisode, leurs descriptions de la taille de la créature varierait curieusement de l'un à l'autre. Et, tout aussi curieusement, toutes seraient correctes. La taille de Hulk fluctuait en effet selon son humeur et la force de son opposant.

Aussitôt les hommes prirent leurs jambes à leur cou. Personne ne tenait à être le premier à s'attaquer à cet être inhumain. Pas besoin de dessin pour se rendre compte qu'ils n'étaient pas de taille à lui tenir tête. McKean se replia aussi, mais sans paniquer. Il recula simplement de quelques pas et observa avec méfiance Hulk lever les bras au-dessus de la tête en poussant un hurlement de rage haineuse. La voix de Ross retentit dans son casque.

— 01, C2, envoyez le stroboscope, terminé !

— Alerte, alerte ! cria McKean, priant que ses hommes l'entendent malgré les beuglements du géant. A toutes les unités, mettez lunettes de protection pour strobe, terminé.

Tous les soldats chaussèrent leurs énormes lunettes. Chaque paire était équipée de volets électriques fonctionnant en syncope avec le puissant stroboscope qui venait d'être installé dans le couloir. On le brancha et, instantanément, Hulk, désorienté, porta les mains à ses yeux. Les soldats, à travers leurs verres spéciaux, virent sa silhouette aux gestes saccadés reculer vers l'entrée du tunnel. Ils avaient l'impression de regarder un vieux film muet.

(… lumière… mal… mal aux yeux… mal… arrêter…)

Une équipe arriva en courant pour envoyer des filets qui se tendirent devant le géant.

(… arrêter… peux pas arrêter…)

Bondissant, il attrapa le bord d'un des filets et le renvoya sur les hommes qui s'enfuirent aussi vite qu'ils le purent comme Hulk ramassait le matériel qu'ils avaient laissé sur place pour les en bombarder.

— C2, quatre, il n'est toujours pas maîtrisé, terminé, lança un des soldats.

— Quatre, compris, C2, dit Ross.

(… Arrêter lumière… ARRÊTER !)

D'un bond, Hulk écrasa son poing sur le plafond. D'énormes poutres s'effritèrent et tombèrent en travers du couloir. L'une d'elles détruisit l'appareil stroboscopique. Hulk réatterrit, encore déboussolé, puis s'enfila dans l'entrée du tunnel.

Ross suivait les opérations depuis C&C tout en recevant un rapport d'une des unités Laramie.

— C2, 04, il se dirige vers la surface, terminé.

— Alerte à toutes les unités, situation d'urgence maximum. Utilisez les armes, tous moyens nécessaires autorisés. C2, terminé.

L'écran devant lequel Ross était scotché s'illumina d'éclairs fulgurants alors que les militaires mitraillaient le dos de l'Homme en Colère à l'aide de tout ce qu'ils possédaient dans leur arsenal. Ross souhaitait encore désespérément – mais de plus en plus *désespérément* – que ce qu'il redoutait le plus depuis le début ne se réalise pas.

Et puis, au-dessus de lui, très haut, il entendit la terre se craqueler. Un silence. Puis un grondement du sol, similaire à celui d'un séisme, mais plus concentré.

Il savait. Alors même qu'il en avait confirmation par un témoin oculaire, il savait exactement ce qu'il venait de se passer. Son cœur pesa soudain une tonne dans sa poitrine, et il baissa une fois encore les yeux sur le corps inerte de Glen Talbot, étalé, sanglant, dans le couloir. Et son humeur vira au noir d'encre – *Talbot, espèce de salopard* – comme il annonçait dans le micro :

— Javelin 6, ici C2. Il est dehors. Avancez sur secteur 5 rayon X. Terminé.

Le géant s'était tout bonnement foré un chemin dans la terre jusqu'à la surface. Il était parti, et il y avait de grandes chances pour que rien ni personne ne puisse désormais l'arrêter.

(Libre… libre… libre… espace… paix…)

Hulk se retrouva dans le quartier calme et désert. Son premier instinct – et il ne fonctionnait que sur l'instinct car aucune pensée ne se formait dans son esprit – fut de scruter les alentours pour s'assurer qu'aucun homme armé de bâton cracheur de balles n'y était caché. Mais ses narines dilatées qui sondaient l'air lui apprirent que non.

Une des maisons attira son attention. Evidemment, il ne pouvait en aucun cas comprendre qu'il avait à une époque habité là. Son appréhension du monde et de la façon dont il y était relié, très primitive, s'exprimait simplement par la douleur, la colère, et le désir de démolir tout et tous ceux qu'il considérait comme une menace. Quant à cette maison, elle l'attirait à un niveau fondamental qui le dépassait totalement.

Mû par une volonté plus puissante que la sienne – celle d'une mémoire éclatée –, il s'avança pour regarder par une fenêtre et observer l'intérieur poussiéreux. Des bruits de moteurs se firent entendre, mais il était difficile de discerner s'ils étaient réels ou issus de quelque fragment mémoriel. Une porte s'entrouvrit alors sur le passé et il perçut des lumières clignotantes. Un petit arbre vert joliment décoré de guirlandes trônait dans la pièce. Il vit un petit garçon qui lui parut vaguement familier mais aussi extrêmement exaspérant, et Hulk eut l'envie soudaine de traverser le mur et d'écraser le gamin dans ses énormes mains. Il y était poussé par le sentiment que, s'il le faisait, il serait enfin affranchi de cette frustrante voix de la raison qui ne cessait d'entraver ses faits et gestes.

Et puis le vent se mit à hurler comme s'il cherchait à l'avertir de quelque danger, et tout à coup la maison s'embrasa alors qu'un missile tombait sur le quartier. Hulk, qui essayait toujours de démêler la fiction de la réalité, fut pris par surprise et projeté en arrière par le souffle de l'explosion. Il atterrit durement sur les dunes dans un nuage de sable.

Comme il se relevait, un convoi de LAV – des véhicules d'assaut spécialement conçus pour le désert – se dirigea droit sur lui. Un instant déstabilisé, il se ressaisit rapidement. Bondissant devant l'un d'eux, il attrapa la petite chaîne suspendue au pare-chocs. La jeep pila. Le conducteur sauta par la portière mais il restait une mitrailleuse perchée à l'arrière, et un tireur assis aux commandes. Le type braqua l'arme sur Hulk et…

… et soudain il se retrouva en train de voler. Car Hulk avait tiré sur la chaîne au bout de laquelle le LAV se balançait comme un pendule. Le tireur, cramponné à sa mitrailleuse, essayait désespérément de viser le mastodonte mais ne parvenait qu'à arroser le désert. Soldats et véhicules s'éparpillèrent dans toutes les directions. Hulk envoya le LAV et le tireur valdinguer ; le type, consciencieusement, avait le doigt toujours pressé sur la détente. Jusqu'à ce qu'il bascule et décroche de son siège. Une chance pour lui, car le véhicule alla terminer sa course sur l'un des chars Abrams qui approchait. Lequel avait commencé de bombarder Hulk, mais la jeep qui s'écrasa dessus l'immobilisa définitivement.

Un deuxième tank passa tout près, essayant lui aussi de viser la silhouette verte qui se déplaçait avec la vivacité de l'éclair. Mais le tireur n'eut pas plus de chance que le précédent. Toutes les maisons alentours y passèrent, mais Hulk n'avait toujours pas la moindre égratignure. Se dirigeant tout à coup droit sur le char intact, il en dévissa toute la partie supérieure puis arracha la tourelle qu'il cogna à plusieurs reprises sur le sol jusqu'à la réduire en une masse de métal tordu en lançant de redoutables rugissements de défi. Le char essaya de reculer, mais Hulk, qui commençait à se lasser de son jouet, lâcha celui-ci pour s'emparer de ce qu'il restait du blindé et le soulever à la verticale, provoquant la culbute de ses locataires, un peu comme un gamin qui secoue la boîte de céréales pour en faire sortir le cadeau. Horrifiés et fascinés, les soldats virent le géant hisser le char au-dessus de sa tête, et s'enfuirent sans demander leur reste, et sans même tenter de dégainer leurs armes. A quoi bon ? Autant se battre avec un lance-pierres contre un missile nucléaire.

Les troupes d'infanterie s'étaient refugiées derrière les chars, mais devant le monstre qui manipulait les blindés sans plus de difficulté que s'il s'était agi de boîtes à chaussures, elles n'eurent pas besoin d'autres encouragements pour filer elles aussi à l'anglaise.

Le cri triomphant de Hulk les propulsa par-delà les dunes.

Dans la salle de Commande et Contrôle, Thunderbolt Ross pressait un téléphone satellite contre son oreille. Le sergent en fuite venait de l'informer des détails du fiasco. Ross avait pâli mais néanmoins assuré le sergent qu'il avait pris la bonne décision en sonnant la retraite. Inutile de risquer inutilement des vies, et un affrontement avec la créature équivaudrait à un suicide tant qu'il n'aurait pas une armée conséquente à lui opposer.

— Ici T-bolt, du Desert Lab, annonça-t-il au téléphone. Demande à parler de toute urgence avec POTUS et le conseiller de la NSA.

POTUS, naturellement, étant l'abréviation de *President of the United States*.

— Ohio, dit l'opérateur du Satcomm.

— Sandusky, répondit Ross, donnant le mot de passe convenu. Je répète, Sandusky. Authentifié Alpha Whisky Sierra Cinq Cinq Zéro Trois.

— Alpha Whisky Sierra Cinq Cinq Zéro Trois, répéta l'opérateur.

— Je reste en ligne.

Les quelques secondes qu'il dut attendre lui parurent s'éterniser.

— La ligne est protégée, déclara l'opérateur. Allez-y, je vous prie.

— Monsieur le Président, j'ai de très mauvaises nouvelles, dit Ross.

Il avait l'image mentale du Président dans une salle de conférence, entouré de membres et de conseillers de son cabinet. Puis il entendit, en fond sonore, le bruit caractéristique d'un club frappant une balle. Le chef de l'Etat était sur un terrain de golf... *Avec les dollars de tes impôts*, songea-t-il avec cynisme.

— Je vous écoute, général, dit le Président.

Le conseiller de la sécurité nationale était également en ligne. Ross l'avait rencontré une fois. C'était une femme sèche, qui ne plaisantait pas. Le courant n'était pas passé enre eux, mais Ross respectait son exigence et la rapidité avec laquelle elle appréhendait une situation. Ce qu'elle démontra une fois encore...

— J'ai déjà briefé le Président sur l'Homme en Colère. Je suppose que c'est ce dont il s'agit ?

— En effet, madame. Je requiers l'aide de la *National Command Authority*. L'Homme en Colère est dangereux, et j'ai besoin d'avoir tout ce que nous possédons à ma disposition afin de l'arrêter.

— Général, envisagez-vous des victimes civiles ? demanda le conseiller.

— Pas si je peux l'en empêcher, répondit Ross prudemment.

— Considérez que c'est fait, dit le Président. Et tenez-nous au courant. Oh... général ?

— Oui, monsieur le Président ?

Il y eut une pause, puis :

— Je n'ai pas besoin, je suppose, de vous rappeler que nous sommes en pleine année électorale ?

Le message était clair : des électeurs tués par un projet gouvernemental qui a mal tourné serait du plus mauvais effet…

— Non monsieur. T-bolt terminé.

Il coupa la communication, et Lieber lui apporta un téléphone de terrain. Il avait tellement de moyens de communication à sa portée que c'en devenait grotesque. Il attrapa l'appareil sans même chercher à savoir qui était son interlocuteur.

— C&C, annonça-t-il laconiquement.

— C&C, UH-60 sur le tarmac.

— Portland, compris, dit Ross. Boulder, envol imminent, rendez-vous à six six neuf.

— Compris, Portland. Au signal, nous lâcherons le RC sur lui, déclara la voix.

(… libre… libre… cœur qui bat, force qui pulse, peux pas être arrêté… invincible…)

Véritable force de la nature, Hulk filait à travers le désert, avec des bonds prodigieux et des tremblements de terre à chaque atterrissage. Pour la première fois, sa rage s'effaçait presque derrière une joie pure tandis qu'il goûtait l'immense plaisir de sa puissance et de sa liberté sans limites.

Il ne remarqua même pas l'hélicoptère Blackhawk qui le suivait. Pas pour longtemps, d'ailleurs. Sans même deviner qu'on tentait encore de le ralentir, il se mit à accélérer, toujours plus vite, jusqu'à ne plus devenir qu'une tache brumeuse à l'œil humain. Le Blackhawk s'efforça de s'accrocher, mais sa vitesse maximum de deux cent soixante kilomètres à l'heure ne lui permit pas de rattraper le géant qui ne fut pas long à le distancer.

Et il devint évident que les petits sauts de Hulk lui avaient uniquement servi à prendre son élan, car avec un mouvement gracieux que lui aurait envié un champion olympique du saut en longueur, Hulk franchit trois kilomètres d'une seule poussée de ses jambes incroyablement puissantes. Un autre suivit, puis un autre encore… En moins de quelques minutes, il avait disparu.

Et Ross, à bord du Blackhawk, plissa les yeux pour scruter en vain l'horizon.

— Mon Dieu, souffla-t-il.

Pour la centième fois au moins depuis que le soleil s'était levé sur cette journée, il ne pouvait croire à ce qu'il voyait. Mais déjà ses mains tâtonnaient pour trouver la fréquence radio des quatre hélicoptères Comanche censés être en route. Un bref instant plus tard, il surprit la conversation entre les hélicos et leur base locale.

— Banshee 0-1, vol de quatre, demande direction et contact.

— Vol Banshee, direction 2-6-0. Montez et maintenez cinq mille. Circulation dégagée. Contact est T-bolt sur Fox Mike 3-5-6-4. C'est un gradé oscar 8 dans un Blackhawk à environ 4-5 kilomètres.

— Banshee 0-1 tout compris. 2-6-0 à cinq mille. Contact T-bolt sur Fox Mike 3-5-6-4.

Fort d'une longue expérience, Ross put déchiffrer leur langage ésotérique, même si la transmission était parasitée. Les Comanches n'étaient pas encore en vue. Le Blackhawk vira dans leur direction tandis que Ross s'interrogeait avec angoisse sur les ravages que l'Homme en Colère pouvait faire d'ici que les hélicos puissent l'arrêter.

(… saute… saute… vole… si fort… plus fort du monde…)

Hulk écarta les bras, s'exposant au vent alors qu'il volait pratiquement, les yeux clos, répondant à l'appel

irrésistible des vastes plaines du désert. Il avait déjà
oublié la maison. C'est ici, ivre de son pouvoir, fasciné
par les nouveaux horizons du Sud-Ouest, qu'il se sentait
réellement chez lui.

Le désert défilait sous les pieds de Ross quand il
attrapa la radio. La transmission était désormais plus
claire alors qu'il convergeait vers les Comanches.

— DBC… le sujet progresse très vite. Le terrain ne
semble pas être un obstacle. Ne le perdez pas de vue.

— Compris T-bolt.

— T-bolt, ici Banshee 0-1, vol de quatre, arrivons à 5
heures de vous. Sommes armés de roquettes. Indiquez
cible et intentions.

Ross prit une profonde inspiration et exhala lentement.

— Banshee 0-1, T-bolt. Fréquence 4-4-3. La mission
est d'arrêter ce type. Terminé.

— T-bolt, Banshee 0-1 comprend que vous voulez
qu'on attaque le… euh… la cible.

Banshee 0-1 avait l'air perplexe, et même vaguement
amusé. Ce pilote de chasse entraîné était habitué à attaquer des convois ou des cibles militaires capables de
riposter. Mais là, on lui avait simplement annoncé qu'il
devait neutraliser un individu doué d'une force exceptionnelle, et son étonnement était compréhensible. Il avait
même du mal à prendre cet ordre au sérieux. Ross espérait seulement qu'il l'exécuterait avant qu'il soit trop tard.

— Exact, Banshee, confirma Ross, croisant les
doigts. Vous avez carte blanche. Bonne chasse.

(… *paix… paix… cœur ralentit… calme…*)

Autour de lui se dressaient des falaises abruptes et des
formations rocheuses creusées de profonds défilés. Hulk
bondit sur une hauteur et laissa son regard balayer le pay-
sage alentour. Il y eut un instant de silence presque

effrayant d'intensité. Sa respiration s'apaisa, les battements de son cœur reprirent un rythme régulier. Eût-il été
abandonné à lui-même que Bruce Banner aurait sûrement
bientôt réapparu. Plus rien, finalement, ne le menaçait.

Mais les choses n'en restèrent pas là…

(… *pas laisser tranquille… démolis… DÉMOLIS…*)

Hulk fut interloqué par l'arrivée des hélicos, mais pas
plus d'une seconde. Il réagit immédiatement en bondissant pour attraper les pales d'un des appareils les plus
proches. Le métal heurta sa paume, se plia, se tordit ;
l'hélico oscilla dangereusement vers lui, et sa queue se
rabattit brusquement contre son torse. L'engin et Hulk
basculèrent tous deux de la falaise. Le pilote n'eut
d'autre choix que de s'accrocher pour la dégringolade
tout en hurlant un message désespéré dans son micro.

La poigne ferme de Hulk continuait de broyer le métal
tandis qu'ils cascadaient sur la paroi de granit. Ce fut un
miracle que l'appareil n'explose pas à l'atterrissage. Le
pilote respirait toujours mais retenu par les sangles de
son siège, le visage en sang, il pendait, inconscient, par
le cockpit pulvérisé.

Dans la mesure où il ne présentait plus aucun danger,
Hulk oublia aussitôt l'hélico. Les autres appareils, qui
virevoltaient au-dessus de la scène, se regroupèrent alors
que le géant se redressait pour entamer l'escalade.

Contrairement à ce qu'on pourrait penser, il n'était
pas une cible facile. Il enjambait des ravins, rebondissait
de combe en éperon, de faille en saillie, se déplaçant
comme un Tarzan irradié, défi vivant lancé aux pilotes
chevronnés chargés de l'abattre.

— Banshees… Ici 0-1. Regroupement. Suivez-moi.
Accélération… Formation en éventail pour prochaine
attaque.

Ross désespérait de jamais arriver sur place. Son hélico lui donnait l'impression d'être plus lent qu'une montgolfière, malgré la vitesse qui lui était imposée. D'après ce qu'il pouvait entendre, les pilotes des autres hélicos n'avaient pas été longs à comprendre à quoi ils avaient affaire. Ils semblaient même impatients de relever le challenge. Et ça, c'était pour Ross une autre source d'inquiétude. Ils avaient déjà assez de problèmes sur les bras sans qu'une tête brûlée pète les plombs et fiche tout en l'air en prenant des risques inutiles.

— Roquettes autorisées, annonça Ross. Je ne veux pas qu'il progresse plus à l'Ouest.

Son anxiété était compréhensible. Pour le moment, ils étaient en train de jouer à un jeu mortel avec un monstre au beau milieu de nulle part. Mais un combat dans une zone habitée telle que Los Angeles ou San Francisco pourrait faire des centaines, voire des milliers de victimes, et rien que par l'attaque directe. On pouvait aisément doubler la mise en considérant les dégâts consécutifs à la panique qui se répandrait inévitablement dans la population.

— Abattez-le avec les Hellfires ! ordonna Banshee 0-1.

— DBC, T-bolt, s'annonça Ross. Donnez-moi heure approximative de l'attaque.

— T-bolt, contrôle Cheyenne communique avec Fast Eagle et High Bird. Un instant. Terminé, dit DBC.

— DBC, demande à ce que nous soyons reliés à T-bolt, terminé, dit le contrôle Cheyenne.

Mais Ross les avait entendus. Tous les canaux des bases aériennes environnantes étaient déjà connectés entre eux.

— Contrôle Cheyenne, ici T-bolt. Où en êtes-vous ? s'enquit-il.

— T-bolt, contrôle Cheyenne. C-130 a les supports

visuels, maintenant, et trois rapides sont prêts à décoller. Estimation de position dans deux minutes, terminé.

(... laissez tranquille... démolis sinon... laissez-MOI TRANQUILLE...)

Hulk escaladait la paroi d'un canyon, les Comanches sur ses basques. Parvenant au sommet, il se redressa sur un gros rocher et se tourna pour affronter l'hélico le plus proche au moment où celui-ci crachait un missile. Le projectile fit exploser le rocher. Hulk, qui se tenait sur le bord de la paroi, bascula dans la gorge quand il se détacha – une chute qui aurait dû avoir raison de toute créature vivante.

Hulk heurta le fond, se releva, frotta les quelques pierres fichées dans sa peau, et entreprit de reprendre l'ascension. Il avait l'air très, très contrarié...

— T-bolt, désolé, dit Banshee 0-1 dont la voix trahissait un ébahissement total.

Un contraste certain avec l'assurance joviale qu'il avait manifestée au départ.

— Fiasco pour ce coup-ci. Et les réservoirs sont presque vides.

Ross s'affaissa dans son siège, mais sa voix était toujours ferme quand il répondit.

— Banshee 0-1, compris. Autorisation de rentrer, et dare-dare. On va remuer un peu d'air dans le coin... 52, lâchez tout. Je retourne à la base.

C'est alors qu'il vit l'Homme en Colère, la cible que lui et les autres poursuivaient sans succès depuis ce qui lui paraissait une éternité. Le géant vert ne lui accorda même pas l'aumône d'un regard. Il continua à bondir, de plus en plus haut, de plus en plus loin, sautant par-dessus le Blackhawk de Ross sans même ralentir.

— Quelle est sa direction ? Non, ne me dites pas. Je
sais.

La voix de Ross, froide et contrôlée, n'exprimait
aucune émotion. Ross était un homme de combat dans
l'âme. Il avait horreur de perdre, quelles que soient les
circonstances, or avec l'enjeu de cette bataille-là, il n'en
avait de surcroît pas les moyens. Toutefois, il ne put se
cacher bien longtemps la désastreuse vérité :

— Il se dirige droit sur San Francisco.

L'atmosphère, à la base de Join Tactical Force West,
n'était pas à la joie. Du moins pour tous ceux qui
n'étaient pas le père d'un monstre. Car David Banner,
lui, semblait de très belle humeur.

Des agents de la police militaire le conduisaient à l'intérieur de la base sous les yeux de Betty restée à l'entrée.
Ignorant les hommes qui cherchaient à l'entraîner, il
s'arrêta un instant pour se retourner et lever triomphale-
ment vers elle ses mains menottées, comme un boxeur à
l'issue d'un combat. C'était apparemment un simple au
revoir, mais Betty ne put s'empêcher d'y déceler un certain mépris.

Comme il se remettait en marche, elle sentit dans sa
poche sonner son téléphone mobile.

— Oui ? dit-elle en décrochant.

— Betty…

La voix de son père. Instantanément, elle sut que quelque chose n'allait pas. Non seulement ça, mais elle
devina quoi avant qu'il ne le lui confirme.

— Il… il nous a échappé.

Elle eut la sensation que le monde tanguait sous ses
pieds. Il n'eut pas besoin de préciser que Bruce s'était
transformé. Et pour cela, il avait fallu que quelqu'un le
provoque. Là non plus, pas besoin de dessin : Talbot. *Si*

je mets la main dessus, c'est un homme mort, songea-t-elle sombrement.

— Il cherche sûrement à te rejoindre, dit Ross. Va à la base…

— J'y suis déjà. Avec son père… Il s'est rendu.

— Son père ?! Oh, bon Dieu…

Cette information parut le désarçonner, mais il se ressaisit avec sa vivacité coutumière.

— Fais attention à… Je vais organiser les détails de sa détention. Ne bouge pas de là-bas.

Il coupa la communication sans formules de politesse inutiles, comme à son habitude.

Et Betty leva les yeux vers le ciel sans nuages qui chapeautait le pont du Golden Gate. Tout était clair, paisible. Mais elle avait le sentiment nauséeux que cela ne durerait pas…

SA COLÈRE DÉCHAÎNÉE

Thunderbolt Ross suivait attentivement la progression de Hulk, lequel filait dans la Sierra Nevada sans se soucier des trois avions de chasse – des jets Raptor F-22 – qui lui collaient au train. Les appareils avaient un mal de chien à le viser. D'autant qu'ils avaient l'habitude d'avoir des cibles bien plus grosses, comme d'autres avions, par exemple. Un individu en mouvement, eût-il presque quatre mètres de haut, sortait incontestablement de leur zone de confort.

— Cessez le feu, ordonna Ross aux pilotes des F-22. Nous entrons dans un secteur habité. Nous allons essayer de le rabattre vers l'océan et d'en finir. Terminé.

Quelques minutes plus tard, il était en ligne avec le maire de San Francisco. En fond sonore, Ross entendait le déploiement des véhicules de secours et l'embarquement des équipes SWAT – *Special Weapons and Tactics* – dans les camions. Quoique le maire s'exprimât avec calme, il était évident que sa sérénité n'était maintenue qu'au prix d'un sérieux effort.

— Général, j'ai préparé le comité d'accueil pour ce que vous m'envoyez, dit-il.

— Merci, monsieur le maire. J'espère de tout cœur que notre séjour sera de courte durée, répondit Ross.

— Notre ville est très tolérante, général, mais je prie néanmoins le ciel pour que vous n'abusiez que très brièvement de notre hospitalité. Cependant il va de soi que si vous avez besoin de nous, nous serons là.

— Merci, monsieur, dit Ross.

(... Betty... avions... avions stupides...)

Hulk s'épuisait. Ses poursuivants ne lui avaient pas laissé une seconde de répit et cette course incessante commençait à miner ses forces... Pas physiquement. Non, sa fatigue était plutôt mentale. Car plus l'incarnation de Bruce Banner dans la peau du géant enragé se prolongeait, plus son cerveau primitif était mis à contribution pour gérer les situations et essayer de les comprendre. Il se sentait poussé à aller vers quelque chose, mais en ignorait la nature, sinon que ça avait nom « Betty ». Il se savait également obligé de fuir quelque chose, en l'occurrence ceux qui s'acharnaient à lui vouloir du mal, ceux qui cherchaient à le détruire. Il avait envie de s'arrêter, de les démolir, de les punir de leur harcèlement. Pourquoi ne le laissaient-ils pas en paix ? Mais tout cela exigeait bien trop d'efforts de réflexion. Et puis, surtout, Hulk était une créature de rage, et la rage était une émotion très difficile à soutenir, même pour lui.

Le pire, peut-être, était de sentir Banner tapi à l'intérieur de lui. Banner, ce foutu hypocrite, qui voulait envoyer Hulk loin, très loin, mais que, en même temps, le pouvoir galvanisait. Hulk n'était pas dupe. Il savait, oh oui, il savait. C'est sûr, il ne saisissait pas tout, mais il devinait confusément.

Parvenu à Marin County, il jeta un coup d'œil par-dessus son épaule au moment où ces saletés d'avions passaient au-dessus de lui. Il leva les bras dans leur direction, lança un hurlement de défi, et bondit de nouveau. Le saut le propulsa jusqu'au Golden Gate.

Les avions continuaient de tourner autour de lui,

comme des moustiques ou des chauves-souris. Il y en avait trois, plus un hélicoptère. Hulk, évidemment, était incapable de les voir pour ce qu'ils étaient, de se dire : « Tiens, des F-22 et un Blackhawk ». Sa réflexion s'arrêtait au fait qu'ils en avaient après lui et qu'il voulait les démolir en retour. Sa fureur, qui s'était peu à peu assoupie, resurgit dans toute sa splendeur, et quand l'un des appareils s'approcha un poil trop près, il n'eut pas une seconde d'hésitation.

Avec un minutage parfait, il bondit pour se retrouver à califourchon sur le F-22. Lequel rasa l'eau pour s'enfiler sous le pont que le dos de Hulk cramponné au fuselage froissa au passage.

Et soudain, l'avion releva le nez et remonta directement à la verticale.

La stratégie, décidée au pied levé par Thunderbolt Ross, était d'une simplicité déconcertante : emmener Hulk faire un tour là-haut, et voir comment il réagissait dans l'air raréfié.

Hulk s'accrocha de plus belle à l'avion qui prenait de l'altitude. Le givre commença à couvrir ses cheveux et ses sourcils tandis que le monde s'effaçait peu à peu autour de lui. Perdant connaissance, il rencontra à travers le pare-brise du cockpit le regard du pilote. Lequel se tassa dans son siège, redoutant que le géant ne se ressaisisse brusquement pour déchirer les ailes de l'avion. Son inquiétude n'avait toutefois aucune raison d'être. Hulk ferma les yeux et comme le jet, qui avait atteint l'altitude maximum autorisée, effectuait un retournement, il glissa de la carlingue.

Il tomba cul par-dessus tête, et les images, une fois encore, cascadèrent dans son esprit. *Banner était devant son miroir, en train de se raser, et il se regardait en écou-*

*tant le lent crissement de la lame sur sa joue, et il voyait
les autres yeux qui l'observaient de l'intérieur du miroir
– des yeux différents, comme il l'avait vécu l'autre jour,
sauf que cette fois ce n'était pas un simple exercice intellectuel. Cette fois, les yeux plissés le regardaient vraiment, des yeux verts emplis de haine, et Banner cessa de
se raser pour se pencher plus près de la glace, pour les
étudier, quand soudain celle-ci éclata et que les mains
de Hulk se tendirent pour l'attraper par le cou et l'attirer dans le miroir, et Banner, ensanglanté mais insoumis,
soutint le regard furieux de Hulk, tous les deux nez à nez,
et tous deux s'affrontèrent comme de vieux amis, comme
de vieux ennemis, indissociables, et lentement, Banner
leva la main pour, en douceur, décrocher les doigts de
Hulk de son cou, et Hulk était calme, si calme, et la paix
l'enveloppait, mais alors même qu'il semblait s'apaiser,
sa main se referma en un poing qu'il projeta soudain sur
le visage de Banner dont le cou se brisa net, il avait
gagné, il s'était débarrassé de Banner, parce qu'il était
le plus fort qui eût jamais existé…*

Hulk s'abîma dans l'océan, provoquant un geyser qui
dut être repéré à des kilomètres à la ronde. En quelques
secondes, il atteignit le fond boueux où son corps à demi
conscient s'enchâssa lourdement.

— Revenez au-dessus ! cria Ross au pilote du
Blackhawk qui survolait la baie.

Il scruta l'énorme perturbation que la chute d'Hulk
avait engendrée dans l'océan, et attendit. Il voulait être
certain que le monstre était mort, que sa stratégie avait
fonctionné. Encore que, même si c'était le cas, il n'en
éprouverait aucun sentiment de gloire. Plus ça allait,
plus il considérait Bruce Banner comme une victime. Il
n'avait pas recherché ce qui lui arrivait. Pas comme un
impitoyable terroriste animé de pulsions meurtrières.

S'il avait effectivement trouvé la mort, dans cette histoire, il ne serait qu'une victime de guerre. Une de plus
qui viendrait s'ajouter à toutes celles tombées dans les
affrontements militaires depuis le début des temps. Cet
éternel et insoluble conflit de l'homme contre l'homme.

A cet instant Hulk réapparut à la surface.

— Incroyable… dit Ross.

Le Blackhawk était armé de deux mitrailleuses
M60D, et les tireurs ouvrirent aussitôt le feu. Compte
tenu de tout ce que le monstre avait surmonté, Ross eut
la quasi-certitude que cette tentative serait un nouveau
revers à ajouter aux autres, mais ils ne pouvaient pas non
plus rester les bras croisés. Les balles criblèrent l'océan,
et il était évident que, sur le nombre, un bon paquet
devait avoir atteint le géant.

Mais celui-ci, pour toute réponse, lança un regard
dédaigneux vers l'hélicoptère, à la suite de quoi il prit
une longue inspiration et s'immergea de nouveau, cette
fois de son propre chef.

Ross se rappela l'aptitude de Hulk à survivre au gaz
grâce à son évidente et exceptionnelle capacité pulmo-
naire. La situation ne présageait rien de bon, et Ross
commençait à comprendre qu'elle ne relevait pas du
simple conflit de l'homme contre l'homme. C'était le
combat de l'homme contre une force de la nature… et
malheureusement, dans cette catégorie, l'homme sortait
toujours bon perdant.

Cela signifiait également que Ross aurait peut-être de
très graves décisions à prendre. Bien sûr, il était possible
que Banner décide de s'éloigner de la ville. Mais il était
tout aussi possible – et beaucoup plus probable – qu'il
s'y précipite.

Et, dans sa rage, il pourrait très bien ne pas se contenter de tout ravager à découvert. Ross savait qu'il existait,
sous l'eau, des égoûts qui se déversaient dans la baie,

non loin de la ville. Hulk, s'il les repérait, n'aurait aucun mal à s'enfiler dans l'un d'eux. Et s'il choisissait cette voie, il pourrait secouer les fondements de la ville avec plus de force encore que les championnats nationaux de baseball de 1989.

Ross attrapa sa radio et s'affaissa de nouveau dans son siège. Quand il s'exprima, ce ne fut pas sans effort.

— Legend Dash un, deux, trois, quatre, préparez-vous à un tir nourri. Le sujet Banner se dirige peut-être vers la ville. Vous avez le feu vert pour engager le combat. Vous fournirai les coordonnées dans une minute.

— Euh… compris, T-bolt, dit le pilote répondant à l'appellation Legend Dash deux.

Il hésitait, comme s'il savait que Ross avait deviné ce qu'il s'apprêtait à dire, mais il fallait que ce soit dit, de toute façon.

— Je tiens à préciser que nous manipulons des armes puissantes qui causeront des dégâts considérables si nous les lâchons sur *downtown* San Francisco.

— Vous avez carte blanche pour venir à bout de la cible, dit Ross. Les problèmes annexes, je m'en charge.

Plus qu'une charge, c'était un fardeau qu'il se serait volontiers épargné. Il risquait d'être expulsé de l'armée, pour ça. Il ne se faisait pas d'illusions. Les citoyens américains approuvaient les manœuvres de leurs soldats tant qu'elles n'empiétaient pas sur leur vie bien propre, bien ordonnée, et qu'elles ne laissaient pas de cadavres dans leur sillage. En plus de signer l'arrêt de mort de civils, Ross signait celui de sa propre carrière. C'est la cour martiale, qui l'attendait, la dégradation militaire, peut-être même un séjour en prison. Parce qu'il faudrait bien qu'une tête tombe, dans cette histoire, et que, comme le Président l'avait si justement fait remarquer, c'était une année électorale. Ross n'aurait jamais imaginé qu'il serait l'heureux élu…

— T-bolt, Legend Dash un, compris. Toutes les unités sont prêtes à ouvrir le feu, annonça le pilote du F-22.

Le visage de Ross avait viré au gris cendre. Et puis il se rendit tout à coup compte qu'il lui restait une arme qu'il n'avait pas employée, et même s'il en crevait de l'admettre, c'était probablement la seule qui pourrait éviter le carnage.

— Retour à la Tactical Base West, ordonna-t-il laconiquement.

Le pilote se retourna brièvement pour avoir confirmation de ce qu'il venait d'entendre. Ross ne prit pas la peine de répéter. Il hocha la tête, c'est tout, et le pilote, après un haussement d'épaules désabusé, s'exécuta.

Un *cable car* roulait tranquillement vers Market Street. Personne, pas plus à l'intérieur qu'à l'extérieur de la voiture, ne s'attendait à ce que cette journée sortît de l'ordinaire, en dépit des inhabituelles manœuvres militaires que certains avaient remarquées du côté du Golden Gate. Des rumeurs couraient sur une sorte de monstre déambulant dans les parages, mais c'était sûrement encore un de ces bobards lancés sur Internet. Ce ne serait ni le premier, ni le dernier…

Personne ne vit non plus la lézarde qui s'ouvrit dans la rue sur le chemin du tramway, comme si celui-ci traçait un sillon sur son passage. Et puis d'autres crevasses étoilèrent bientôt la chaussée, de plus en plus larges, de plus en plus profondes.

Des piétons commencèrent de les remarquer et un début d'affolement se répandit comme une traînée de poudre. Les mots étaient sur toutes les lèvres : *Tremblement de terre* ! Sauf que le sol ne bougeait pas, qu'il ne grondait pas. Les crevasses apparaissaient un peu partout, sans raison apparente.

Des canalisations explosèrent. Des bouches d'incendie sautèrent et des geysers jaillirent un peu partout, inondant les passants et rendant les trottoirs affreusement glissants. Les voitures, propulsées par les puissants jets d'eau, se soulevaient brusquement et se télescopaient dans une pagaille effroyable.

San Francisco était officiellement en état de siège. Mais personne ne s'en était encore aperçu.

RETROUVÉ

Betty courut vers le tarmac alors que le Blackhawk de son père s'y posait. La porte latérale s'ouvrit et elle n'eut que le temps de distinguer son visage avant qu'il ne lui fasse signe de monter à bord.

Encore une fois, ça ne devait pas avoir été facile, pour lui, de l'appeler pour requérir son aide. Elle n'en était pas encore revenue. De toute évidence, il jugeait l'influence qu'elle pouvait avoir sur Bruce, quelle qu'elle soit, importante au point de nécessiter son intervention dans le conflit. Une attitude qui s'opposait à son instinct, lequel était de la protéger ; il l'avait prouvé à plusieurs reprises, que ce soit en lui assignant des gardes ou en lui ordonnant de quitter Desert Base. La faire entrer dans le jeu maintenant allait donc complètement à l'encontre de sa nature. En d'autres termes, Thunderbolt Ross devait vraiment être aux abois.

Le pilote attendit à peine qu'elle eût fermé la porte pour redécoller. Sans qu'il fût besoin de le lui dire, Betty mit un des casques sur sa tête afin de communiquer avec son père. Le vacarme était tel, à l'intérieur du Blackhawk, qu'il rendait toute discussion directe impossible.

— Papa... dit-elle en le saluant d'un léger hochement de tête.

Une expression de détresse passa fugacement sur le

visage de Ross, aussitôt remplacée par une lugubre frustration.

— Betty, je n'ai plus le choix. Il faut que je l'abatte.

Elle secoua vigoureusement la tête.

— Tu ne peux pas. Plus tu te dresses contre lui, plus il devient fort. Tu n'arriveras qu'à détruire San Francisco.

Il acquiesça gravement, et elle comprit qu'il avait déjà fait le tour du problème. Et c'était pour cette raison qu'il l'avait appelée. Parce que la situation semblait totalement désespérée et qu'il ne savait plus à quel saint se vouer. En d'autres circonstances, elle aurait peut-être apprécié. Mais l'enjeu était un peu trop conséquent pour ça…

— Il n'y a qu'une façon de l'arrêter, dit-elle. Accorde-lui un répit.

Ross considéra ce conseil, et elle entendait presque les rouages de son esprit. Il pouvait lui donner le temps de souffler, bien sûr, mais d'ici là, que resterait-il de San Francisco ?…

(… mouillé… stupide, encore de l'eau, toujours de l'eau, déteste ça, peux pas démolir l'eau, déteste eau noire, noire, qui pue…)

A chacun de ses pas dans la canalisation pluviale, Hulk poussait sur ses coudes. Sans intention délibérée de bouleverser San Francisco, même si c'était le cas. Il le faisait tout bonnement pour se frayer un passage.

Finalement, arrivé à un croisement, il eut la surprise de voir la lumière du jour filtrer par les trous d'une plaque d'égoût. Il grimpa jusqu'à la surface – pas par l'échelle, non, mais à la simple force de ses bras tendus de chaque côté du tunnel vertical.

Soulevant la plaque, il passa la tête et, un instant ébloui par la luminosité, cligna des yeux. Avec un grondement sourd, il se hissa à l'extérieur et promena son regard autour de lui. Il avait émergé à un carrefour très pentu, vers lequel descendait un escalier taillé à flanc de colline.

Une cinquantaine de personnes se figèrent sur les marches ou au beau milieu de la chaussée en voyant le monstre apparaître. C'était un peu comme dans le veldt africain, lorsqu'un groupe d'antilopes s'immobilise face au lion, terrible et farouche, qui vient de redresser la tête d'entre les hautes herbes. Il y eut comme un arrêt sur image pendant de longues secondes alors que chaque partie s'observait dans un égal étonnement.

Jusqu'au moment où, de la gueule grande ouverte de Hulk, jaillit un rugissement qui secoua les vitres et ébranla les portes sur leurs gonds à cinq cents mètres à la ronde. Le cri sauvage brisa l'enchantement et d'un seul coup ce fut la débandade générale.

Ce qui n'arrangea pas les affaires de la police locale et des militaires, bien sûr, qui luttaient déjà comme des malheureux pour atteindre le point névralgique avec l'énergie de saumons remontant la rivière à contre-courant. Et toutes les directives des forces de l'ordre se perdirent dans la cohue et le charivari ambiant.

D'un accord tacite, plusieurs soldats lâchèrent brusquement une courte rafale en l'air. Ils n'avaient pas à s'inquiéter d'affoler le monde, la panique régnait déjà dans les rues. Le claquement sec et inattendu des armes automatiques entraîna cependant la dispersion de la foule, et permit ainsi aux représentants de l'autorité de s'engouffrer dans la brèche.

Plusieurs camions du SWAT convergèrent également de toutes les directions, et les conducteurs ne s'occupaient pas de ce qui pouvait se trouver sur leur chemin. Ils déboulèrent dans la zone sinistrée pratiquement sans ralentir, laissant aux piétons le soin de se garer à temps. Ce qu'ils faisaient, mais non sans déverser un tombereau d'insultes sur les chauffards...

(… Tue-les, écrase-les, démolis-les tous…)

… tandis que le ciel bourdonnait d'un essaim d'hélicoptères lourdement armés, et que les F-22 arrivaient eux aussi en force. Ils étaient bien sûr la carte de la dernière chance, à ne sortir qu'au cas où l'armée de terre serait ratiboisée par le monstre. Mais malgré les centaines de gardes nationaux, de militaires et de policiers qui surgissaient sur le lieu du sinistre, malgré les équipes du SWAT postées sur les immeubles avoisinants, tous prêts à libérer la puissance de feu emmagasinée dans leurs armes, Hulk ne paraissait pas le moins du monde intimidé. Levant la tête vers les F-22 qui tournaient au-dessus, il les défia du poing et d'un nouveau cri qui en couvrit presque les vrombissements. Un Blackhawk passa également, manifestement à la recherche d'une aire d'atterrissage improvisée.

Quand une attaque terroriste détruisit deux célèbres tours de la plus grande ville du monde, beaucoup de témoins racontèrent par la suite qu'ils avaient vécu l'événement comme la scène d'un film-catastrophe à très gros budget… sans le confort d'un bon fauteuil ni la pensée rassurante que, après tout, tout ça n'était que du cinéma. Quant à ceux qui découvraient ce jour-là un monstre vert en plein San Francisco, ils diraient plus tard, eux aussi, qu'ils avaient eu l'impression d'être des figurants dans un film d'horreur mais, là encore, sans pouvoir se rassurer en sachant que, une fois la séquence terminée, la vie *normale* reprendrait son cours. Confronté à un tel phénomène, chacun avait l'intime conviction que son concept de « normalité » connaîtrait un tournant radical et décisif.

Personne n'osant approcher à moins de cinquante mètres, un énorme cercle s'était formé dont Hulk était le point central. Il lança un autre de ses rugissements et brandit ses poings comme s'il cherchait un adversaire

pour relever le défi. Il ne s'en trouva aucun d'assez sui-
cidaire pour faire le mariolle.

Ses cris se répercutaient sur les parois de verre et
d'acier des bâtiments qui longeaient la rue. Puis retentit
le son de centaines de fusils et de revolvers qu'on
arme… et un autre bruit, aussi – et c'est celui-ci qui
retint l'attention de Hulk.

Le simple *clic, clac* de chaussures à talons d'une
femme martelant le bitume…

Le son cadencé était si incongru que même Hulk
l'avait remarqué. Il gronda, mais d'une façon plus inter-
rogative que menaçante. Quelque part, pas très loin, une
voix retentit dans un haut-parleur. Celle de Thunderbolt
Ross appelant ses troupes à ne pas bouger, mais Hulk ne
parut même pas l'entendre.

Son esprit était toujours assailli par des pulsions des-
tructrices, mais le parfum de la femme pénétra le brouillard de fureur qui l'enveloppait, et des sensations, des
images associées à elle se dressèrent soudain tel un ram-
part contre son envie de dévaster tout ce qui l'entourait.

(… *démolis… veux… désir…*)

(… *Betty… ?*)

Un pas après l'autre, tranquillement, sans geste
brusque, Betty Ross s'approcha de lui. Elle avait
conscience que chaque spectateur de cette scène, per-
suadé qu'elle finirait en steak pour hamburger sitôt
qu'elle serait à proximité du monstre, retenait son
souffle. Et que tous les fusils, les missiles du monde ne
seraient sans doute pas assez rapides pour empêcher le
massacre. Mais si elle était lucide quant au danger
auquel elle s'exposait délibérément – ce qu'elle était
incontestablement –, elle n'en laissait strictement rien
paraître. Elle gardait la tête droite, le regard franc.

Et à la stupéfaction générale, sauf peut-être de Betty,

Hulk se laissa tomber sur les genoux avec le cri plaintif
et honteux d'un adolescent penaud pris en train de surfer
sur les sites X d'Internet.

Betty ne s'arrêta qu'à moins de deux mètres de lui, et
Hulk, une créature qui aurait pu la briser en deux d'une
simple pichenette, tressaillit comme s'il avait peur. Mais
elle tendit le bras, le toucha, caressa tendrement son
visage en murmurant des mots doux, comme on rassure
un enfant terrifié, et lui assura que tout irait bien.

(*… Betty… Oh mon Dieu… Betty…*)

Le corps de Hulk commença de se contracter. Tous les
pores de sa peau se mirent à suinter, et sous les yeux
ébahis de la foule, le géant, peu à peu, se dégonfla, rétré-
cit, rapetissa, jusqu'à devenir un être humain. Rien
qu'un être humain d'aspect presque fragile et absolument inoffensif. Seul le ronronnement saccadé des hélicoptères perturbait l'immobilité silencieuse de la scène.

Bruce Banner regarda Betty avec un demi-sourire
épuisé.

— Tu m'as retrouvé, dit-il.

Betty jeta un rapide coup d'œil alentour.

— Je n'ai pas eu trop de mal à découvrir où tu étais,
ironisa-t-elle.

— Détrompe-toi, objecta-t-il. Ce n'était sûrement pas
si facile.

Comprenant qu'il faisait allusion à quelque chose de
bien plus profond, elle sentit des larmes monter à ses
yeux.

— Hé… dit-il doucement.

C'était à son tour, maintenant, de le consoler.

— … je suis heureux que nous ayons eu au moins une
chance de nous dire au revoir.

Ils s'accrochèrent l'un à l'autre, au milieu du quartier
dévasté par la rage aveugle de Hulk, triste symbole du
naufrage émotionnel du couple lui-même.

A plusieurs centaines de kilomètres de là, Monica Krenzler suivait, sur CNN, les images d'un homme encore non-identifié cramponné avec force à une jeune femme et sanglotant pathétiquement sur l'horreur que sa vie était désormais devenue.

Les larmes de Monica étaient plus abondantes encore que les siennes.

Dans sa cellule de la Joint Tactical Force Base, David Banner, assis bien droit sur sa couchette, se souriait à lui-même.

— Bientôt, murmura-t-il. Très bientôt.

Oui, bientôt, ils viendraient le chercher. Bientôt on le conduirait auprès de son fils. Et bientôt... il serait invincible.

— Je pourrais avoir une pizza ? lança-t-il à l'adresse du gardien.

Pas de réponse. Il prit note de tuer le type dès qu'il aurait incarné le plus grand pouvoir que la terre eût jamais connu.

LES PÉCHÉS DU PÈRE

Bien qu'à contrecœur et d'une façon étrangement morbide, Bruce Banner admira l'ingéniosité des scientifiques de la base. Ils avaient trouvé un moyen plutôt astucieux de l'immobiliser.

Bruce était pour l'essentiel installé entre deux énormes électroaimants situés de part et d'autre d'une vaste plateforme. L'espace – un hangar à avion vide – était intégralement illuminé par de puissantes lampes à arc qui n'autorisaient pas un seul coin d'ombre et rendaient plus aisée la surveillance de Bruce. Non qu'il fît quoi que ce fût de passionnant. Il restait assis sur sa couchette, les yeux fixés sur l'un des appareils avec une tiède curiosité.

Il avait toutes les raisons de s'y intéresser. Les instruments électromagnétiques, s'ils n'auraient probablement d'autre effet sur Hulk que d'alimenter sa colère, étaient en revanche assez puissants pour réduire Bruce Banner en cendres en quelques secondes.

Bruce n'y accordait pourtant aucune importance. Ni à ça, ni à rien. Il avait retourné la situation dans tous les sens et était arrivé à la conclusion qu'il avait déjà pressentie à San Francisco. Il avait réussi à remonter à la surface pour retrouver Betty, comme un noyé ressuscité par de profondes goulées d'air, mais même à cet instant de joie et d'intense soulagement, il avait su que ce ne serait que provisoire.

Il était tout simplement trop dangereux pour être laissé en vie.

Betty était peu ou prou parvenue à la même conclusion que lui. La différence résidait dans le fait qu'elle était beaucoup moins prête à l'accepter.

Elle était à l'autre extrêmité du hangar, et l'observait sur les moniteurs installés dans un camion de communication. Thunderbolt Ross prit la parole pour s'adresser à elle ainsi qu'à plusieurs autres scientifiques et officiers qu'elle ne connaissait pas.

— Donc, dans un premier temps, il reste à la base jusqu'à ce que C3 nous fasse connaître sa décision finale. A la moindre prise de poids, au plus petit rictus mauvais, ou s'il commence à virer à l'épinard… on force le courant et il est immédiatement incinéré.

Il avait évité le regard de Betty tandis qu'il parlait, mais il se tourna maintenant vers elle et son expression s'adoucit imperceptiblement. Toutefois, elle le savait, c'était une situation dont il ne pourrait pas arrondir les angles pour elle.

— Betty, tu dois te préparer pour les ordres que nous recevrons.

— Nous avons établi un périmètre de sécurité de deux cents mètres, monsieur, annonça un colonel que le badge désignait sous le nom de Thomas. Si nous devons nous servir des électroaimants, il ne devrait y avoir aucun dégât collatéral.

— Mais ça vaudra sûrement le coup d'œil, répondit Ross.

Betty tressaillit à cette remarque, et Ross, manifestement, regretta aussitôt cette parole malheureuse. Mais c'était dit, et, franchement, il avait sans doute raison. Les électroaimants libéreraient un spectacle aussi lumineux qu'avait dû l'être le big-bang lui-même – sauf que le but de l'opération était cette fois de détruire, et non ce créer.

Betty observa les militaires assis devant les consoles de contrôle. Ils avaient l'air sur des charbons ardents, guettant le plus petit signe indiquant qu'il faudrait presser le bouton mortel. Bon sang, ils étaient si tendus que si Bruce choisissait cet instant pour éternuer, ils le grilleraient sans hésiter et obtiendraient la palme du mérite par-dessus le marché…

Dieu, qu'avait-elle fait ? A cause d'elle, Bruce était à présent réduit à l'impuissance. Mais quel autre choix avait-elle eu ? Ne rien faire et le laisser détruire San Francisco ? *Encore que, s'il avait tout rasé, plus personne n'aurait eu à peiner sur ces foutues collines.* Elle eut envie de rire et de pleurer à cette idée, mais parvint à se retrancher derrière une impressionnante façade de self-control.

Un camion s'arrêta alors à quelques mètres de là, et elle sut avant même que les portières s'ouvrent qui en sortirait. Des gardes sautèrent du véhicule et en ouvrirent l'arrière. David Banner – enchaîné – fut escorté jusqu'à l'entrée du hangar. Au passage, il adressa sans rien dire un rapide coup d'œil à Betty et à Ross. Betty le regarda s'éloigner en s'interrogeant. Avait-elle envie de le tuer, ou non ?…

Tout bien réfléchi, non.

Bruce Banner, à moitié aveuglé par l'intense luminosité, se redressa en distinguant la silhouette d'un homme approchant d'une démarche lente et traînante. Il le reconnut aussitôt – son père. David Banner remonta toute la longueur du hangar et s'avança jusqu'entre les deux électroaimants. Bruce déchiffra sans peine son message. Si Hulk s'avisait de ruer dans les brancards, David Banner partagerait son sort. Peut-être celui-ci trouvait-il son attitude noble et généreuse, à moins qu'il ne cherche simplement à faire preuve de bonne volonté. Bruce, lui, considérait cela avec une indifférence désabusée.

David Banner se planta devant son fils en baissant la tête.

— J'aurais dû te tuer, murmura Bruce d'un ton venimeux mal contenu.

— Moi aussi, j'aurais dû te tuer, répondit son père.

— Dommage que tu ne l'aies pas fait.

Bruce s'affaissa sur sa couchette, le visage enfoui dans ses mains.

— Je l'ai vue, hier. Dans ma tête. J'ai vu ses cheveux bruns, ses yeux sombres. Elle me souriait, et elle s'est penchée vers moi pour m'embrasser. J'ai presque pu respirer son odeur, comme des fleurs du désert…

— … Son parfum favori, confirma David.

— Ma mère. Je ne sais même pas son nom, dit Bruce dont les joues furent soudain inondées de larmes.

A l'autre bout du hangar, Betty et son père gardaient les yeux rivés sur les moniteurs. Le son était faible, déformé, mais ils parvenaient malgré tout à suivre la conversation. Et Betty songea qu'elle aurait eu mauvaise grâce à se plaindre encore de sa relation désastreuse avec son père. Comparé à celui dont avait écopé Bruce, Thunderbolt Ross aurait dû être élu Père de l'Année…

Les sanglots de son fils ne firent visiblement pas vibrer la corde sensible de David Banner.

— Vas-y, dit-il. Pleurer te fera du bien.

S'avançant, il tendit vers lui ses mains menottées.

Betty réprima une exclamation indignée. Quel fauxcul ! Il osait simuler la sollicitude après tout ce qu'il avait dit, tout ce qu'il avait fait… Elle fut soulagée quand Bruce s'écarta.

— Ne me touche pas, je t'en prie, dit-il. Tu as peut-

être été mon père, à une époque. Mais plus maintenant…
plus jamais.

— Vraiment ? dit David dont les yeux s'étrécirent.

Tout semblant d'affection et de compassion s'évapora
de sa voix.

— Eh bien, réjouis-toi. Ce n'est pas pour toi que je
suis ici, mais pour mon fils.

Betty fronça les sourcils sans comprendre. Et d'après
son expression, Bruce était lui aussi en proie à la confusion.

— Mon *vrai* fils, précisa David dont la voix s'enfla
peu à peu… Celui qui est en toi. Tu n'es qu'une coquille
superficielle, rien de plus. Une enveloppe de conscience
mince comme du papier pelure prête à se déchirer dès
qu'il le voudra.

— Pense ce que tu veux, soupira Bruce avec lassitude. Je m'en fous. Va-t'en, maintenant.

David parut alors regarder directement dans l'œil de
la caméra et Betty eut le sentiment qu'il la provoquait
directement, elle, avant de se pencher vers Bruce pour
murmurer si bas que personne, aux contrôles, ne put
entendre ce qu'il disait. Elle sut alors que quelque chose
de catastrophique allait se produire…

Bruce essaya de reculer, mais son père l'agrippa par
les jambes pour le maintenir en place.

— Tu sais, Bruce… murmura-t-il, j'ai trouvé un traitement – pour moi.

Son ton se fit plus menaçant encore.

— Tu vois, mes cellules, elles aussi, peuvent se transformer. Elles sont capables d'absorber de colossales
quantités d'énergie, mais contrairement aux tiennes,
elles sont instables. Bruce, j'ai besoin de ta force, dit-il
avec une intensité croissante. Je t'ai donné la vie, à pré-

sent tu dois me la rendre… mais un million de fois plus rayonnante, plus puissante.

— Arrête ! dit Bruce en tentant de se dégager.

— Réfléchis bien, insista David qui engloba le hangar d'un geste large du bras. Tous ces hommes, là-bas, dans leurs uniformes, qui aboient et avalent des ordres, qui imposent leurs règles tracassières au monde… Pense à tout le mal qu'ils ont fait, à toi, à moi… Tous leurs drapeaux, leurs hymnes, leurs gouvernements – nous pouvons les faire disparaître en un éclair. Toi… *en moi*.

Bruce avait la conscience aiguë que son existence tenait à sa capacité de rester d'un calme absolu, mais à cette minute il s'en fichait.

— Je préfère encore mourir, répondit-il.

— Et c'est ce qui t'arrivera, assura son père.

A l'entendre, on aurait presque pu croire qu'il s'efforçait de se montrer accommodant.

— Et tu renaîtras en héros de la trempe de ceux qui ont fleuri sur cette terre bien avant que les pâles religions de la civilisation aient empoisonné l'âme de l'humanité.

L'esprit analytique de Bruce fonctionnait à plein régime tandis qu'il plongeait dans le regard dément de son parent. Et soudain il eut la certitude que les propos de son père n'étaient pas ceux d'un fou. Il avait indéniablement un plan. Et si Bruce n'avait pas le moindre doute que David Banner souffrait de graves désordres mentaux, il ne doutait pas non plus de son génie. David Banner visait un objectif bien précis, et il avait de plus la capacité de l'atteindre. Et ce avec la participation, volontaire ou non, de Bruce.

Conscient qu'il serait l'instrument de sa propre destruction, mais déterminé à étouffer dans l'œuf le projet vénéneux que son père avait mis au point dans sa tête malade, Bruce bondit tout à coup sur ses pieds en hurlant.

— *Go !*

Un cri destiné à ceux qui tenaient sa vie entre ses mains. Il voulait qu'ils déclenchent le processus, qu'ils le suppriment, ici et maintenant.

La coupe était pleine.

… *Betty*… songea-t-il tristement, et il ne savait plus si cette pensée venait de son propre esprit ou de celui de l'*autre*. Mais il n'aurait pas le loisir de se poser davantage la question. Les électroaimants commençaient déjà de ronronner. Il n'en avait plus que pour quelques secondes… Il eut la sensation d'entendre Betty crier, mais loin, très loin… Il n'avait pas fait grand-chose de sa vie, mais bon sang, elle avait été sacrément intéressante tout de même…

Et David Banner, s'imaginant qu'il avait été l'objet de cet ordre étranglé, ricana.

— Arrête de brailler, espèce de débris humain. Je m'en vais. Mais avant, une petite démonstration, tu veux ?…

Là-dessus, affichant une force qu'il n'aurait pas dû posséder, il attrapa un des gros câbles électriques qui serpentaient sur le sol et le sectionna en tirant simplement d'un coup sec. Les fils sous tension crépitèrent ; il les porta à sa bouche, les suçant avec l'avidité d'un nouveau-né tétant sa mère. Au-dessus d'eux, les projecteurs du hangard se mirent eux aussi à crachoter.

— *Non !* hurla Bruce qui bondit sur son père.

Pour être aussitôt repoussé par une forte décharge. S'il avait vu son propre reflet alors qu'il heurtait le sol, il aurait assurément reconnu la touche de vert caractéristique dans ses yeux…

— Qu'est-ce que c'est que ça, nom de Dieu ?! s'exclama Ross, voyant la confrontation des deux Banner échapper à leur contrôle.

Betty, anticipant une nouvelle catastrophe, essaya d'empêcher les militaires d'appuyer sur le bouton fatal.

Trop tard. Les appareils électromagnétiques se mirent en marche, propulsant une énergie considérable. Mais au lieu de rayonner, l'énergie se déversa directement entre les bras écartés de David Banner…

Les lumières de l'île, puis des ponts, puis de toute la baie, vacillèrent.

Horrifié, Bruce vit son père, le corps parcouru d'une charge phénoménale d'électricité, casser les menottes qui entravaient ses poignets. Les électroaimants implosèrent dans un éclair fulgurant. David leva les bras, projetant un champ électromagnétique qui fit grésiller tout le hangar.

Les écrans des moniteurs s'assombrirent. Même les phares et les contacts des véhicules crépitèrent.

— Envoyez la sauce, bon Dieu ! rugit Thunderbolt Ross.

— Impossible, monsieur ! répondit un des militaires en manipulant fébrilement les contrôles. Il n'y a plus de courant, une espèce de champ électromagnétique…

— Alors allez là-bas ! le coupa Ross. Et tirez à vue avec tout ce que vous avez sous la main !

Ça ne servira à rien, songea Betty, qui commençait de trouver fatigant d'avoir toujours raison.

David, en riant, se retourna vers Bruce, mais un poing massif le souleva de terre pour l'envoyer voler à travers le toit et de l'autre côté de la baie. Hulk, avec un grondement effroyable, bondit à sa suite.

… *détruis-le… tueur… assassin… tue-le… DÉMOLIS-LE*… Et pour la première fois, l'esprit de Bruce avait fusionné avec celui de Hulk ; il n'y avait pas de conflit entre eux, ils agissaient de concert, comme un invincible engin de destruction lancé sur leur père mutuel.

Père et fils entrèrent en collision à cinq mètres du sol, et l'impact les propulsa loin dans la nuit alors qu'un

véritable feu d'artifice électrique explosait autour d'eux.
Ils atterrirent sans douceur sur les rives d'un lac de montagne, se redressèrent et se firent face sous l'œil cyclo-
péen de la lune blafarde.

Le corps désormais débarrassé de l'électricité, David
était presque aussi grand que Hulk.

— Tu vois, s'esclaffa-t-il, rien ne peut m'arrêter, fils.
J'absorbe tout, et je le rends.

Hulk rugit, un cri si sonore que l'un des moniteurs de
Ross, en C&C, le capta.

— On les a repérés, annonça un technicien. Snider
Lake.

— Appelez le corps expéditionnaire, ordonna Ross.

Sans se douter de ce qui l'attendait, et sans s'en pré-
occuper, Hulk martela David de ses deux poings. Mais
non seulement ses coups ne semblaient avoir aucun
effet, mais à chacun d'entre eux, Banner paraissait devenir plus grand, plus vert. Il absorbait effectivement
l'énergie de Hulk et sa structure cellulaire. Le géant se
recula, en proie à une confusion effrayée. Tous deux
étaient maintenant de la même taille.

L'esprit de Bruce, fondu à celui de Hulk, ne savait
plus où il en était. *Qu'est-ce que c'est que ce…*

— Vas-y, fils, le défiait David. Plus tu me combats,
plus je deviens toi.

Hulk garda prudemment ses distances – prêt à
répondre, mais bridant sa colère. Puis, s'accroupissant, il
s'empara d'un énorme rocher, le souleva et le projeta
avec force sur David qui, instantanément, se transforma
en pierre. Ce qui aurait pu être déconcertant pour quiconque est incapable de démolir une statue à main nue.
Or ce n'était bien sûr pas le cas de Hulk qui se mit à
rouer le colosse de coups, de toute sa rage déchaînée qui
décuplait sa force à mesure qu'il frappait. David Banner
ne fut bientôt plus qu'une petite montagne de cailloux et

de poussière. Le tas retomba sur Hulk qui le repoussa en songeant avoir enfin réglé le problème.

Sauf que, ce faisant, il avait transféré assez d'énergie dans son père, permettant à celui-ci de se reconstituer en une réplique exacte de Hulk dont il avait assimilé et le physique, et l'endurance.

… tueur… meurtrier… démolis, tue, démembre-le, écartèle-le…

Toute fureur débridée, Hulk se jeta une fois de plus sur lui. Tous deux, étreints dans un combat mortel, roulèrent jusqu'au bord du lac dont la surface s'opacifia progressivement. A chaque coup, la température semblait perdre quelques degrés. L'un et l'autre parurent étrangement se fondre, se confondre tandis que le lac gelait peu à peu autour d'eux.

Betty et Ross, depuis leurs moniteurs, dans le hangar, continuaient de suivre leurs sujets par le truchement de signaux à longue portée relayés par les satellites. Betty se creusait désespérément la tête afin de trouver une solution pour intervenir sans que Bruce, ou qu'elle-même, ou tous les deux se fassent tuer. Sans succès.

— Bizarre, dit le colonel Thomas. On note une baisse de température incroyable, là-bas, mais accompagnée d'une activité radioactive.

Ross se tourna vers sa fille.

— L'énergie ambiante, expliqua-t-elle. Ils absorbent tout. C'est de là que vient la masse additionnelle. Ils sont en train de convertir l'énergie en matière.

— Ils peuvent inverser le processus ?

— S'ils le peuvent, répondit-elle presque dans un murmure, nous sommes tous morts.

Des avions de chasse survolèrent les deux titanesques adversaires engagés dans un corps-à-corps meurtrier sur un lac à présent complètement glacé. Etincelles énergétiques et charges neurales fusaient à travers l'eau gelée.

Et alors que Hulk luttait contre son père, l'esprit de Bruce luttait contre celui de Hulk. Il soulevait toutes les possibilités, les creusait, en quête de quelque chose, n'importe quoi, et *des milliers d'images, des fragments de mémoire et de désir, se fondirent en un moment de calme absolu et de lucidité dans les yeux gelés de Hulk, et il savait exactement où regarder, quand regarder, et c'était là, exactement là, Noël, David Banner était assis sur le sol en train de jouer avec son fils, là aussi se battant avec lui mais pour rire, l'un et l'autre tenaient un jouet en peluche, et Bruce lui dit : « Celui-là peut voler, il va plus vite », et David répondit : « Mais le mien dévorera le tien ! » et la façon dont il le dit provoqua un bref instant de panique en Bruce dont le petit visage se raidit, et il protesta : « Non ! Il pourra pas, parce que le mien s'envolera », et David sourit : « Oui, tu t'envoles ! » et il jeta la peluche par terre et elle était*

Exactement

Là.

Là où elle avait toujours été, cette information dont il avait besoin, cette obligation pesant sur lui, le moyen de lui faire mordre la poussière, de le vaincre, exactement là dans l'inutilité de ces peluches qui se battaient, et capitulaient, et s'envolaient, et quand il parla, ce fut à son père ou à lui-même, peu importe, c'était la même chose, et il se demanda s'il avait seulement eu un père, ou s'il n'était qu'une autre incarnation de lui-même, et sa voix était d'un calme impressionnant quand il dit : « Je sais comment tu as prévu de gagner, Père », et son père répondit : « Crois-tu ? », et Bruce répondit : « En exploitant ma colère », et son père éclata d'un rire approbateur, enfin fier de son fils qui avait fait un grand bond intuitif, « Oui, je te la prendrai », dit-il, et Bruce rétorqua « *Non, parce que je m'en débarrasserai moi-même* », et le père, sincèrement intéressé, demanda : « *Et comment comptes-tu t'y prendre ?* », à quoi Bruce répondit : « *En te pardonnant. Prends-le. Il est à toi.* »

Et la glace se craquela sous leurs pieds quand David Banner se redressa en levant le poing de Hulk devant son estomac. Hulk se débattit, mais d'une façon brouillonne, comme si, déboussolé, il ne savait que faire de sa rage… ou comme si elle ne lui appartenait plus.

— Viens à moi, mon fils, dit David Banner.

Hulk parut se dissoudre, mais Bruce put être brièvement entraperçu dans la forme dégoulinante qui tomba dans le lac. Son père, victorieux, se dressait au-dessus des massifs rocheux. A l'horizon, une formation de chasseurs et de jets faisait route vers lui qui explosa d'un rire dont l'écho se répercuta comme un roulement de tonnerre sur les flancs escarpés de la montagne.

Se taisant abruptement, il baissa les yeux sur son ventre. Une énergie tourbillonnante irradiait dans tout son corps, qui grandissait, grandissait toujours plus. Battant l'air de ses bras, impatient, il chercha son fils ou Hulk, et son visage commença de se renfrogner.

— *Toi* ! cria-t-il. La réaction… tu m'as piégé ! Reprends-le… Ça ne s'arrête pas !

Et de fait, ça partait dans toutes les directions, incontrôlable ; les différentes énergies se télescopaient, et son corps, avec une insatiable avidité, absorbait tout – le clair de lune, le vent et, quand il n'avait rien d'autre à se mettre sous la dent, lui-même. Il se mit à s'auto-dévorer, en partant du centre, et comme le père se cramponnait à lui-même en hurlant, une voix retentit dans sa tête, une voix qui aurait pu être la sienne, mais qui vibrait comme celle de son fils. Et les mots – la formule d'adieu de sa progéniture – se gravèrent au fer rouge dans sa conscience enfiévrée…

… tout se désagrège… le centre ne peut pas tenir…

David Banner tituba sur le sommet de la montagne, et cette fois il ne remarqua pas les chasseurs qui fonçaient sur lui par-derrière.

Et loin, très loin de là, Thunderbolt Ross regarda sa fille et donna l'ordre final :

— Allez-y, messieurs.

Le missile thermonucléaire s'élança d'un des avions, droit sur le père qui continuait de croître et de se distendre dans d'abominables tourments. Alerté *in extremis* par quelque sixième sens, il se tourna pour voir arriver le projectile et, l'espace d'une demi-seconde, un sourire fendit son visage ravagé alors qu'il envisageait une nouvelle source d'énergie à ingurgiter. Mais aussitôt il se rendit compte que non – *Trop ! Beaucoup trop !*

… le centre ne peut pas tenir… Bons baisers de la bête…

Le missile le frappa et son centre, incapable de l'engloutir, vola en éclats en une explosion massive – une explosion évoquant celle qui avait hanté les rêves de Bruce et de Betty depuis aussi loin que remontaient leurs souvenirs.

Sur l'écran, le nuage s'expansa toujours plus jusqu'à l'emplir totalement. Thunderbolt Ross, les yeux enfoncés dans leurs orbites, baissa la tête et enfouit son visage entre ses mains.

Brisant la barrière érigée entre eux par les années et la rancœur, Betty se pencha vers lui pour poser la main sur son épaule.

— Tout est bien, murmura-t-elle tandis que, sur le moniteur, les avions s'éloignaient et que les vents s'élevaient vers les cieux. Tout est bien.

LA CROIX ROUGE

Plusieurs mois plus tard, Betty Ross, qui étudiait des brins d'ADN entortillés sous son microscope, décrocha le téléphone qui sonnait à côté d'elle. Ces temps-ci, elle gardait toujours un téléphone à portée de main. Elle ne savait jamais qui finirait par appeler... ou quand... en supposant qu'*il* appellerait.

Il fallut un moment pour que la voix de son père perce le brouillard de ses préoccupations.

— Betty, c'est toi ? répéta-t-il pour la troisième fois au moins.

Elle soupira.

— Bonjour, papa.

— Je suis heureux d'avoir pu te joindre.

Betty baissa les yeux sur le matériel de recherche étalé devant elle et sourit. La joindre n'était jamais un problème ; elle passait le plus clair de son temps dans ce laboratoire. Sa vie personnelle était pratiquement réduite à néant. Ce dont elle n'aurait même pas eu l'idée de se plaindre. Son père, bien sûr, était au courant de tout cela. Mais il aimait à perpétuer ce petit rituel entre eux, et elle se prêtait volontiers au jeu.

— Je suis contente de t'entendre, répondit-elle avec sincérité.

— Betty...

Il hésita, ce qui ne lui ressemblait pas. Il avait toujours eu un don inégalé pour entrer dans le vif du sujet.

— Toi et moi savons, évidemment, que Banner... Banner n'aurait pas pu survivre à cette explosion...

Instinctivement, elle se redressa sur son tabouret.

— Papa ? Que se passe-t-il ?

— Oh, tu sais... les huluberlus habituels qui s'imaginent avoir repéré des géants verts...

Elle se détendit sensiblement.

— Oui... sur l'étiquette de leurs haricots surgelés...

— Je sais que... c'est une évidence, ça va de soi, mais... mais si – et je dis bien *si* – par hasard, il essayait de te contacter... de te voir... tu me le dirais, n'est-ce pas ?

Elle ne put s'empêcher de rire. A une époque, cette idée l'aurait irritée au plus au point. A présent, ayant bien été obligée de capituler devant le *Big Brother* qui lui interdisait toute intimité, elle trouvait cette suggestion plutôt drôle.

— Même pas, répondit-elle. Tu sais aussi bien que moi que ce serait inutile. Mes téléphones sont sur écoute, ma maison sous surveillance, mes ordinateurs aussi. Alors s'il y a une chose que je souhaite de tout cœur, c'est que Bruce ne cherche jamais à me joindre, parce que...

Sa voix se brisa légèrement. Soudain elle eut l'impression qu'un étau lui compressait le cœur.

— Parce que je l'aime, et que je l'aimerai toujours. Et je prie tous les soirs et tous les matins pour qu'il n'essaie plus jamais de me revoir ou de me parler.

Il y eut une très longue pause puis son père, qu'elle avait toujours soupçonné de ne pas s'intéresser à elle, bredouilla avec une poignante sincérité :

— Je regrette tellement Betty, tellement...

— Je sais, papa.

Et le téléphone toujours à l'oreille, elle se tourna vers la fenêtre. Dehors, deux arbres, sur le parking, se balançaient au gré de la brise.

Elle ne croyait pas qu'il soit mort. Pas du tout. Aussi romantique que ça puisse paraître, aussi insensé… elle était persuadée qu'elle l'aurait *senti*, s'il avait trouvé la mort. Son attention se porta sur la photo encadrée qu'elle avait prise dans son bureau à lui, celle où ils étaient tous les deux au chalet. Elle espérait que, où qu'il soit, il y avait des arbres. Des arbres grands et forts… et plein de verdure.

Il en avait sans doute besoin pour survivre.

Dans la clairière, en pleine jungle, les palmiers résistaient vaillamment aux gifles de vent qui s'acharnaient sur la toile de tente du refuge improvisé. Trois membres de la Croix Rouge, en combinaisons blanches, s'occupaient de quelques familles d'autochtones. Des gosses, leurs parents, leurs grands-parents… L'un d'eux était un homme aux cheveux mi-longs et à la barbe fournie. Les deux autres, récemment enrôlés, manquaient un peu d'assurance, mais le barbu agissait au contraire avec une confiance que ses deux assistants s'efforçaient d'imiter.

Il examina un garçon de huit ans dont la fièvre rendait les yeux vitreux et le teint empourpré, et que son père tenait affectueusement entre ses bras. Le barbu sortit un flacon de remède de la valise.

— Il faudra lui donner un cachet trois fois par jour, d'accord ? dit-il dans un espagnol impeccable.

— *Gracias*, dit le père. Merci.

Le barbu se tourna vers le garçon qu'il regarda avec une fausse sévérité.

— Et toi, tu écoutes bien ton père quand il te dit de prendre les médicaments, O.K. ?

Le garçon promit d'un hochement de tête. Puis il

échangea un sourire radieux avec son père, rassuré. Tout allait pour le mieux dans le meilleur des mondes, et donc tout irait bien pour lui. Le barbu les regarda l'un après l'autre, et son soupir aurait pu aussi bien exprimer la tristesse que l'envie ou le regret.

Soudain, une des jeunes infirmières, Anita, une jolie fille du pays, poussa un cri étouffé. Le barbu se retourna et son visage se figea. Un groupe d'hommes lourdement armés venaient d'émerger de la jungle. La fille avait peur. Remarquant le geste protecteur qu'elle eut envers le petit patient suivant, le barbu la rassura d'un sourire. Mais un sourire forcé. Il avait conscience, comme elle, que la situation pouvait tourner au cauchemar.

Les hommes armés pénétrèrent dans la tente dont ils expulsèrent les autochtones avant de fourrager dans les fournitures.

Sans l'ombre d'une hésitation, le barbu s'avança vers le type qui commandait manifestement le groupe paramilitaire auquel il s'adressa avec calme mais fermeté.

— Nous avons besoin de ces remèdes pour les gens qui vivent ici.

Le « soldat » le foudroya du regard ; il le dépassait d'une bonne tête.

— Qui tu es, toi l'étranger, pour savoir de quoi ils ont besoin ? demanda-t-il avec un mépris souverain. Ces gens aident nos ennemis. Et peut-être bien que toi aussi.

Avec la menace implicite que le barbu aurait tout intérêt à se mêler de ses oignons, le chef s'empara de la valise.

— *Nous* en avons besoin aussi, dit-il. A partir de maintenant, ces médicaments appartiennent au gouvernement.

Et histoire de montrer à quel genre de dur il avait affaire, il poussa un gosse sous la pluie et leva son AK-47. Ses hommes se rassemblèrent autour du barbu d'un air mauvais. Tous s'attendaient à ce qu'il capitule. Et pourquoi pas ? Il ne payait vraiment pas de mine.

Le barbu éprouva un martèlement diffus dans sa tête qu'il ne fit rien pour contenir.

— Vous n'auriez pas dû faire ça, dit-il simplement. Maintenant, présentez vos excuses et fichez le camp d'ici.

Les paramilitaires haussèrent les sourcils en ricanant.

— Quoi ? Mais qu'est-ce qu'y dit, celui-là ?

Le martèlement s'intensifia. Il était étonné que les autres ne l'entendent pas. Mais l'essentiel était que *lui* l'entende.

Fermant brièvement les yeux, il prit une profonde inspiration.

— Vous m'avez mis en colère, dit le barbu.

Et les hommes rirent de plus belle, à ventre déboutonné, jusqu'à ce qu'un rugissement sourd émerge de la gorge du barbu, quelque chose qui n'avait rien d'humain, et ses yeux se rouvrirent, et une lueur verte y luisait alors qu'une voix, dans sa tête, murmurait *(… démolis…)*

Il n'eut que le temps de prononcer quelques mots encore avant que les hommes s'enfuient en criant.

— Et je ne pense pas que je vous plairais, quand je suis en colère…

Achevé d'imprimer sur les presses de

BUSSIÈRE
GROUPE CPI

à Saint-Amand-Montrond (Cher)
en juin 2003

FLEUVE NOIR
12, avenue d'Italie
75627 Paris Cedex 13
Tél. : 01-44-16-05-00

— N° d'imp. : 33493. —
Dépôt légal : juin 2003.

Imprimé en France